리아 가족

양수련 장편소설

리아 가족

차 례

면
접

초면에 이런 말, 좀 뭣하지만 남의 집 도우미를 하기엔 너무 앳된 아가씨로군요. 그렇다고 내 말을 고깝게 듣진 말아요. 아가씨가 예쁘다는 거지 별다른 뜻이 있어서 하는 말은 아니니까.

난 이 집에 사는 리아. 예쁜 손님이라 한껏 포옹으로 맞아주고 싶은데, 아가씨가 보다시피 내 몸이 이래서. 일어설 다리는 없어도 손은 있으니까 우리, 악수 정도는 할 수 있겠죠.

오늘, 바깥 날씨가 쌀쌀한가요? 아가씨 손에서 꽃샘추위가 물씬해. 봄이 왔다고 잔뜩 떠들어들 대지만 성급한 거죠. 그런데 아가씨는 이름이…….

난? 아, 란! 히아신스의 상큼한 내음이 젖어드는 것만 같아.

아, 참! 내 정신 좀 봐. 손님을 이렇게 마냥 현관 앞에 세워

두다니, 미안해요. 어서 들어와요!

보라색을 좋아하면 좋겠는데…….

남편은 질색팔색하는 데도 난 그 보라색 소파가 이상하게 좋은 거예요. 히아신스의 여러 색 중에서도 보라색을 유난히 좋아하죠. 터무니없는 내 기억 때문에 보라색을 좋아하는 거라고 남편은 그러더군요.

아이를 낳을 때 다른 사람들은 하늘이 노래진다는데 내가 본 하늘은 보랏빛이었거든요. 그때의 고통스러운 기억 때문에라도 보라색은 싫어해야 정상인데.

어머나! 날 대놓고 이상한 여자라는 눈빛으로 보는 건 실례예요.

아가씬 아기를 낳아본 경험이 없을 테죠. 저 또한 거짓말엔 재주가 없는 사람인 걸요. 내 말은 어떤 말이든 신뢰한다, 뭐 그런 표정으로 봐주면 고마울 것 같아요. 그게 아니라면 하양이, 저기 일인용 소파를 독차지하고 있는 우리 집 고양이처럼 데면데면 도도하게 굴어도 괜찮아요.

암튼 모래알 같은 숱한 시간이 흘렀는데 눈만 감으면 어제 일처럼 선연하게 떠오르는 일이죠. 내 가슴을 저릿저릿하게 만들던 그 보랏빛이. 헉!

내가 무슨 엉뚱한 얘길 떠들어대고 있는 거야.

이젠 정말 정신이 좀 나간 여자라고 내심 흉보는 건 아닌지 몰라. 아가씨가 날 자꾸만 수다스럽게 만드네요. 반가운 손님이라서 그런가? 들뜨기도 하고 괜히 긴장되는 것도 같아요. 실로 오랜만에 느껴보는 감정들인 거예요.

평소에도 그렇게 조용하고 말수가 적은 편인가요? 하기는 시시콜콜 잔말이 많으면 것도 피곤하긴 하죠.

따뜻하게 차 한 잔 할래요? 뭘 좋아해요?

요즘 젊은 아가씨들은 커피 전문점에서 파는 이름도 다양한 고급 커피를 좋아하던데. 인스턴트이긴 하지만 대형마트에서 종류별로 사다 놓은 게 있어요. 우리 아가씨 취향은 어떤지 모르겠네요.

남편이 선물로 받아온 십이 년 묵은 보이차도 있어요. 중국 장인이 정성을 기울여 만든 거라나. 국화차나 매화차도 있어요.

아, 보이차요. 탁월한 선택이에요. 나도 보이차가 생각나던 참이었거든요. 통하는 구석이 있는 거죠, 우리.

보이차는 종일 마셔도 속이 거북하지 않아서 좋아요. 노화 방지나 다이어트에 효능이 있다고도 하고, 치아에도 좋다고 판매원이 홍보하는 걸 들었어요.

내 경우엔 고혈압에 좋다 하니 마셔요. 아가씨도 알죠. 뭐가 뭐에 좋다, 뭐 이런 말 나돌면 줄기차게 그것만 먹어대는 사람들이 있잖아요. 그런 말에 잘 홀리는 사람 중 하나인 거죠, 내가. 미련하고 한심한 거예요.

뭐라고요? 직접 차를 내오겠다고? 내 집에 처음 온 아가씨가. 에~이. 그건 안 될 말이죠. 이유야 어떻든 아직은 내 손님인데…….

휠체어 타는 몸이라고 벌써부터 아가씨를 막 부려먹자 들면 고약한 사람인 거죠. 우리의 관계가 어떻게 결정될지 본격적인 대화는 시작도 안 했잖아요. 서로에 대한 탐색이 필요한 사람들이라는 거, 모르진 않잖아요. 그렇다고 그렇게 금방 뻣뻣해지면 재미없죠.

가만 보니 우리 아가씨 참, 묘한 매력이 있네. 이유는 잘 모르겠는데 아가씨의 뭔가가 내 마음을 연주한다고나 할까. 내 심금을 어루만지는 것만 같아.

몇 살이에요? 스물넷? 스물다섯?

아가씨가 스물둘이라는데 내가 왜 이렇게 더운 걸까요. 숨도 막 가빠지는 것 같고, 후~. 손부채가 이럴 땐 용케도 도움이 되네요.

가사 도우미 같은 일은 보통 살림도 살아보고 나이도 지긋한 분들이 주로 많이 하는데……. 요새 젊은 사람들의 구직난이 심하다고들 하던데 그래서인가요?

집안일이란 게 표도 안 나면서 또 하자고 들면 끝도 없는 중노동이에요. 아가씨의 섬섬옥수는 보는 것만으로도 아까워. 진심으로 이 일을 할 생각인 거예요? 그런 거예요?

어라. 그렇게 난감한 얼굴을 하면 내가 뭔가 또 잘못을 저지른 것만 같잖아요. 아무리 봐도 이런 일 하던 사람도, 할 사람도 아닌 것 같아서 확인해본 것뿐인데. 어쨌든 찾아와줘서 고마워요.

우리 집이 좀 외진 곳에 있잖아요. 게다가 입주 가사 도우미라는 게 하루 스물네 시간 꼬박 일한다는 생각에서 벗어나기도 힘든 일이죠. 나이도 있고 집도 절도 없는 사람에겐 더할 나위 없이 좋은 일자리일 수 있겠지만, 세상 구경이 필요한 아가씨 같은 꽃띠들에겐 전혀 어울리지 않는 일이죠.

인터넷에 도우미 구인 광고를 올렸는데, 그걸 보고 삼 일 전에도 찾아온 사람이 있었어요. 아가씨의 얘기를 듣기 전에 우리 집을 찾아온 그 젊은 남자 얘기를 먼저 하고 싶은데 혹시 다른 약속이라도 있나요?

없다면 좋아요. 마음 놓고 얘기해도 되는 거겠죠.

남자가 입주 도우미를 하겠다고 내 집 문을 두드리다니, 야릇한 생각부터 했을지 몰라. 그런데 우리 어디서 본 적 있지 않나요? 아가씨가 왠지 낯설지가 않아요.

아가씨, 떨어요?

우리 거실이 그렇게 추운가요? 나야 이 집 추위에 워낙 익숙해진 사람이지만 아가씨는 안 되겠어요. 뭔가 위에 걸칠 것을 꺼내 와야겠어요.

괜찮다고 사양하지 말아요. 시간이 흐르면 더 추워질지 몰라. 내 얘기가 많이 길어질 테니까. 혹여 장광설이 되더라도 끝까지 들어줘요. 아가씨가 얘기할 땐 나도 그럴 테니까.

젊은 시절 한때 내가 입던 옷인데, 딱 맞네! 우리 아가씨에게 아주 잘 어울려요. 어떻게 좀 따뜻해지는 것 같아요?

그럼 이제, 그 남자 얘기로 다시 돌아가 볼까요?

그러니까 그날 '조'라는 남자가 우리 집을 찾아왔었어요. 본인 말로는 구인 광고를 보고 왔다고 하는데, 일자리가 필요해서 찾아온 게 아니라는 걸 단박에 알았어요. 오후 두세 시쯤이었을 거예요. 아가씨가 앉아있는 그 소파에 기대어 잠깐 졸고 있는데, 초인종이 울렸어요.

오늘과 마찬가지로 내가 문을 열어줬죠.

현관문 앞에 서 있던 그는 왜 그리 눈부신 햇살 같던지. 집 안으로 와락 그 빛이 쏟아져 들어오는 것만 같았어요. 조의 아우라에 봄을 만난 개나리처럼 내 마음이 들떴어요. 하지만 막상 마주 앉고 보니 음산한 구석이 느껴지더군요. 진한 설움 같은 게 그의 온몸에 덕지덕지 붙어있는 듯도 하고. 때로는 그런 것들이 묘하게 심금을 울리는 매력으로 작용되기도 한다는 거, 아가씨도 모르진 않을 거예요.

시쳇말로 젊은 친구들이 잘 쓰는 엄마 친구 아들이니, 까

칠한 도시 남자니, 외모 종결자니 뭐 그런 호사스러운 단어 들과는 거리가 멀어 보였지만 내 마음을 끄는 구석이 있었던 것만은 분명했어요.

유행가 노랫말에 이런 게 있죠. '손 대면 톡 하고 터질 것만 같은' 조의 슬픈 얼굴이 딱 그래 보였어요. 정말이지 손끝만 스쳐도 그의 설움이 툭하고 터져서 왕방울만 한 눈물을 콸콸 쏟아낼 것만 같은 거예요.

그런 조가 내게 한 첫말이 뭐였는지 아가씬 아마 상상도 못 할 거예요. 그 말을 듣고 내가 또 얼마나 식겁했는지. 내 휠체어가 다 잦바듬했다니까요. 뒤로 넘어가지 않은 게 천만다행이었죠.

조의 존재에 대해 조금이나마 남아있던 현실감이 그의 첫 말을 듣는 순간 형광등 불빛이 나가듯 한순간에 팍 하고 사라지더군요.

조가 뭐라고 했냐고요? 날 감히 쳐다보지도 못하고 곁눈질로 보면서 말하더군요.

"저를, 제 목숨을 거둬주세요. 제발!"

헉! 한껏 벌어진 내 입이 다물어지지 않더군요. 심장은 요동치고 머릿속은 하얗게 페인트가 덧칠해지는 거예요. 왜 아니겠어요. 생면부지의 꽃 같은 남자가 찾아와 죽여 달라는데.

그것도 소원이라면서 꼭 들어달라고 애원하다니.

내가 무슨 킬러도 아니고 아가씨가 들어도 참 어처구니없는 일 아닌가요?

죽어 마땅한 사람은 없어요. 그런데도 조는 자신이 죽어 마땅한 사람이라며 통사정을 했어요. 내 손에 죽는다면 원도 한도 남기지 않을 거라고.

내 이 손을 빌려달라고 하는 거예요. 소름이 바짝 돋았어요. 믿지 못하겠다는 눈빛이군요. 하지만 사실이에요.

내가 조를 알았냐고요? 전혀.

조……

생전 처음 듣는 이름이었어요. 내 지난날을 마구잡이로 헤집었지만 내 과거 속 어디에도 조란 이름을 가진 청년은 없었어요.

조가 무슨 생각으로 그런 말을 내던졌는지 알 순 없지만 그가 원하는 것이라면 뭐든 다 들어주고 싶다는 생각이 절로 들더군요. 목숨을 빼앗는 것만은 빼고 말이죠.

절망에 휩싸여 잠시 길을 잃은 청춘인 거예요. 현실은 숨이 막히고 미래는 달빛조차 없는 깜깜한 어둠 속에 있죠.

하지만 말이에요. 내 나이가 되면 고통 속에 고뇌하던 그 시절이 황홀하기까지 해요. 그렇다고 그때로 돌아가고 싶다는 뜻은 아니에요.

아, 가슴이 압착기에 한없이 눌리는 고통이 전해 오는 것만 같아. 그때까지도 조가 몰고 온 찜찜한 기운의 정체를 나는 모르고 있었어요. 단순히 구인 광고를 보고 찾아온 게 아니었는데.

어리석게도 그땐 눈치 채지 못했어요. 잎사귀가 나오기도 전에 피는 경박한 개나리처럼 젊은 남자의 방문이 무작정 좋았던 거예요.

내 몰골을 한 번 봐요. 삼류 잡지나 일간지 사회면에 나올 법하지 않나요? 경찰을 남편으로 둔 다리 없는 여자. 주인을 데면데면 보는 고양이.

속사정을 모르는 사람들은 남편의 순애보쯤으로 얼핏 봐 버리겠지만 뒤집어 보자면 수상한 냄새가 전혀 안 난다고 할 수도 없어요.

아가씨가 보기엔 어때요?

잠깐만요. 아가씨 생각은 나중에 듣는 게 좋겠어요. 조의 얘기가 자꾸 옆길로 새니까.

어쨌거나 과월호 여성지에 실린 내 가십 기사, 그걸 보고 누가 날 찾아올 거라는 생각은 꿈에도 하지 못했어요. 자신의 죽음에 왜 내 손을 빌리고 싶어 하는지. 어처구니없는 소원이라는 걸 알면서도 한편으론 호기심이 동했어요.

도발적인 얘기잖아요. 꽃다운 청년이 낯선 중년 여자를 찾아와 죽고 싶다고 고백하는 거. 그건 당신을 사랑한다는 말과 같은 뜻일 거예요.

너무나도 사랑하지만 이룰 수 없어서 연인의 손에 죽고 싶다거나 뼈에 사무친 원한이 있어 풀기 위한 거였다면, 나 역시 어느 정도는 수긍했을 거예요. 하지만 나는 그날 조를 처음 만났어요.

내 앞에서 고개 하나도 제대로 들지 못하는 그에게 내가 물었죠. 난 당신한테 뼈저린 원한을 품은 사람도, 당신이 지독히 사랑하는 여자도 아니에요. 그런데도 굳이 내 손을 빌려서 죽어야만 하는 이유가 대체 뭔가요?

뜬금없는 생각이 그 순간에 떠올랐어요. 혹시, 날 살인자로 만들고 싶은 음모가 조에게 있는 건 아닌가 하는. 그럴만한 원한을 내가 심어준 건 아닌가.

또 모르는 일이잖아요. 나도 모르는 사이에 누군가에게 죄를 짓거나 원한을 샀을 지도.

섬뜩해지더군요. 내가 모르는 내 죄가 이 세상 어딘가에 숨어서 무럭무럭 자라고 있었을 것을 생각하니 간담이 서늘해졌어요. 아가씨도 그런 적이 있었을 테죠.

아, 미안해요. 그런 일을 경험으로 비축하기에 아가씨 인생은 아직 풋내기에 지나지 않는데.

내 말과 행동이 누군가에게 치명적인 상처로 작용되는 순간이 있어요. 정작 본인은 알지도, 기억조차도 없는데 말이죠. 그동안 내가 청렴결백하게만 살아 왔다고는 말 못해요.

부지불식간에 지은 죄도 있을 테고 죄가 된다는 걸 알면서도 저지르게 되는 어쩔 수 없는 상황이라는 것과도 마주한 적이 있었을 테니까.

내가 모르는 나만의 죄. 머릿속이 갑자기 부산해지더군요. 과거의 미로 어딘가에 숨어있는 내 잘못들을 하나씩 떠올려 보았어요. 조와 내가 어디쯤에서 얽힌 게 있나 하고 말이죠.

도통 모르겠더라고요. 혼란만 가중될 뿐이었어요. 그런 나를, 수세미 속을 하고 있는 나를 조가 비통한 얼굴로 바라보고 있었어요. 애처로워 보이더군요.

온기를 느끼기 위해 작은 성냥개비에 불을 밝히는 거센 눈보라 속의 성냥팔이 소녀만큼이나 안타깝고 측은해 보였어요. 도와주고 싶었어요. 지옥문 앞에 서있는 사람이 있다면 그 사람의 얼굴이 아마도 그 순간의 조와 같지 않을까.

구해주고 싶었어요. 그게 내가 할 수 있는 일이라면 말이죠. 왜 미친놈처럼 목숨을 거둬달라고 말해야 하는 지경에까지 이르렀는지. 가슴은 저릿저릿해오고 화는 자꾸만 치밀었어요. 온갖 쓴소리를 조에게 퍼부었어요.

나란 사람, 참 몹쓸 사람인 거예요. 위로가 약인 조한테 그런 악담을 퍼붓다니. 있는 화, 없는 화를 다 쏟아붓고 나서야 낯선 조 앞에 나는 무방비 상태가 되었어요.

다음에 벌어질 일 따윈 깡그리 잊어버린 거예요.

조의 과거는 어떤 그림이었을까? 어떻게 현재로 건너왔을까? 알고 싶어지더군요. 그리고 알게 됐죠. 조의 등짝에 철썩 불운이 달라붙어 그의 힘으로는 도저히 떼어낼 수도, 벗어날 수도 없다는 걸.

조의 얘기를 들어주는 것뿐인 데도 버거워서 내 진액이 다 빠져나가는 것만 같았어요.

조의 그 짧은 인생이 어땠냐, 하면요. 그와 비슷한 과거를 가졌다고 해서 다 조처럼 되진 않을 거예요. 그런데 조는, 조는……

슬픔이 가시처럼 자꾸 내 목에 걸리네요.

조의 고통에 비하면 내 아픔은 아무것도 아닌 거죠. 복지시설에 있던 갓난아이 조는 양부모를 만나 입양되었어요. 일이 또 그렇게 될 줄은 누가 알았겠어요. 그의 양부모가 조를 입양한 지 일 년 만에 갈라서는 사태가 벌어진 거예요. 한 치 앞도 내다보지 못하는 인간들의 계획이라니.

받을 사람이 사라진 우편물처럼 조는 시설로 반송되었어요. 조가 서너 살쯤에 있었던 어렴풋한 기억인 거죠. 그런 일들은 나중에서야 우연한 기회에 확실하게 알게 되는 게 다반

사인 거예요.

여섯 살 무렵, 조는 두 번째 양부모를 만났어요. 하지만 조는 태어날 때부터 부모 복이 없었던 거예요. 비운의 아이. 태어나자마자 수녀원 문 앞에 버려진 핏덩이였으니까. 아니나 다를까 두 번째 입양도 그리 오래가진 못했어요.

입양한 아이를 파양하기까지 양부모의 사정이란 게 있긴 하죠. 아이의 사정 같은 것은 거기에 양념만큼도 반영되지 않아요. 가슴 아픈 일이죠.

장난감처럼 어른들에 의해 이리저리 휘둘리는 아이의 인생이라니.

조는 청소년 시설로 다시 보내졌어요. 어린것이 얼마나 마음고생이 심했겠어요. 동가식서가숙으로 자라는 아이들은 주눅과 눈치만 느는 법인데. 어떻게 하면 사랑받을까? 어떻게 하면 미움받지 않을까? 어떻게 하면 버림받지 않을까?

그럼에도 불구하고 그런 아이들은 누구에게도 자신의 마음을 진심으로 열지 않아요. 꽁꽁 싸매 두죠. 게 껍질처럼 단단한 것 같지만 속은 속절없이 여리고 물러요. 내가 만난 조도 그랬어요.

명색이 남자인데 조는 왜 그렇게 한없이 나약하게만 자랐을까요? 버려졌던 만큼 강하고 영악하게 성장할 순 정말 없었던 걸까요? 자신을 낳아 버린 사람에 대한 증오심이나 복수심으로 똘똘 뭉쳐진 것이었대도 상관없었을 텐데 말이죠. 애면글면 살아왔을 조의 지난날이 돌아가는 영사기처럼 촤르르 내 앞을 스쳐갔어요.

좀 쉬었다가 얘기하면 안 될까요? 있는 말을 옮기는 것뿐인데 심장이 멎을 것처럼 숨이 가빠요. 화장실에 다녀와도 좋아요. 아가씨가 앉아있는 소파 왼편에 있어요. 입안이 텁텁하다면 욕실 거울 뒤에 있는 예비용 칫솔을 꺼내 써도 좋아요.

이런 얘기들, 입안이 건조해지거나 군내 나기 십상이죠.

아가씬 보기보다 인내심이 뛰어난 것 같아요. 나처럼 긴장해서 그런가요? 소파에 꼼짝 않고 앉아있는 게 꼭 전투병 같아.

우리 집 고양이처럼 조금은 무심하게 들어줘도 상관 안 해요. 내 얘기가 무겁고 칙칙해서 그럴 수 없다는 건 알지만 그래도 아가씨와는 상관없는 남 얘기잖아요. 한 치 건너 두 치라는 거죠.

웃었어요, 지금?

아가씨의 웃음을 탓하려는 게 아니에요. 살포시 웃는 게, 하얀 대문니가 드러나 예뻐요. 대문니가 크고 예쁜 사람을 보면 왠지 섹시하다고 할까, 착하다고 할까, 그런 느낌이 들거든요.

어떤 이들은 반듯한 대문니를 보면 재미없는 사람 같다고 지레짐작하기도 하지만 내 생각은 그렇지 않아요. 왠지 좋은 일들을 몰고 다닐 것만 같은 거죠.

조의 대문니는 파란빛이 났어요. 그런 거 있잖아요. 하얀 건 맞는데 하얀빛이 과해서 파란빛이 사르르 도는 거. 치명적인 아름다움처럼 말이에요.

어쩌면 그래서 조의 인생이 순탄하지 않았는지도 모르겠네요. 지나치게 아름다운 대문니를 갖고 있어서. 탐하는 사람이 많으면 거기엔 늘 시기와 질투가 따르죠. 어쩌면 신도 조의 대문니를 탐했을지 모를 일이고요. 대문니가 매력적이라는 것만으로도 조는 살아갈 힘을 얻었어야 했어요.

완벽하게 아름다운 것은 어디에도 없는 거니까.

고개 숙이지 말아요. 앞머리를 조금만 올려 볼래요? 아가씨의 눈이 보이도록. 시원한 이마가 드러나니 더 앳돼 보여요. 자세히 보니 아가씨 눈매가 조와 닮은 듯도 하네요. 조도 아가씨처럼 착한 눈매를 갖고 있었거든요. 어라. 그렇다고 앞머리를 도로 내려버리면 어떡해요.

기분 상했나요? 아가씨는 알지도 못하는 남자를 내 마음대로 갖다 붙여서? 그렇다면 사과할게요. 참, 이력서는 가져왔어요? 난색인 걸 보니 미처 못 챙겨 온 모양이로군요. 괜찮아요. 중개업소를 통해서 아가씨에 대한 소개는 대강 들었으니까.

조가 어떻게 됐냐고요? 그렇죠, 참. 우린 조의 얘기를 하고 있던 중이었죠.

실없는 사람처럼 자꾸 핵심을 벗어나는군요. 그렇다고 재촉하진 말아요. 시간은 우리 편이니까. 조에게도 그런 날이 왔어요. 비운의 그림자가 말끔히 걷히고 햇살이 집안 가득 찾아드는 그런 날.

맞아요! 누군가의 관심을 받게 된 거죠. 애정에 굶주렸던 조는 마음을 열게 되자 그 관심에 풍덩, 자신의 온몸을 내던 졌이요. 보지 않아도 본 듯이 눈에 신한 장면이죠. 자신보다 열세 살이나 많은 그녀한테 말이에요. 조에게 그녀는 누나이 자 엄마이자 살아갈 힘을 주는 희망이나 다름없었을 테죠.

하지만 여자는 조와 생각이 달라도 한참 달랐어요. 연민의 대상이었을 뿐 평생을 함께 하고픈 반려자는 아니었던 거예요. 처음부터 조에게 관심을 보여주지 않았더라면 좋았을 것을. 하지만 그게 어디 그 여자 탓이기만 하겠어요.

집 없는 강아지처럼 구는 조가 측은했겠죠. 처음 본 저도 그랬으니까. 지지리 복도 없는 조. 그래도 한 가지 복은 갖고 태어나는 법인데.

부모 복 없는 조는 여자복도 없었어요. 그 여자만 있으면 세상 어떤 설움도 역경도 다 버텨낼 수 있다고 자만했겠죠.

눈치로 단련된 조가 그때만큼은 눈치 없이 굴었던 거예요. 자신의 수호신이라도 되는 양 착각하고 온전히 의지해 버린 거예요.

온 세상을 다 가진 기분이었을 테죠. 그 순간은.

여자가 떠날 수도 있다는 건 상상도 못 했어요. 만나는 순간이 있으면 헤어지는 때도 있기 마련인데.

조는 이별을 감당할 준비가 안 되어 있었어요. 자신을 의지하면 안 된다고 여자는 말했겠지만 그게 어디 마음처럼 되나요. 여자는 결국 떠날 채비를 서둘렀고 조는 끔찍한 공포에 사로잡혔죠. 날카로운 칼날이 박힌 듯 심장은 먹먹하고 암흑의 바다에 홀로 버려진 그런 기분이었을 거예요.

여자를 떠나보낸 얘기를 하면서 조가 엄마를 잃어버린 아이처럼 울고 있는데, 그때 남편이 들어왔어요.

내가 말했던가요? 남편이 형사라고. 아가씨도 알죠. 얼마 전에 일어난 오피스텔 살인사건. 남편은 그 사건을 수사 중에 있었어요.

남편이 들어오는 바람에 우리의 대화가 중단됐어요. 조가 남편을 힐끔거리더군요. 습관처럼 눈치를 보는 거였죠. 퇴근할 시간은 아닌데. 나도 이상한 생각이 들긴 했지만 뭐, 그런가 보다 했어요. 대개는 늦은 밤에 들어오거나 외박하거나 둘 중 하나거든요.

형사라는 직업이 범인을 쫓아 밖에서 밤을 새는 일도 많고. 외박한 다음날이라 해도 해지기 전에는 집에 들어오는 사람이 아니었어요, 남편은. 하긴 이틀씩이나 예정에 없던 외박을 했으니 옷을 갈아입으려고 들어 왔겠거니 했어요.

남편은 조와 나를 번갈아 보고는 이렇다 할 말도 없이 욕실로 쑥 들어가 버리더군요.

물소리가 들려왔어요. 샤워하는 소리였죠. 남편은 욕실 문도 닫지 않은 채였어요. 예의라고는 눈곱만치도 없는 인간. 손님이 와 있는데, 날 우습게 아는 거죠. 아가씨도 짐작했겠죠. 나와 남편의 사이를 말이에요. 남편이란 말을 입에 올릴 때마다 싸늘해지는 내 낯빛이 심상치 않아지는 걸.

그래요. 난 그 인간을 증오해요, 죽이고 싶을 만큼. 내가 정작 죽이고 싶을 정도로 끔찍해하는 인간 바로 남편이에요.

아가씨 눈빛이 왜냐고 묻는 거 맞죠? 아까도 말했잖아요. 사람들에겐 저마다 어쩔 수 없는 상황이란 게 있기 마련이라고. 돌이킬 수 없는 그 상황이란 게 나를 이 꼴로 만들고 말았죠.

이제야 말하지만 내겐 어떤 상황에서도 남들에겐 털어놓고 싶지 않은 지난날이 있어요.

그때 나는 겨우 열일곱이었고 강간으로 생긴 아이를 낳아 키울 자신은 더욱 없었어요. 꽃도 펴보지 못한 내 삶이 만신

창이가 되고 만 거예요. 대인기피증에 남자라면 도망부터 치고 보는 가련한 내가 되어 있었던 거예요.

남편은 그런 내게 믿음을 준 사람이었어요. 참으로 오랫동안 내 곁에 있어줬어요. 이 남자라면 괜찮겠다. 하지만 그건 미끼였어요. 남편의 마음은 한낱 광기에 지나지 않았어요. 그렇지 않고서야 내 지난날을 고스란히 알고 있었으면서 어떻게 그런 마음을 먹을 수 있었겠어요.

어린 나를 범한 것도 혹시 남편은 아니었을까. 숱한 의혹이 나를 옭아맸어요.

한밤중, 더러운 욕망에 물든 그가 복면을 쓰고 내 방에 침입한 거예요. 짐승만도 못한 인간. 악마 같은 인간. 남편은 모른 척 발뺌이지만 난 알아요. 내 본능이, 내 직감이 쉴 새 없이 속삭였거든요. 남편이 내 몸을 탐할 때마다 말이죠. 헉! 내 결혼생활이 순탄할 리 없는 거죠. 내 공포와 절망 속에 남편의 검은 그림자가 있었으니까.

그때부터 내 도주가 시작되었어요. 한 번도 성공한 적 없는. 용케 남편을 벗어났더라도 그의 손에 다시 붙들려 와야 했어요. 내 속을 모르는 사람들은 입을 모았죠. 문 형사처럼 아내를 끔찍이 사랑하는 사람은 이 세상에 아마 없을 거라고. 그의 헌신적인 사랑에 부러움과 감동의 혀를 내둘렀죠.

남편을 벗어나기 위해 내가 얼마나 필사적이었는지 아는

사람은 없었어요. 난 모자란 여자쯤으로 매도되었고 남편은 지고지순한 순애보의 주인공이 된 거예요.

몇 번의 탈출. 그 실패 끝에 내게 돌아온 게 이 볼품없는 휠체어예요.

날 쫓는 남편의 손을 피해 정신없이 도망치다가 그만 차들이 위험천만하게 달리는 도로에 들어서고 만 거예요. 도로 한복판에서 쓰러졌고 끔찍한 순간이었죠.

남편은 날 조금도 이해하지 못했어요. 어떻게 이해할 수 있겠어요. 남편의 정체를 내가 알아버렸다는 것을 까마득히 모르는데.

다리를 잃은 내가 할 수 있는 일은 없었어요. 도망은 절로 체념하게 되는 일이더군요. 죽지 않고 살아있는 내가 원망스러웠어요.

이게 나란 여자의 더러운 운명이구나. 그렇다면 좋다. 남편을 저주해 주기로 작정했죠. 수치와 모멸감으로 낳은 그 아기, 내가 버린 핏덩이를 찾아달라고 부탁했어요. 무슨 생각에서인지 남편은 흔쾌히 그러마 하더군요. 혼탁한 내 마음을 남편이 알 리 없죠.

조가 어떻게 나를 찾아왔는지 이제 알만 한가요?

조가 어떻게 내 기사를 볼 수 있었는지 생각할수록 신기하기만 해요. 그러고 보면 우리의 지독한 운명이 어딘가에서 맞닿아 있었던 게 입증되는 거예요.

책과는 한참이나 거리가 먼 조가, 허름한 이발소만 찾는 조가 미용실에 앉아 여자들이 심심풀이로 읽는 그 잡지를 보게 될 줄은 조 자신도 몰랐던 일일 테죠.

폐지 더미에 낱장으로 뜯겨 있는 내 사연을 조가 심심풀이로 주워 든 거예요. 성폭행으로 생긴 아기를 낳아 버린 여자의 흥미거리 기사. 조의 비밀은 거기에 실려 있었어요.

놀랐을 거예요. 그는 생모를 만날 생각을 하지 못했어요. 엄마란 존재가 자신에게도 있다는 사실이 믿기지 않았으니까.

왜 안 그렇겠어요. 태어날 때부터 엄마가 없는 사람도 있는 건데. 딱 조가 그랬어요. 철저하게 혼자였어요. 두려움과 궁지에 몰려 더는 도망칠 곳이 없게 되자 생모를 떠올리게 된 거예요.

만약, 죽어야 한다면 세상에 자신을 있게 한 여자의 손에 맡기는 것도 나쁘지 않겠다고 생각한 거죠. 운명에 쫓겨 실낱같은 희망을 걸고 조는 그렇게 나를 찾아온 거예요. 불운한 운명이지만 한번 보고 싶었던 거겠죠. 사람의 일이란 게 알 수 없는 일 투성이니까.

우는 건가요? 조 때문에? 아가씨의 가녀린 어깨가 자꾸만 들썩여. 내 손수건을 빌려줄게요. 울기엔 아직 일러요.

샤워를 끝낸 남편이 거실로 나왔어요. 조가 누구인지, 왜 왔는지 묻지 않더군요. 그저 우리의 얘기가 다 끝났냐고 확인만 했어요. 평소와 달리 수상쩍더군요. 나와 조를 번갈아 힐끔거릴 때 알아봤어야 했는데.

남편은 조가 누군지 알고 있었던 거예요. 내가 찾아달라던 바로 그 아이가, 형사인 남편이 밤을 새워가며 쫓던 살인범이 조라는 걸 말이에요. 우리를 보고 욕실로 직행한 건 그 때문이었어요.

조와 내가 마주 앉아 있었으니 찬물이라도 끼얹어야 정신이 번쩍 들겠다 싶었던 거겠죠. 사태를 수습하자면 맑은 정신이어야 했을 테니까. 것도 아니면 안심했던 거겠죠. 사정거리 안에 조가 안착해 있었으니.

남편은 하양이가 앉아있는 저 소파에 저승사자처럼 자리를 차지하고 앉았어요. 그렇게 싫어하던 보라색 소파에 남편이 아무렇지도 않게 그토록 오래 앉아있었는데. 남편에 대한 증오심만 가득 차서 그런 것을 살필 여력이 내겐 없었던 거예요.

남편은 기억하고 있었어요. 보랏빛 내 하늘을. 보랏빛 강보에 싸인 내 아기를. 보라색 소파를 볼 때마다 아기가 겹쳐져 보였겠죠. 그토록 싫어한 이유를 알만도 해요.

남편은 보라색 소파를 싫어한 게 아니라 막 대할 수 없었던 거예요. 거기에 아기가 누워있는 것처럼 여겨졌을 테니까.

조와 내가 침묵하고 있는데 남편이 오피스텔에서 발견된 여자 변사체를 입에 올렸어요. 서른 중반쯤 된 여자의 두개골에 구멍을 낸 범인을 쫓는 중이라고 묻지도 않는 말을 뜬금없이 해댔어요.

이상한 건 그때 조의 몸이 바짝 움츠러들었다는 거예요. 계속해서 보고 있자니 가엽게도 조가 바들바들 떠는 거예요. 아가씨처럼 추워서 그런 거라고. 따뜻한 생강차를 가져다줘야겠다고 생각했죠.

남편과 조 사이에 께름칙한 기류가 흘렀는데, 대인관계가 원만하지 않은 조의 성격 때문이겠거니 했어요. 그리고 내가 차를 갖고 주방에서 나오는데 조가 벌떡 소파에서 일어났어요. 남편이 조에게 뭔가 말을 하려던 순간이었던 것 같아요.

조가 먼저 말했어요.

"그, 그건 사고였어요. 잘못했어요."

조가 무슨 말을 하는 건지 난 통 알 수 없었어요. 그리곤 곧 알게 됐죠. 남편이 말했으니까.

"이인숙 살인사건 용의자로 조, 너를 체포한다."

내가 얼마나 황당하고 충격을 받았을지 짐작이 되나요? 나는 어떻게든 조를 구해주고 싶은 사람이었으니까. 다른 남자와 결혼한다는 여자의 말은 조에게 비수나 다름없겠죠.

조의 심장을 단박에 찌르고도 남았을 테죠. 그렇다면 그건 정당방위 아닌가요?

조는 떠나는 여자를 쿨하게 보내주지 못했어요. 자신과 더 엮일 마음이 없는 매정한 여자에게 매달렸어요. 한순간에 사람을 망치자고 드는 악플처럼 뒷일은 예측 가능한 일인 거예요. 문을 나서는 여자를 나가지 못하도록 막은 것뿐이었는데. 살짝, 정말 살짝 이었는데.

지지리 운도 없는 놈. 쓰러지는 여자의 뒷머리가 화장대 모서리에 정확히 찍혀 구멍이 난 거예요. 검붉은 피가 오피스텔 바닥을 적셨겠죠. 무서웠을 테죠. 그 공포로부터 조는 무작정 도망쳤던 거예요. 그런 때에 뭘 어떻게 해야 하는지 몰랐을 테니까.

이인숙과 함께 있던 살인 용의자. 남편은 탐문 수사 끝에 조를 알아낸 거예요. 그것은 쉬운 일이었어요. 그들은 한 집에 살았으니까. 사라진 조를 이웃이 살인자로 지목했어요.

유력한 살인 용의자의 흔적을 뒤쫓던 와중인데 자신의 집에 와 있으리라곤 꿈에도 생각 못했겠죠. 남편이 평소와는 다르다는 걸 나는 짐작도 못했고, 남편은 서에 가서 범행 일체를 자백하라고 말했을 뿐인데 조한테는 그 말이 사형선고나 다름없이 들렸던 거예요.

여자와 헤어지는 건 물론, 그녀의 죽음조차 받아들이지 못한 조는 사색이 되었어요.

"사, 살려주세요!"

혼란에 빠진 조의 절규가 내 가슴팍에 사무쳤어요. 설명도 없는 조가 허둥지둥 자신의 바지춤을 허벅지 아래로 내리더군요.

헉! 낯익은 두 개의 붉은 반점이 조의 허벅지에 있었어요.

아주 오래전 기억이지만 내가 낳은 아이, 또렷이 떠올랐죠. 내가 해줄 수 있는 게 아무것도 없는데…….

안으로만 타 들어가는 조의 비운을 씁쓸하게 맛 본 게 다였어요. 남편을 저주하고 싶었는데 저주받은 건 되레 나였어요.

내가 자신을 낳은 엄마라는 걸 알면서도 바로 눈앞에 엄마가 있는데도 황망한 조는 눈치만 살폈어요. 남들은 무의식적으로 잘도 내뱉는 그 '엄마' 소리가 그런 절박한 상황에서조차 나오지 않다니.

그 아인 세상 밖으로 나오자마자 버려졌을 때와 똑같아 보였어요. 왜 날 낳았냐고 원망의 말 한마디 하지 못했어요. 내가 할 수 있는 말이 뭐였을까요? 없었어요. 입이 열 개 아니백 개라도 모조리 다 붙어버린 걸.

조의 눈물방울이 돌덩이처럼 쿵! 쿵! 쿵! 내 발등을 찍어 내렸어요. 깃털 같은 조의 발걸음에 나는 불구덩이 속에 있었어요. 내게 다리만 있었어도 조를 그렇게 보내진 않았을 텐데.

손은 있으나 마나였어요. 휠체어 바퀴를 굴릴 버튼 하나도 조작하지 못했으니까. 복이라고는 먹고 죽을래도 씨가 말라버린 조는 내가 죽이고 싶도록 증오하는 남편의 손에 그렇게 끌려가고 마는 거였어요.

"데려가지 말아요. 제발."

엄마란 게 그런 거였을까요. 조가 어떻게 태어난 아이였는지, 그때에 그런 건 하나도 중요하지 않았어요. 생각도 나지 않았어요. 한 번도 느껴보지 못한 낯선 감정들이 폭풍처럼 휘몰아쳤어요. 조 대신 나를 데려가라고, 여자를 죽인 건 나라고 생떼를 썼어요.

남편의 눈이 휘둥그레지더군요. 정면으로 맞서는 그런 나를 본 적이 없었으니까. 패악에 가까운 몸부림이었죠. 공포에 떨던 조가 평온한 얼굴을 한 건 그때 잠깐이었어요. 아주 잠깐.

실오라기 같은 햇살 웃음이 조의 얼굴에 번졌어요. 햇살처럼 내 가슴으로 스며들었어요. 조의 입술이 열리나 싶던 그 순간에 비단 보자기를 뚫고 조심스럽게 그 말이 튀어나왔어요.

"엄. 마."

그토록 울림이 큰 말인 줄을 나는 여태 모르고 살았던 거야. 엄마! 영혼의 울림이었어요. 지금껏 내가 들은 그 어떤 이야기보다 감동적이고 웅장한.

'엄마'에 눈물은 터져버린 댐이었어요. 조도. 나도.

"한 번만 더. 그 감동의 이야기를 내게 들려줘."

"엄마!"

"그래 조. 내 아들, 조!"

아들이란 말이 내 입에서 능청스럽게 잘도 나와서 놀랐죠. 단숨에 우린 핏줄로 묶여 하나가 됐어요.

어디서부터 우리의 만남이 잘못되었던 걸까요? 어디서부터 불운이 싹트기 시작한 걸까요? 비껴갈 수도 있었을 텐데. 불운은 왜 우리를 덮치고 끝까지 놓아주지 않았던 걸까요?

내가 모르고 있었던 것은 비단 그것만이 아니었어요. 조가 경찰서로 연행되고 나는 한동안 얼이 빠져 있었죠. 남편이 집으로 돌아와 다시 말을 걸어올 때까지 말이에요.

남편의 그 무엇에도 난 반응하지 않았어요. 내 나름의 잔인한 복수였는데. 남편이 우는 건 또 처음 본 거예요. 내가 그토록 혐오스러워하고 또 그토록 사라지기를 바랐던 남편이 엉엉 울다니. 그것도 잘려나간 내 허벅지 자락에 얼굴을 파묻고서 말이에요. 그러면 안 되는 거였는데…….

침통해하는 남편의 등은 작고 말랐더군요. 남편의 등이 이렇게 생겼었구나. 몹시 말랐구나. 결혼할 당시만 해도 건장했는데.

나 때문이라는 걸 실감하면서도 한 번 엇나간 내 마음은 쉽게 돌아오지 않았어요.

"당신이 죽어버렸으면 좋겠어. 차라리 당신의 그 손으로 날 죽여줘."

남편의 울음소리는 내 귀에도, 내 가슴에도 와닿지 않았어요. 거실의 물건들을 손에 잡히는 대로 그를 향해 내던졌어요. 남편이 총이라도 쏴주길 기대했어요.

하지만 남편은 몸부림치는 나를 힘으로 제압했어요.

헉!

그날의 기억이 또다시 떠오르는 거예요. 날 덮치던 그 괴한. 하양이가 내 손에 잡혔어요. 놀란 고양이가 남편의 얼굴에 발톱을 휘갈겼어요. 날카로운 고양이의 포효에 남편이 주춤 물러서더군요.

남편의 말소리가 귀에 꽂힌 건 고꾸라지듯 무릎을 꿇은 그 다음이었어요.

"난 자식을 가질 수 없는 남자야."

남편의 고개가 거실 바닥에 닿을 듯했어요.

왜 진즉에 말하지 않았을까요? 내 증오의 뿌리를 알고 있었으면서. 그럴 수밖에 없었겠죠. 남편은 수도 없이 말할 기회를 엿봤을 거예요.

　내 미움이, 내 증오가 그때마다 그를 매몰차게 거부한 거예요. 남편만 보면 어둠 속의 기억이 떠올랐으니까.

　남편의 그 짧은 고백에 내가 알고 있던 모든 진실은 전복되고 말았어요. 한창 예민한 사춘기에 고환 종양을 앓았다더군요. 그 일로 더는 정자를 만들어내지 않는 고환을 갖게 된 거예요.

　조가 남편의 아이라고 확신하고 있었는데. 내가 얼마나 잔인한 여자였는지 그제야 알겠더군요. 조만 가여운 게 아니었어요. 자신을 거들떠보지 않는 여자를 바라볼 수밖에 없는 남편도 가엽긴 마찬가지였어요.

　나만 모르는 나와 관련된 일들이 비일비재하게 일어나고 있었던 거예요. 내 가까이에 있으면서 나를 비웃고 있었던 거예요.

　이 순간에도 내가 손을 쓸 수 없는 내 일들이 어딘가에서 벌어지고 있겠죠. 출구라고는 보이지 않는 깜깜한 미로에 갇혀서 평생을 보내야 하는 게 내 업보는 아닌지 또 어떻게 알겠어요.

　조를 만나고 내게 달라진 게 있다면 전에는 내 삶이 깜깜한 미로를 헤매는 거였는데, 지금은 불빛이 비치는 미로를 헤맨다는 거예요. 남편에 대한 내 증오가 조를 만나게 했고,

조의 비운이 남편의 비밀을 알게 해준 거예요.

내 삶의 출구를 찾아 난 지금도 헤매고 있어요. 이렇게 매력적인 아가씨가 가사 도우미를 하겠다고 내 집까지 찾아왔다고는 생각 안 해요.

아가씨는 내가 구인 광고를 냈다는 사실조차 모르고 왔을 테니까.

남의 집 도우미를 하기에는 앳되다고 했을 때 당황하더군요. 긴 앞머리로 재빠르게 기색을 감추었죠. 그리곤 아무렇지 않은 얼굴로 면접을 보러 온 거라고 했지만 난 이미 알고 있었어요. 다른 이유로 나를 찾아왔다는 걸 말이에요.

중개소에서 보낸다는 사람은 오십 대의 아줌마였거든요. 아가씨와 직접 대면할 때까지 까맣게 잊고 있었어요. 아가씨가 나타나자 면접을 보러 온 도우미로 내가 잠시 착각했던 거예요. 아차 싶었죠.

그런데도 아가씬 계속 일을 구하러 온 사람처럼 굴었어요. 직접 차를 내오겠다고 했을 때, 아가씨의 대문니가 내 눈에 밟혔어요.

왜 그랬을까요? 난 아가씨가 조와 무관하지 않을 거라고 내 멋대로 짐작했어요. 틀리지 않았어요. 조처럼 사람의 눈치를 보는 건 아닌데, 나 모르게 집안을 이리저리 휘두르는 아가씨의 눈빛이 왠지 조와 흡사하더군요. 아가씨는 조의 혼적을 내 집에서 찾고 있었던 거예요.

내 짐작이 맞지 않나요?

아, 조! 목숨을 거둬달라던 조의 말은 살려달라는 또 다른 애원이었어요. 처음 만난 엄마 품에 제대로 안겨보지도 못하고 차디찬 철창신세라니.

하지만 걱정하지 말아요. 조가 죗값을 치르고 나올 때까지 조를 돌봐주겠다고 남편이 약속했으니까.

난 참, 염치도 없고 변덕도 심한 여자인가 봐요. 오랜 세월의 그 증오가 하룻밤 사이에 봄눈처럼 사그라지다니. 의미 없는 웃음만 나오는 일인 거예요.

꿀꿀한 내 얘기. 끝까지 잘 참고 들어줘서 고마워요.

그 사이 우리의 차가 싸늘하게 식어버렸네요. 찻물을 다시 데워와야겠어요.

찻잔이 따뜻하니 한결 낫죠?

이제는 아가씨 차례예요. 아무것도 모른다는 그런 새침한 얼굴로 고양이만 바라보지 말고, 날 봐요.

아가씨는 나와 달리 조가 어떻게 살아왔는지 더 잘 알 테고 지켜보기도 했을 테죠. 아가씬 조의 누나니까. 다 털어놓을게요.

수녀원 문 앞에 내가 버리고 온 핏덩이, 내 생각이 맞는다면 조와 당신일 테죠.

이란성쌍둥이 조와 란. 날 바라보는 아가씨의 눈빛, 너무도 황망해. 내 가슴이 또 한 번 갈가리 찢길 테지만, 해일에 휩쓸린 것처럼 참혹해질 테지만 아가씨와 나의 대화, 진짜는 이제부터 시작인 거예요.

내 딸, 란의 얘기를 들려줘요. 내 딸이 위로받을 수 있게, 어서. 어서요!

란의 도주

"엄마얏!"

하마터면 놀라 자빠질 뻔했어요. 멀쩡한 앞문 놔두고 왜 도둑고양이처럼 뒷문으로 슬그머니 들어 왔냐고요? 글쎄요. 왜 그랬을까요? 이러는 내가 석연찮아서 이상해 보이기도 하겠지만 살짝 모른 척 해주세요. 매일 똑같이 반복되는 일상에 염증이 나서 그런 건지도 모르니까.

엄마 손에 들린 그 칼은 뭔가요? 식사 준비를 하기엔 어중간한 이때에 요리를 하려던 건 설마 아닐 테고. 진짜 도둑이라도 드는 줄 알았던 거예요?

엄마가 나보다 더 놀랐군요. 그래도 칼은 위험해요. 잘못 사용하면 엄마가 다칠 수 있으니까. 이리 주세요. 제자리에 갖다 놓을게요. 그리고 엄마. 말을 꺼내기가 참 쉽지 않네.

뜸 들이지 말고 무슨 말인지 어서 해보라고요?

어차피 꾸물댈 시간도 없으니 그럴게요. 문밖출입이 자유롭지 않은 엄마한테 이런 말 하면 쓸데없이 바람만 잡는다고 핀잔하실지 몰라요. 엄마와 살면서 부탁은 처음인 거죠. 이유 같은 건 불문에 부치고 그냥 들어줬으면 좋겠어요.

여행을 가고 싶어요. 엄마랑. 그러니까 엄마의 시간을 내게 조금만 주세요.

어디로 갈 생각이냐고요? 아직은 잘 모르겠어요. 내 인생에 정해진 건 아무것도 없으니까. 불현듯 어딘가로 떠나고 싶은 충동이 생긴 거예요. 목적지가 어디가 될지는 나도 모르는 일이에요.

가다 보면 우리의 목적지가 정해질 테고 또 그곳에 도달하는 때도 오겠죠. 무슨 큰일이나 생긴 건 아닌지, 어떤 불길한 일의 징조는 아닌지 지레 근심하지 말아요. 아버지에 대한 걱정도 접어둬요. 여행이라곤 떠나본 적 없는 우리 엄마. 붙박이 생활을 청산하고 싶을 만큼 흥미진진한 여행이 될 테니까.

딸과 함께하는 대박 여행, 두 번은 다시없을 절호의 기회가 온 거예요. 절대로 놓치지 말아요.

엄마는 준비할 게 아무것도 없어요. 두려워할 것도 없어요. 눈앞에 엄마를 두고 그리워만 하는 이 딸의 간절한 소망이에요. 내 얘기를 나 자신처럼 들어줄 수 있는 사람, 엄마 뿐이잖아요. 우리가 어디에 있든 그건 하나도 중요하지 않아요.

집에서 하면 안 되는 거냐고요? 죄송하지만 엄마, 그건 곤란해요. 불편한 다리 때문에 신경이 쓰이는 거라면 내가 다 알아서 모실 게요. 이래 봬도 유능한 간호사잖아요. 출구도 보이지 않는 내 인생의 터널에 등불이 되어준 엄마 덕분이죠.

그리고 이거, 짠! 자동차 운전면허증이에요. 이거 따려고 둔한 운동신경에 얼마나 진땀을 뺐는지 몰라요.

휠체어가 유일한 다리인 우리 엄마, 장시간 여행은 꿈도 못꾸는 일이라는 거 알아요. 이제는 내가 있으니 불가능한 여행이란 없는 거예요. 엄마를 위해 내가 얼마나 많은 걸 차곡차곡 준비해 왔는지 알면 격하게 감동받아서 아마 쓰러지실지도 몰라요. 휠체어에서 벌떡 일어나 걷는 기적이 펼쳐질지도 모르는 일이죠.

과장이 너무 심하다고요? 후훗. 아무래도 좋아요. 엄마와 여행할 생각에 내 기분은 지금, 최고예요.

차요? 물론 준비했죠. 자동차에 관한 한 일가견이 있다고 자부하는 판매원한테 연비 좋고 성능 좋은, 엄마가 좋아할 만한 차 한 대 뽑아달라고 오래전에 주문해 놓았죠. 뒷문을 열고 나가면 엄마가 탈 차가 대기하고 있어요. 신나는 일이죠. 모든 게 엄마를 위해 준비된 거니까.

병원이요? 휴가랍니다. 여행가방도 다 싸놨고요. 엄마가 좋아하는 보라색 숄과 무릎담요는 물론이고요, 혹시나 싶어 의족과 비상약도 챙겼어요. 이만하면 내가 얼마나 심혈을 기울여 이번 여행을 준비했는지, 더 말씀 안 드려도 잘 아시겠죠? 안 된다거나 짐스러울 거란 말씀은 사양입니다.

당장 출발하자고요? 역시, 엄마는 내 엄마인 게 확실해요. 어떤 돌발 상황에서도 적응력 하나는 끝내주시잖아요. 엄마의 마음이 준비됐다면 모든 채비는 완료인 거예요. 내가 들어올 때처럼 숨바꼭질하듯 살며시 그리고 조용히 뒷문으로 빠져 나가요.

우리 집 대문 앞을 얼쩡거리는 저 남자. 카키색 모자를 눌러쓰고 카키색 점퍼를 입은 저 남자. 내가 나타나기 전부터 우리 집 주변을 어슬렁거렸을 테죠. 멋지게 골탕 한번 먹여주는 거예요.

벌써 눈치를 채신 건가요? 평소와 다른 내 행동이, 우리의 여행이 저 남자 때문이라는 거. 궁금하시겠지만 여기까지만요. 소리를 내면 안 되는데 오늘따라 휴대전화가 시끄럽게 울리네요. 진동으로 아니 전원을 꺼두는 게 좋겠어요. 잔걱정 많은 엄마가 신경 쓰이는 일 없도록.

중요한 전화요? 엄마가 내 곁에 있는데 다른 중차대한 일이 있을 게 뭐예요. 나는 엄마의 다리. 엄마는 이제 어디든 갈 수 있어요. 늘 마음에 걸렸어요. 엄마는 별일 아닌 것처럼 무심하게 웃어넘기지만 난 그렇지 못했어요. 구석에 구겨져 앉아있는 것 마냥 마음이 늘 불편했어요. 어서 가야 하는데, 전화벨 소리가 또 발목을 잡네요.

거실의 그 전화, 받지 말고 그냥 가요. 마냥 지체하다가는 결국 훼방꾼이 나타나 우리 여행을 망칠 것만 같아요. 저 소리 들려요? 현관문 두드리는 저 소리. 아마 조일 거예요. 자신도 끼워달라고 조르면 내 계획은 말짱 도루묵. 하지만 약속할게요. 다음에는 온 가족 여행이 될 거라고. 더는 꾸물거릴 시간이 없어요, 엄마.

소리 소문 없이 빠져나가야 해요. 숨바꼭질하는데 술래에게 들키면 곤란하잖아요. 국가의 비밀요원처럼 민첩하게 뒤편에 세워둔 차를 향해 돌진하는 거예요. 휠체어 손잡이를 꼭 잡고 어깨는 낮춰요. 긴장되는 것이 흥미진진한 모험 속으로 빠져드는 것 같죠. 후훗.

이젠 차에 타기만 하면 되는 거예요. 엄마가 좋아하는 보라색 시트는 아니지만 이 차, 엄마가 타기엔 안성맞춤이에요. 안전벨트 꼭 매세요. 점퍼 입은 남자가 쫓아와도 걱정할 게 없어요. 날렵하게 잘 빠진 이 차가 안전하게 엄마를 모실 테니까. 트렁크에 휠체어도 실었으니 이제 본격적으로 달려볼까요.

그런데 엄마 얼굴에 웬 근심이람? 얼떨결에 타긴 했으나 내가 초보운전자라 겁이 덜컥 나는 거죠. 엄마 목숨이 내 손에 달렸으니까. 하지만 엄마랑 함께여서 난 살 떨리게 좋아요.

내 운전 솜씨 어때요? 초보지만 생각보다 꽤나 숙련된 운전자 같잖아요. 폼도 좀 나는 것 같고. 후훗. 집에서 멀어지고 나니까 이제 좀 안심이 되는데, 엄마는 집을 벗어나서 불안한가요? 엄마와 사는 그 집에 유감이 있어서 그런 건 아니니까 오해는 금물이에요.

내가 아는 한 엄마가 사는 그 집은 세상에서 가장 안락하고 평화로운 곳이에요. 오늘은 단지 엄마와 집 밖에서 시간을 보내면서 이렇게 대화를 나누고 싶은 것뿐이에요.

보세요. 조금만 차를 몰고 나왔을 뿐인데 싱그러운 녹음이 한눈 가득이잖아요.

엄마 눈이 휘둥그레지는 건 쳇바퀴 돌리는 다람쥐처럼 집안일에만 얽매여 있었기 때문이에요. 자글자글하던 엄마의 주름살이 다리미가 지나간 것처럼 반들반들해졌어요. 거울을 보여드릴까요? 내 말이 진실이란 걸 알 수 있게.

심오한 대화가 오가는 것도 아닌데 엄마랑 나누면 사소한 말도 밤하늘의 빛나는 별처럼 내 가슴에 촘촘히 박혀 와요. 눈시울이 시큰해 보이는 게 우리 엄마 감동 먹었구나!

예민하고 풍성한 감성을 지닌 엄마가 생각할 수 없을 만큼 지금의 나는 행복해요. 고즈넉한 마을 풍경이 줄을 잇는 좁은 이 길도 좋고. 매연에 찌든 심신을 녹음이 세탁해주는 길 같아요. 가축 분뇨 냄새가 코를 자극하기도 하지만 친근한 냄새잖아요.

네? 누구요? 기현 씨? 한창 분위기 좋은데 갑자기 그 사람 얘기는 왜 꺼내는 건데요?

엄마가 그렇게 궁금하다면야 그냥 넘길 수만도 없는 얘기죠. 하지만 기현 씨 얘기를 막상 해야 한다고 생각하니 한숨부터 절로 나오네요.

내 마음을 나도 잘 모르겠어요. 새벽안개가 뿌옇게 내려앉아 걷힐 줄 모르죠. 찜찜한 구석만 늘고 석연찮은 것들은 내 머리에 자꾸만 쌓여가요. 기현 씨 탓이 아닌데. 그 사람을 탐탁지 않아하는 아버지의 생각이 내게 전염이라도 된 걸까요? 그를 밀어낼 구실만 늘려가는 것 같아요. 기현 씨 얘기는 하나도 재미없어요.

헤어진 거냐고요? 그렇게 생각해주고 더 묻지 않으신다면 나야 고맙죠. 세상천지에 남자가 기현 씨만 있는 것도 아니고 더 좋은 남자를 만날 기회가 드디어 내게도 온 건지 또 알 수 없는 일이잖아요.

　조금만 더 가면 가락국수를 기막히게 잘하는 집이 있어요. 한 번 맛보면 혀끝이 기억해 또 찾지 않고는 배기지 못하는 그런 집이죠.

　먹고픈 생각이 없다고요? 일단 드시고 또 먹고 싶단 말씀만 하지 마세요. 엄마 배에서 꼬르륵하는 소리가 나요. 배고프지 않다는 엄마의 말보다 더 정확한 표현인 거죠. 여길 언제 또다시 올 수 있겠어요.

　벌써 육 년이나 지났네요. 생면부지의 나를 엄마가 딸로받아준 게. 눈 깜짝할 사이라는 건 바로 이런 걸 두고 하는말이겠죠. 엄마를 만나고 알게 된 그날, 칼바람에 마음은 에이고 몸은 금방이라도 동사할 것만 같았어요. 눈 덮인 산속을 헤매다 불 켜진 산장을 발견한 거예요. 따뜻한 난로 앞에서 잠이 절로 오는 그런 세상과 만난 거예요.

　엄마는 내 앞에서 붉게 타오르는 장작불과도 같았어요. 사람의 말이란 게, 고백이란 게 그토록 막강한 힘을 가진 것인줄은 그때까지 몰랐어요. 지난날을 허심탄회하게 가감 없이털어놓는 엄마는 위태로워 보이기만 했는데, 마법 같은 일이내 안에서 일어나게 만들었죠. 엄마의 고백에 내가 알던 나는 사라지고 나조차 완전히 낯선 내가 그곳에 새롭게 태어난거예요. 엄마를 보고 있자면, 가슴은 먹먹한데 몸은 불처럼 뜨겁게 타올랐어요. 엄마의 연금술로 내가 다시 세상에 태어난 거예요.

뭐라고요? 내가요? 에~이, 설마요. 나란 존재가 어떻게 엄마한테 감동이나 줄 수 있겠어요. 나 같은 게 뭐라고. 애써 나를 위로하려 들지 않아도 돼요. 모두가 지나간 일인 거예요. 엄마를 만나고 내 인생은 그전의 내가 상상할 수 없을 정도로 달라진 걸요.

하루하루가 아귀다툼으로 가득 차 있었는데. 그 소리들이 모조리 사라졌어요. 내 안은 온통 엄마의 포근한 소리들로 가득 채워졌죠.

휠체어 소리, 그건 엄마의 발소리인 거죠. 가족을 위해 요리하는 엄마의 도마 소리가 아침을 부르고 날 기다리는 엄마의 소리가 내 빈 가슴을 채워주었어요.

예수님의 재림을 기다리는 신도처럼 엄마는 그렇게 나에 대한 모든 촉각을 열어두고 계셨던 거예요. 꿈만 같던 대학 공부를 할 수 있었던 것도 순전히 엄마 덕분이죠.

늦은 밤, 내가 방으로 들어간 것을 확인한 다음에야 엄마는 잠들 수 있었어요. 잠드는 순간에도 나와 조에 대한 생각을 했을 거예요. 내 곁에 엄마가 있어서 얼마나 좋았는지 엄마는 짐작도 못 할 거예요.

한밤중, 불현듯 일어나 이불을 뒤집어쓰고 꺼억꺼억, 얼마나 울어댔는지 몰라요. 엄마를 내게 보내준 하늘이 말할 수 없이 고마웠어요. 무슨 착한 일을 그렇게 했다고 이런 호사가 내게 생기나. 조바심에 겁도 났어요. 하루아침에 내 앞에 있는 모든 것들이 사라져 버리는 건 아닌가? 그러면 어떡하지? 그렇게 되게 가만 둘 수 없었어요. 내가 갖게 된 것들을 어떻게 해서든지 꼭 지키고 싶었어요.

엄마가 잠들고 나면 현관 앞에 나와 보초 아닌 보초를 섰던 거예요. 내 행복을 누가 도둑질해 갈까 봐 두려웠거든요. 도둑질해 갈 수 있는 게 아니라는 걸 알면서도 그땐 그랬어요. 지금 생각하면 웃음만 나오는 일이란 거 잘 알아요.

어라. 엄마 표정이 왜 그래요? 엄마도 혹시 그때 내 마음과 같았던 거예요? 엄마도 엄마의 행복이 달아날까 봐 겁이 났던 거로군요. 돌이켜보면 황금 같은 날들의 연속이었어요. 그때는.

벌써 다 드신 거예요? 맛이 없어요? 이 집 가락국수, 맛있다고 소문난 집인데. 그렇다고 뭐, 무리해서 드실 필요까지는 없어요. 우리가 가는 길에 맛있는 집들이 줄을 서있을 테니까. 언제든 신호만 주면 돼요. 아까처럼 배꼽시계가 울리기 전에 말이에요. 그다음엔 내가 알아서 척척 모실게요.

기현 씨요? 그 사람 얘기를 또 꺼내는 거예요. 아버지나 조의 얘기라면 괜찮아요. 기현 씨 얘기만큼은 내가 먼저 꺼내기 전까진 모른 척 해주면 고맙겠어요.

우스갯소리로 하는 말들이 있잖아요. 엄마도 아시죠? 결혼은 식장에 가봐야 누가 와 있는지 안다고. 기현 씨와의 앞날은 모를 일이고 우리가 가족이 될 일은 더더구나 없는 거예요. 시간이 지나면 감정도 인연도 자연스레 알게 되는 거겠죠. 그보다 더 중요한 얘기가 있어요. 내가 존경하고 사랑하는 유일한 사람, 엄마. 믿기 어려울지 모르지만 진심이에요. 엄마의 비밀을 들려주던 그날부터 말이죠. 엄마의 얘기. 무덤까지 갖고 갈 얘기였겠죠.

나라면 어땠을까요?

엄마한테 꼭 해야 될 말이 있는데 이토록 엉뚱하게 에두르는 걸 보면, 뭔가를 말해야 한다는 건 어려운 일임에 틀림없어요. 내가 해야 될 말을 결국 못하게 되더라도 엄마가 이해해 줘요. 엄청난 일이라 내 입으로 감히 말할 엄두가 나질 않아요.

휠체어 없이는 걸을 수도 없는 엄마가 꼬박꼬박 조의 면회를 다니는 걸 지켜보면서 난 감동했어요. 저게 엄마라는 거구나. 저런 사람이 내 엄마구나. 조의 얼굴을 봐야 안심이 된다고. 엄마니까 당연한 거라고. 하지만 당연한 것들이 뒤틀어지고 있는 상황에서 당연한 걸 행하는 건 더 어려운 세상에 우리가 살고 있는 거예요.

조와 내가 짧은 시절이나마 사람대접을 받으며 살 수 있었던 건 엄마가 곁에 있었기 때문이에요. 미움받지 않을까? 버려지면 어쩌나. 사랑받지 못하면 어쩌나. 그런 걱정들이 쓸데없다는 걸 단번에 일깨워준 분이죠, 엄마는.

엄마를 만나기 전의 나는 말이에요. 아무도 가까이하고 싶어 하지 않는 버러지만도 못한 아이였어요. 누군가 시비만 붙여주면 시한폭탄처럼 늘 터질 준비가 돼 있었던 그런 아이였어요. 매일이 전쟁이었어요. 내 감정에 갑옷을 입히고 무기를 몸에 장착하고 하루하루를 버텼어요. 원한 많은 아이처럼 세상에 대한 복수만을 꿈꾸었던 거예요. 복수가 뭔지도 모르면서 말이죠.

내게 동생이 있다는 걸 알려준 사람은 아가다 수녀님이었어요. 바구니 안의 쌍둥이를 발견한 수녀님. 그분이 우리를 종교재단의 보육시설로 보내주었죠.

조의 입양과 파양이 반복되는 동안 나는 그곳에 있지 않았어요. 여자아이여서 그랬을까요? 조보다 상황이 조금은 나았을지도 모르겠지만 피장파장인 거예요. 양아버지와 양오빠의 치근덕거림을 감수해야 했고 그렇지 못할 때는 모진 매질이나 도둑년 소리를 감당해야 했어요.

내 발로 결국은 그 집을 박차고 나와 버렸죠. 짧은 내 과거를 뒤쫓았고 그 끝에서 아가다 수녀님을 만나게 된 거예요.

내 부모를 찾고 싶다는 생각을 했으니까.

내게 동생이 있었다는 걸 그때 알았어요. 하지만 동생의 행방에 관해서는 수녀님도 더 아는 바가 없었어요. 난 그 길로 동생을 찾아 나섰어요. 그리고 끝내 찾아냈죠. 찾기만 하면 부둥켜안고 몇 날 며칠 그동안의 설움을 토해낼 것만 같았는데. 눈앞에 빤히 있는 데도 누나라고 나설 용기가 나지 않았어요. 그 아이도 나도 삶이 힘겹긴 마찬가지였으니까.

참 이상하죠? 먼발치에서 바라보기만 하는 것뿐인데 위로가 됐어요. 힘이 솟았어요. 혈육이란 게 그런 거였던가 봐요. 그렇게 멀리서 지켜보는 것만으로 의지하며 시간을 흘려보냈어요. 동생 앞에 누나라고 나서지도 못하고 몰래 훔쳐보기만 하면서. 그랬는데, 조가 여자와 함께 살고 있다는 것까지는 알았는데 어느 날부터인가 그 여자도 조도 종적이 묘연한 거예요. 헛헛한 마음과 불길함이 동시에 나를 가로질렀어요.

경찰만 조를 찾고 있었던 게 아니었어요. 나 역시 조를 찾아다녔어요. 그다음은 말 안 해도 엄마가 다 아는 얘기죠. 조가 엄마를 찾아왔다는 걸 어떻게 알았냐면요. 그것은 우주 법칙의 비밀 같은 거예요.

인생을 얼마 살지도 않은 내가 이런 말 하면 젊은 애가 패배적이라고 엄마는 생각하시겠죠. 그래도 어쩔 수 없는 일인 거예요. 내가 알아야만 할 것들은 어떻게든 반드시 알게 되는 거예요. 나와 얽혀 있는 것들을, 내 삶이 자석처럼 끌어당기도록 되어있는 걸요. 두렵지만 호기심이 더 커서 종국엔 모든 비밀이 파헤쳐지고 마는 거예요. 그것이 몰고 올 파란은 누구도 예상하지 못한 채 말이죠.

조와 내가 쌍둥이라는 것도, 엄마가 우리를 낳은 생모라는 것도, 아버지가 자식을 가질 수 없는 사람이라는 것도 결국은 다 알게 될 일인 거예요.

그것으로 살아갈 힘을 다시 얻게 되는 건지도 모를 일이죠. 베일에 감춰져 있던 것들이 확연해졌으니까. 내 안의 것들이 질서를 찾아가니까. 더는 나 자신의 혼란과 방황에 휩싸이지 않아도 되는 거잖아요.

내가 간호사가 될 줄 또 어떻게 알았겠어요. 지금 생각하면 그건 마치 우리들의 삶에 숨겨진 비밀 같은 거예요. 우리가 모르는 우주의 기운이 작용해 그 사람이 가야 할 길로 인도하는 거예요. 간호사가 될 수밖에 없었던 비밀이 내 삶 어딘가에 숨겨져 있고 최근에서야 그 이유를 확실히 알게 된 거예요. 끝까지 몰랐으면 좋았을 비밀. 땅에 묻혀 영원히 세상에 알려지지 않는 비밀이란 게 과연 있기나 한 걸까요?

병원에서 무슨 일이 있었냐고요? 엄마한테 내 근심은 남자 아니면 병원이군요. 하기는 그것 말고 또 뭐가 있겠어요.

병원 일은 비교적 수월해요. 적성에도 딱 맞는 일이고요. 동료들은 친절하고, 환자를 돌보는 일은 식은 죽 먹기나 누워서 떡먹기보다 제게는 더 쉬운 일이죠. 환자들과 함께 있는 시간이 즐거우니까 말이죠. 아주 오랫동안 입어온 옷처럼 간호사란 직업, 내게는 천직인 거예요.

마음에 안 드는 환자가 간헐적으로 있기도 하지만 뭐, 얌·전한 환자만 있으란 법은 없잖아요. 얼마 전에도 있었어요. 완전 날라리 환자. 보험금을 노리는 자해공갈단 우두머리쯤 되는…… 꼭 짚어서 말하지 않아도 눈에 보이는 듯하죠.

가짜 교통사고 환자가 어떠냐면요. 가짜 환자가 병실에서 어떻게 구는지 엄마가 알면 당장 병원으로 차 돌리라고 성화를 부릴지 모르는데. 그런 몹쓸 환자한테 병실 내주고 내 딸을 힘들게 하냐고 한바탕 병원을 뒤집어 놓을 걸요. 모르긴 몰라도. 후후.

무조건 내 편이 되어주는 엄마가 있다는 건 정말 든든한 일이에요. 휴가를 냈으니 며칠은 볼썽사나운 꼴을 안 봐도 된다는 게 얼마나 다행인지 몰라요.

휴가가 끝날 때쯤이면 불량하기가 하늘을 찌르는 가짜 환자도 퇴원하고 없을 테죠. 그런 환자를 돌보려고 간호사가 된 건 아닌데. 그렇다고 간호사가 된 걸 후회해 본 적은 한 번도 없으니 염려 놓아요. 아까도 말했지만 그건 내 운명의 비밀을 풀어줄 직업이었으니 말이에요.

자격 안 되는 형편없는 환자 때문에 골머리 썩고 마음 다칠 때도 있지만 뭐, 그런 건 아무것도 아닌 거예요. 엄마가 생각하는 것처럼 날 괴롭히는 일에는 근처에도 못 미치는 일인 거죠. 어떤 일이든 양면이 존재하고 엄마를 내 손으로 돌볼 수 있다는 것만으로도 내가 간호사가 된 건 충분히 훌륭하고 의미 있는 일이에요.

엄마도 내심 든든하죠? 뭐가라뇨? 실력 있는 간호사 딸이 이렇게 옆에 떡 버티고 있는 거 말이죠. 게다가 운전도 잘해서 바깥구경을 하고 있잖아요. 안 그래요? 암튼 환자 얘기가 나왔으니 하는 말인데요.

내가 만나서는 안 되는 환자가 있었어요. 간호사한테 만나서는 안 되는 환자가 어디에 있냐고 야단을 치실지 몰라요. 없어야 하는데 있는 거예요. 환장할 노릇인 거죠. 내게는 치명적인 환자를 병원에서 만났어요.

궁금하죠? 어떤 환자인지?

병원에 실려 왔을 때, 그의 몸엔 칼자국이 난자되어 있었어요. 그러고도 목숨이 붙어있는 게 용하다 싶을 만큼. 겨우 목숨 건진 그 남자. 왠지 구리텁텁한 냄새를 풍기는 그 남자. 내 담당 환자가 된 거예요. 험한 칼자국만으로도 위험한 인물이라 곁에 가기도 꺼려지는 그 남자를 매일같이 대면해야 했어요. 막상 대화를 나눠보니 위험한 사람만은 아닌 것도 같았어요. 어쩌다 그런 봉변을 당한 건지 알 순 없지만 사람은 착해 보였어요.

그의 신상정보가 비밀에 부쳐져 있다는 건 고개를 갸우뚱하게 만드는 일이지만. 의료보험을 적용받지 않는 환자. 치료비는 전액 현금이었고 그것도 선금으로 지불한 거예요.

병원비를 선불로 내는 사람이 어디 있어요. 나도 모르게 관심을 가졌던 건 그래서였는지도 몰라요. 무뚝뚝한 사람처럼 보이는데 내가 병실에만 들어서면 꼼꼼하게 뜯어보는 거예요. 노골적인 시선은 아니라서 무심히 넘겼어요.

병실에 오랫동안 혼자 있다 보면 간호사 오는 시간이 기다려지기도 하는 법이니까. 일인용 병실에서 병문안 오는 사람도 없이 종일 시간을 보내자면 지루하기도 할 테고, 딱해 보이기도 하는 거죠.

어쩌다 칼부림을 당하게 된 거냐고. 딱히 대답을 듣자고 했던 건 정말 아니었어요. 그날따라 병실의 정적이 어색해서, 그의 눈빛이 거슬려서 피하고 싶었던 것뿐이었어요.

"예쁜 간호사 아가씨가 흥미를 가질만한 게 못 되는데, 나와 아가씨와의 관계라면 또 모르지만."

말이 길어지는 건 정말 싫었어요. 길게 상대할 사람이 아니라는 걸 느꼈으니까. 내 볼일을 서둘러 끝내고 병실을 막

나오려던 참이었어요. 그가 날 불러 세우더군요.

"내 비밀 하나 말해 줄까?"

당황해서 멈칫했던 것뿐이었어요. 정말로 그의 얘기를 듣고 싶어서 멈춰 있었던 게 아니었어요. 날 바라보는 남자의 시선이 느끼하게 번들거렸어요. 무시하고 나가려는데 그가 내 등 뒤에 대고 직구를 날린 거예요.

"내가 처음으로 맛본 여자, 우리 간호사 아가씨랑 많이 닮았어."

내가 누군가와 닮았다는 말. 살면서 한 번쯤은 들어보는 말이죠. 엄마도 그랬잖아요. 내가 조와 닮았다고. 혈육이어서 닮은 사람도 있겠지만 완전 남남도 비슷하게 생기거나 닮은 사람들은 널렸죠. 멋진 사람을 닮았다고 하면 괜히 우쭐해지는 거죠. 관심 있는 남자의 엄마나 첫사랑을 닮았다는 말도 똑같잖아요. 닳고 닳은 말인데도 들으면 왠지 기분 좋아지게 만드는 마력을 지녔죠.

하지만 그의 말은 전혀 아니었어요. 흘려듣는 걸로 끝날 수 있는 거였다면 문제는 없었을 거예요. 그의 비밀이란 걸 듣게 되자, 노골적인 추파를 감당해야 했어요. 제 몸 하나 제대로 가누지 못해 화장실도 남의 손을 빌려야 하는 판국인데 말이죠. 오물을 뒤집어쓴 것처럼 기분이 더러웠어요. 내 몸이 오싹하니 오그라들었어요. 나는 기겁했지만 내색하지 않앉고 못 들은 척 병실을 후다닥 빠져나와 버렸어요.

그 뒤로는 그가 하는 모든 말과 행동을 못 들은 척, 못 본 척 무시했어요. 그가 혼자 누워 있는 병실을 드나드는 건 곤욕이었어요. 견디다 못해 담당을 바꿔달라고 간호과장에게 부탁했어요. 더는 뱀 같은 남자를 감당해낼 재간이 없었으니까.

내막을 모르는 동료들은 날 이상하게 쳐다봤어요. 그와 같은 신사를 마다한다고. 그럴 수밖에요. 추행은 내게만 이뤄졌으니까. 어쨌든 그 환자의 담당 간호사는 다른 이로 바뀌었어요. 진짜 문제는 그다음부터였어요.

그 환자, 몸에만 상처를 휘감고 있었던 게 아니었어요. 난자한 칼자국 못지않게 병적인 집착도 심했어요. 내가 병실에 나타나지 않으면 동료 간호사를 가만두지 않겠다고 유령처럼 소리도 없이 내게 다가와 웃는 낯짝으로 나를 협박했어요. 옆에 동료 간호사가 있어도 그녀는 전혀 눈치 채지 못했어요.

공포는 나만 알고 느끼는 거였어요. 다른 사람이 그 남자의 두 얼굴을 안다 해도 실없는 농담일 뿐인 거예요.

나로 인해 누가 다치는 건 정말 싫었어요. 도살장에 끌려가는 소처럼 그의 병실을 드나들었어요. 퇴원할 때까지만 참자고 다짐하고 또 다짐했어요.

퇴원하면 그만인 환자였다면 얼마나 좋았을까요. 정말이지 그랬다면 지금의 내 고민 같은 건 필요도 없는 건데.

아버지의 눈빛을 볼 때마다 사랑을 느껴요. 나와 조를 자식으로 선뜻 받아들여준 것만 봐도 아버지는 엄마한테 아니 우리에게 특별하신 분이죠.

웬일로 반감이 없으시네요. 그렇다고 그렇게 금방 수긍하시면 내가 별 감흥이 없잖아요. 아버지가 그런 것쯤은 당연한 거라고, 아무것도 아니라고 농담으로라도 부득부득 우겨주셔야 재미가 있는데 말이죠. 후후.

신경 쓰지 마세요. 그냥 어리광 한번 부려보는 거예요.

실은 아버지가 웃는 걸 좀처럼 보지 못했어요. 아버지가 엄마를 생각하는 마음이 남다르다는 건 알겠는데, 왜 아버지는 엄마나 우리를 보고 흔쾌히 웃지 못하는 걸까요? 아버지의 웃음을 도둑질해간 사람이 나와 조는 아닐까? 정말 그것이 괜한 걱정이기만 한 걸까요? 사랑하는 사람 앞에서 화사하게 웃을 수 없는 사람이라니. 슬픈 일인 거예요.

엄마 얼굴색이 안 좋아요. 어디가 불편해요? 조금 쉬었다 갈까요? 마냥 괜찮다고만 하지 말고 아픈 구석이 있으면 참지 말고 말해줘요.

간호사 딸이 있는 건 그래서 좋은 거잖아요. 말하지 않아도 엄마의 불편을 전부 헤아릴 수 있다면 좋겠지만 그건 무리인 것 같아.

그러니까 서슴지 말고 그때그때, 아셨죠? 위급한 상황에 대처할 수 있게.

우리 여행은 이제 겨우 시작이고, 내가 하고 싶은 진짜 얘기는 아직 근처에도 가지 못했어요. 털어놓자니 힘든 거예요. 겨우 면허 딴 생초보가 겁도 없이 차를 몰고 도로에 나온 것쯤은 비교도 할 수 없게. 등줄기에서 진땀이 흐르는 거죠.

시동이 꺼졌어요. 이참에 좀 쉬어가는 게 좋겠어요. 등받이를 젖히고 누우면 엄마도 좀 편할 거예요. 햇볕 잘 드는 곳으로 옮길까요? 여름이 왔다고는 하나 끝물 봄이라 그늘에 있자면 서늘한 기운이 몸을 파고들 테니까.

담요로 무릎을 덮어드릴게요. 엄마, 저 꽃들을 한 번 봐요. 활짝 웃고 있잖아요. 누구 하나 예뻐해 주는 이 없을 것 같은데. 그저 제가 좋아서 피는 꽃들인 거예요.

엄마, 내 말 들려요? 졸려요? 정말로 하기 힘든 얘기, 이제 하려고 하는데. 엄마도 짐작했겠죠. 퇴원하면 그만인 환자 얘기나 하자고 이렇게 먼 길을 온 게 아니라는 걸. 지금이 아니면 엄마한테도 털어놓을 수 없는 얘기가 되고 말 것만 같아요. 말해야 될지, 안 해야 될지 갈등이 심했어요. 엄마 인생에 또 다른 파란을 몰고 올 것이 확실하니까. 그런데도 엄마가 내게 그랬던 것처럼 나도 내 비밀을 어딘가에 털어놓고

만 싶죠. 그렇게 하지 않으면 비밀에 억눌려 압사하거나 수 몰돼 헤어 나올 수 없을 것만 같은 거예요.

잠들었어도 내 얘기, 엄마는 다 듣고 계시는 거죠. 그렇게 얌전히 누워서 듣기만 하시면 돼요. 내 얘기에 오한이 들지도 모르지만.

언젠가 엄마가 내게 했던 말인데, 이번엔 내가 하게 되네요.

얘기가 길어지면 추위가 더해질 거라고. 엄마는 담요가 있으니까 안심하세요. 결심은 했는데 막상 꺼내자니 착잡한 마음 가눌 길이 없네요. 혼자 끙끙댄다고 뾰족한 방법을 기대할 수도 없어요. 내가 이떤 말을 하더라도 놀라지 말아요.

얘기할 가치조차 없는 그 환자. 자신이 품었던 여자와 닮았다는 이유로 내 엉덩이에 제 멋대로 흉악한 손을 갖다 얹는 인간. 따귀라도 올려붙이고 더는 찍소리 못하게 입을 틀어막아주고 싶은데 무서워서 아무 짓도 할 수 없었어요. 고소라도 할까 싶지만 것도 내 마음대로 할 수 있는 게 아닌 거죠. 그게 그 인간의 병이니까 참아 달래요. 기도 안차고 코가 다 막히는 일이잖아요. 하루살이도 비웃을 일인 거죠.

추행이 병이라고 거침없이 말하는 그런 뻔뻔스러운 인간이 세상천지 어디에 또 있겠어요. 그 인간 병실은 죽어도 가기 싫은데, 협박은 날로 수위가 높아갔어요. 나로 인해 동료 간호사한테 어떤 해코지를 할지 알 수 없었어요. 그들은 그 인간의 추악함을 모르고, 내가 하는 말들은 공중분해 되고 마는데 무슨 소용이겠어요. 개뼈다귀 같은 그 인간의 말을 듣고 있자면, 내 귀가 썩어 들어가는 것만 같았어요.

"내가 품었던 그 여자. 늘 교복만 입었어. 예뻤지. 환장하게 말이야. 바지 속이 요란했거든. 내 거시기가 그 여자만 보면 정신을 못 차리고 불쑥불쑥 고개를 쳐들지 뭐야. 내 물건이 그렇게 원하는데 나도 어쩔 수가 없었어. 내 머리는 이미 내 거시기 속에 들어앉아 버렸거든. 그런데 말이야. 요즘 내 거시기가 또 이상해. 아가씨가 나타난 뒤로 꼴려서 환장하겠거든. 이런 기분 정말 오래간만이야. 한 번만 만져주면 안 될까? 그 예쁜 입술이면 더 좋을 테지."

위는 분명 텅 비었는데, 토사물이 왈칵 품어져 나왔어요. 할 수만 있다면 그 인간의 입술을 꿰매버리고 싶었어요. 그런 인간의 기억에 남아있는 여자를 닮다니 모욕감 한번 제대로 먹은 거예요.

날 괴롭히기로 작정한 거예요. 그렇지 않고서야 내겐 금기나 다름없는 그 얘기의 포문을 그토록 쉽게 열어버릴 순 없는 거예요. 내게 귀가 있다는 게 그때처럼 원망스러웠던 적도 없었어요. 저주받은 귀였어요. 아악!

듣고 싶지 않았어요. 귀를 틀어막아보지만 소용없는 짓이었어요.

"오래전에 그 여학생의 집 담장을 넘었었지. 한동안 그저 바라보기만 했는데 그날은 요놈의 소원을 들어줘야만 했거든. 그날따라 간절하데."

결국, 다 듣고 만 거예요. 그런 인간한테는 마음에 담아둘 여자 같은 건 없어야 마땅했는데. 혐오스럽다 못해 분노가 들끓어 올랐어요. 그런데 그 시점에서 왜 그런 생각이 들었을까요? 비밀의 작용은 왜 하필 그때 움직인 걸까요? 엄마의 말이 떠올랐던 거예요.

한밤중에 엄마를 덮쳤다는 그 괴한. 헐!

더는 들어줄 수 없는 추악한 얘기였는데. 악마가 내 안에 들어앉아 떠나질 않았어요. 그때의 나는 내가 아니었어요. 잠시 미쳐 있었던 거예요. 그렇지 않고서야 어떻게 그런 짓을 할 수 있었겠어요. 엄마가 나를 사람 취급해줬는데. 사랑을 베풀어줬는데.

나란 인간은 어쩔 수 없는 아이였던가 봐요. 내가 어떻게 태어난 아이라는 걸 나는 너무도 잘 알고 있었으니까. 궁금한 게 있는데 그걸 그냥 덮고 넘어갈 용기가 내게는 없었어요. 진실을 알아야만 했어요. 아니겠지. 설마 아니겠지.

결국 유전자 검사를 하고 만 거예요, 그 인간과 나.

검사 다음에 올 불행은 생각도 못했어요. 묻혀서 좋은 진실도 있는 법인데. 내 이성은 마비되어 버렸고 확인하고 싶은 생각만 증폭된 거예요. 감당할 도리가 없었어요. 절대로 해서는 안 되는 일을 저지르고 말았어요.

짐승이나 다름없는 그 인간이 내 생부라는 확인을 하고 만 거예요. 묻혔어야 좋았을 그 끝을 보고야 만 거예요. 세상에 이런 일이 또 있을까요? 생부 따위를 알고 싶어 하지 않았어야 했어요. 내겐 훌륭한 아버지가 이미 있었으니까. 전부 다 내 실수였어요.

병실을 드나들 때마다 어떻게 하면 놈의 숨통을 끊어놓을 수 있을까 고민했어요. 순전히 마음뿐이었죠. 막상 병실에 들어서면 짐승 같은 그 인간의 눈을 피하고, 손을 피하고, 다리를 피하느라 정신이 하얗게 질려버리는 거예요.

그 인간의 몸이 털끝이라도 내게 닿기만 하면 내 몸이 금방이라도 썩어 문드러질 것만 같았어요. 살을 파먹는 세균이 달라붙어 내 몸뚱이를 아작 내고 마는 거예요. 된통 조롱당한 채로 병실을 나설 때면 그제야 번쩍 드는 정신인 거죠.

없애버렸어야 했는데. 아무 짓도 못하고 또 이렇게 밀려나오고 말았구나. 내게 생명을 준 인간이라니 받아들일 수 없었어요. 내 손으로 없애버려야겠다는 생각을 왜 하게 된 건지, 정말 아이러니한 일인 거예요. 숨통을 끊어놓을 방법이 뭐가 있을까, 고민하고 또 고민했어요.

마침내 그가 퇴원하는 날에 기회가 찾아왔어요. 하지만 예상하지 못했던 일도 함께 생긴 거예요. 엄마가 그토록 궁금해마지 않는 기현 씨. 생부의 저주에 물든 내가 한가하게 기현 씨를 만나 데이트나 즐기고 있을 정신은 없는 거죠. 전화를 받는 것도 죄 무시해 버렸어요.

내 머릿속은 온통 그 인간을 어떻게 하면 처치할 수 있을까, 그 생각 하나로 가득 차 버린 걸.

기현 씨란 존재 자체도 난 깡그리 잊고 있었어요. 그런데 그가 병원에 나타난 거예요. 그것도 내가 목적을 달성하려는 바로 그 순간에 말이죠.

내 수고는 한순간에 물거품이 되고 말았어요. 기현 씨가 내 일을 망치고 말았어요.

기현 씨는 어쩌면 운이 좋은 사람인 거예요. 나에 대한 마음을 싹 지울 수 있을 테니까. 내가 그렇게 무서운 구석이 있는 여자라는 걸 알게 됐으니까. 정이 뚝 떨어졌을 테죠. 어떤 남자가 살인을 떠올리는 여자와 결혼이란 걸 하고 싶겠어요. 어느 날, 아내의 손에 자신이 죽을지도 모르는데.

그런데 말이죠. 적반하장도 참 요분수지. 벼락같이 화를 낸 건 나였어요. 내가 하려던 만행을 감춰야 했으니까. 생각할 틈도 없이 이별을 통보했어요. 싫증이 났다고. 다신 내 앞에 나타나지 말라고. 꼴도 보기 싫다고. 기현 씨 때문에 내 계획은 실패했고, 나는 내가 아니었던 거예요. 그와 실랑이

하는 사이 그 인간은 병원에서 유유히 사라지고 말았죠.

밖으로 나오길 정말 잘한 것 같아요. 숨이 턱턱 막혀 질식할 것만 같은 이런 얘기를 집에서 하자면 말도 꺼내기 전에 질식하고 말았을 거예요.

내 눈앞에서 사라진 걸로 모든 게 끝났으면 했어요. 그랬다면 불행이 커지는 걸 막을 수도 있지 않았을까. 하지만 그자가 살아있다는 게 내겐 저주였어요. 불행히도 쉽게 지워버릴 수 있는 게 아니었던 거예요. 없애는 것까진 몰라도 꼭 한 번은 만나서 매듭을 지어야 할 일이 있다고 생각했어요. 그런 짐승 같은 인간과 할 얘기라니, 역시 내가 제정신이 아니었던 거예요. 그런 인간과 매듭을 지을 일이 대체 뭐냐고 묻고 싶겠죠. 생각해보면 안 그래도 됐는데, 그 순간만은 저주받은 운명처럼 막을 수 없는 일이었던 거예요.

그 인간을 만나야 했어요. 그가 있는 곳을 알아내는 건 어렵지 않았어요. 조가 사라졌을 때 행방을 찾아낸 것처럼 내겐 숙달된 일이었어요.

그가 사는 곳을 파악하고는 병실에서 소주를 마시던 그 인간을 떠올리며 와인 한 병을 샀어요. 제일 싸구려 와인. 그것도 아까웠지만 미끼는 필요한 거니까. 그가 좋아하는 소주가 아니고 왜 와인이냐 하겠죠. 거기까진 모르셔도 돼요. 어쨌거나 만약의 사태를 준비해야 했어요. 내 목적을 달성하지 못했을 때 나를 대신해 내 일을 끝내줄 그 무엇이 필요했어요.

그 인간의 집 문 앞에서 한참을 망설이다가 초인종을 눌렀어요. 내 뒤를 누군가 미행하고 있다는 사실은 몰랐어요. 지은 죄가 커서 그런지 의심이 많아서 그런지 선뜻 문을 열어주지 않더군요. 나란 걸 확인하는 것도 부족해 의심 많은 여우처럼 주변을 킁킁거린 다음에야 날 안으로 들였어요.

연고를 상처에 바르고 있던 그가 손이 안 닿는다면서 등에 약을 발라달라고 하더군요. 약을 발라주는 것뿐인데 내 몸이 썩어 들어가는 걸 느꼈어요. 그래, 이 약이 네 몸도 썩어들게 할 거다. 내 손이 썩어 들어가고 그의 등짝이 썩어 들어가면 되는 거라고. 인내하면서 발라줬어요. 그랬는데, 연고를 다 바른 그가 침대에 비스듬히 누워 음흉한 시선으로 나를 노려보는 거예요. 그리고는 말 같지도 않은 말을 또 지껄이기 시작했어요.

"간호사 아가씨도 내가 좋았던 거야. 그렇지 않고서야 여기까지 혼자 올 리가 있나."

건강 상태가 어떤지 확인하려고 들렀다고 둘러댔지만 온몸에 소름이 돋아나고 있었어요. 그를 위해 준비한 아니 나를 위해 준비한 와인을 서둘러 그에게 내밀었어요. 청산염이 든 와인을 마시고 영원히 사라져 버리라고 속으로 주문을 걸면서.

그는 술 생각이 없다면서 내가 준 와인을 한쪽 귀퉁이로 치워놓더군요. 날 바라보는 그 눈초리, 뭘 원하는지 빤한 거죠. 와인을 마시면서 대화를 좀 나눠보는 게 어떻겠냐고. 비웃음만 나오는 일인 거죠. 대화가 뭔지도 모르는 인간한테 난 말했어요.

술을 마실 거면 소주가 제격이라며 냉장고에서 소주병을 꺼내오더군요. 내 생각대로 상황이 돌아가 주지 않았어요. 하지만 와인을 두고 가면 언젠간 마실 거라고 여겼어요. 상태가 괜찮은 것 같으니까 그만 가봐야겠다고 했죠. 그 인간과 조금이라도 더 같이 있기 싫었으니까요.

가겠다는 나를 순순히 보내줄 그런 인간이 아니었죠.

"여기까지 와놓고선 앙큼하게 그냥 가겠단 거야?"

순간, 그 말이 왜 튀어나왔을까요? 반인륜적인 그 인간의 눈초리를 더는 견딜 수 없었던 걸 거예요. 인간적인 구석이 남아있다면 그럴 수 없을 거라고 스러져가는 빛을 붙잡고 싶었던 건지도 몰라요. 그래서 그 말을 했을 거예요. 이성적으로 나온 말은 결코 아니었어요.

"당신이 담장을 넘어 범한 그 여고생이 실은 내 엄마예요."

소주병 뚜껑을 입으로 까던 그 인간의 눈초리가 하이에나처럼 돌변했어요. 내 말은 듣지도 않았고 무슨 뜻인지 생각조차 안 했어요. 그저 사정권 안으로 들어온 먹이를 놓치지 않기 위해 덤벼드는 하이에나에 불과했어요.

내 힘으로는 당해낼 재간이 없었고, 발버둥은 그를 자극할 뿐이었어요. 말해야 했어요. 거지발싸개 같은 네 놈이 내 생부라고.

"이 빌어먹을 자식아!"

내 발악에 충격을 좀 받긴 했는지 잠시 동작을 멈추더군요. 이내 그럴 리가 있겠냐며 어이없는 웃음으로 내 말을 날려버렸지만. 야비한 웃음으로 나를 조롱 삼더니 딸이라도 상관없다는 듯 나를 침대로 몰아갔어요.

정말이지 난 그곳에 무슨 생각으로 간 걸까요? 뭘 확인하고 싶었던 걸까요?

"내가 당신 딸이라고 이 망할 인간아! 지옥에나 가버려!"

내 어떤 말도 짐승이 되어버린 그 자의 행동을 막지 못했어요. 그는 인간이 아니었어요. 침대에 붙어버린 나를 향해 달려들었어요. 그리고 그때 비명을 지른 건, 내가 아니라 그 인간이었어요. 내 발길질이 그의 급소를 정확하게 걷어차버렸으니까. 그 인간이 죽상을 하고 바닥으로 나뒹굴자 조금은 통쾌했어요. 분은 안 풀렸어요.

그런데 그 인간이, 그 자가 뱀 같은 혀로 지껄이는 거예요.

"솔직히 생각처럼 달콤하진 않았어. 오래도록 뜸을 들였는데. 생각만큼 맛이 없더라고. 간호사 아가씬 다르겠지."

딸이라는데, 날 올려다보며 군침을 흘리는 그 자는 인간 이하였어요. 피 한 방울 안 섞였다고 해도 그럴 순 없는 거예요. 내가 딸이라는데. 저런 인간은 영원히 사라져야 한다. 대대손손 멸족을 당해야 한다. 모두를 위해서. 흉기를 찾느라 내 눈이 희번덕거렸어요.

안타깝게도 내가 가져온 와인 병 뿐이더군요. 그건 그 인간의 목숨을 거둬줄 마지막 무기인데. 다급해서 망설일 틈이 없었어요. 그 자가 달려들고 있었으니까. 머리통을 있는 힘껏 내리쳤어요.

악마는 쉽게 죽지 않더군요. 와인병만 와장창 깨져버린 거예요. 칼에 난자되어 병원을 찾아왔을 때부터 알아봤어야 했는데. 그 인간을 저주하는 누군가가 그 지경으로 만들어 놨을 테죠.

나도 그래야만 했어요. 내 분노가, 내 증오가 용광로에서 끓고 있었으니까.

널브러진 놈의 면상에 하이힐을 꽂아주려던 그때였어요. 하필이면 그때에 예상하지 못했던 말이 그 자의 입에서 천연덕스럽게 흘러나왔어요. 소름 돋는 전류가 내 몸을 관통한 것도 그때였어요. 그가 뭐랬냐면요.

후회스럽다고.

그 자의 입에서 나온 그 말은 잘못을 뉘우친다는 그런 뜻이 아니었어요. 자신의 쾌락을 만족시키지 못해 괜한 짓을 했다는 뜻이었어요. 시간만 버렸다고. 내 생명이 만들어지는 찰나였던 거죠. 아무 생각도 느낌도 없었어요. 둔기로 뒤통수를 얻어맞은 것처럼 멍하기만 했어요.

혼란은 그다음에 찾아왔어요. 그를 응징하고자 불을 싸지르고 싶은 건 난데, 그 인간한테 내가 재활용 쓰레기만도 못한 존재라고 덤터기를 쓰고만 거예요. 내가, 내가 아니었어요. 내 심신이, 내 영혼이 흔적도 없이 사라져 버렸어요.

혼란스러웠어요.

다른 말로는 표현할 수도 없어요. 난 혼돈 그 자체였어요.

엄마로 인해 나도 사랑받을 자격이 있는 아이라고 여겼는데. 그 인간의 겁탈과 쾌락의 이면에서 만들어진 난 대체 뭐였을까요? 그런 상황에서 신은 왜 생명이 만들어지도록 방관만 한 걸까요? 펑펑 울고도 싶은데, 성대가 찢어지도록 괴성이라도 지르고 싶은데 눈물샘은 가물고 목청은 땅속에 묻혀버렸어요.

나란 존재가 미치도록 싫었어요. 그런 인간을 없앨 필요도 없이 지옥에 가고 싶은 사람은 나였어요. 구멍 난 콘돔에서 실수로 태어난 생명도 못 되는 거예요. 지독한 불량품인 거예요. 쓰레기통에 버려졌어야 할 오물이 생명이 되어 세상에 나온 거예요. 손봐서 쓸 수 있는 중고 물건도 못 되는 그런 아이였던 거예요.

엄마에게 그런 일이 없었다면 나는 태어나지도 못했을 텐데. 눈부신 햇살 같은 엄마의 사랑을 느껴보지도 못했을 텐데.

말로는 결코 설명할 수 없는 나의 이 혼돈을 엄마는 알까요? 악마의 핏줄인 나를 엄마는 어떻게 사랑할 수 있었을까요?

엄마를 만난 그동안은 행복했는데. 이제야 사람답게 살게 되었는데. 악마가 시궁창 같은 입을 놀린 것뿐인데. 왜 괜한 짓을 했다는 말만 내 귀에 꽂혔을까요? 나는 왜 내 자신이 소용돌이에 휘말려가도록 내버려 두었을까요?

그 자는 나를 전혀 배려하지 않았어요. 욕심을 잔뜩 채우고 후회한다는 말은 어울리지 않는 거죠. 후회란 말은 그런 때에 사용하는 말이 아니잖아요.

열일곱의 사춘기 소녀가 미래를 날치기 당했는데. 그것도 모자라 내 존엄성을 묵살했고, 내 몸뿐만 아니라 내 영혼까지 강간했는데. 그 자의 얼굴을 뭉개어 주려는데 눈치 없는 기현 씨는 또 나타난 거예요. 악마는 그 자가 아니라 나였던 그 순간에.

그다음은 어떻게 됐는지 나도 몰라요. 내가 무슨 짓을 했는지 하나도 생각이 나질 않아요. 기현 씨의 손에 이끌려 밖으로 나왔을 때 내 옷은 검붉은 피로 물들고, 그 더러운 피가 내 온몸을 휘감고 있었어요.

기현 씨와의 인연이 쉽게 끝나지 않을 것만 같아서 무서워요. 두려워요. 이별을 통보한 그날부터 기현 씨는 내 주변을 맴돌면서 날 감시했어요. 내가 알아볼까 봐 분장이란 걸 했겠지만 카키색 모자에 점퍼를 입은 그 남자, 기현 씨인 거예요. 내가 무슨 짓을 저지를지 몰라 저렇게 내 뒤를 따라다니고 있는 거예요.

그 인간은 죽었고, 내가 저지를 또 다른 일도 없는데.

엄마의 휴대전화가 자꾸만 울려요. 엄마를 잘 돌볼 수 있는 사람은 역시 내가 아닌가 봐요. 애타게 울리는 엄마의 휴대전화, 아버지일 거예요. 하지만 받지 마세요. 마지막 얘기가 남아있거든요. 내 얘기가 끝나면, 엄마는 걱정할 게 하나도 없어요. 아버지가 엄마를 데리러 올 테니까.

만약에 다음 세상이 있어서 다시 태어날 기회가 내게 주어진다면 말이죠. 세상 무엇에도 쓸모없어 민폐만 일삼는 이런 내게도 황송한 그런 순간이 주어진다면 말이에요. 그때도 난 엄마의 딸로 다시 태어나길 주저하지 않을 거예요. 그때는 사랑 속에서 만들어진 축복받은 아이로, 사랑받는 아이로 그렇게 태어나고 싶은 거예요.

그런 날이 내게 과연 올까요? 무엇에도 쓸모없는 비밀 같은 걸 간직한 섬뜩한 아이로 다시 태어나고 싶진 않아요. 정녕코.

그건 정말이지 사양할래요. 내 영혼이 불타 사라져 버린다고 해도 말이죠. 내가 원한다고 되는 일은 아니겠지만 거절할래요.

부모 자식 간의 인연이 이토록 섬뜩한 악연으로도 맺어질 수 있다는 사실에 절망스러울 뿐이에요. 그래도 이것 하나만은 알아주세요. 내게 자격이 있나 싶기도 하지만 엄마를 진실로 사랑했어요.

이제 모든 걸 알아버렸으니, 엄마가 날 거부할까요? 실없는 웃음은 이럴 때도 맥없이 새어 나오는 거죠.

이렇게 도로가에 엄마를 버려두고 가는 나를 그리워하지 말아요. 절대로 용서하지 말아요. 카키색 점퍼를 입은 저 남자, 기현 씨가 아니라 형사일지도 모르겠네요. 어쩌면 내 아버지일지도 모르고. 어떤 상황이 닥쳐와도 엄마는 걱정할 게 없는 거예요. 엄마의 열일곱 그때에도, 눈감고 있는 지금도 내게 엄마는 절대적인 존재인 걸요. 엄마가 없었다면 나 역시 없었을 테니까요.

엄마가 눈뜨고 아는 척했다면 끝내 하지 못했을 얘기. 끝까지 들어줘서, 내 마지막 순간까지 곁에 있어줘서 정말로 고마워요.

　이제 난 어디로 가야 할까요?

　아무것도 생각할 수 없고 그저 막막하기만 해요. 내 육신
과 텅 비어버린 내 영혼이 마냥 휘청거려요.

　엄마, 난 어쩌면 좋아요?

위험한 보호자

정말로 죽을 작정이었어? 하필이면 왜, 차로 뛰어들 생각을 한 거야? 누가 네 엄마 딸 아니랄까 봐. 어리석은 짓 하는 게 똑 닮았구나.

멀쩡하게 살았으니 이젠 쥐구멍에라도 들어가고 싶겠지. 네 기분, 충분히 짐작하고도 남지. 그래도 이 꼴은 좀 심해.

너 혼자만 고통스럽고 불행한 거라고. 너만 치욕과 모멸감 속에 사는 거라고 착각하지 말았으면 좋겠다. 이만하길 하늘이 도운 거지. 한창 꽃다운 네가 무모하게 그런 일을 저질렀을 땐 네게도 분명 그만한 이유가 있었을 거라고 생각한다.

그래도 이건 예상 못했던 일이었어. 네가 숨기고 싶은 순간들. 나만 모른 척 해주면 아무 문제없을 거라고. 잘 지내고 있는 거라고 여겼다. 모른 척 외면하면서 별문제 없이 잘 지내고 있는 거라고 나 편한 대로만 생각한 거지. 너와 나, 왠지 거리감이 느껴지는 아버지와 딸 사이인 거야. 내가 좀 이기적인 사람이잖니.

아니라고? 그렇게 말해준다고 내가 고마워할 거란 생각은 마라. 이런 상황에서 잘도 웃음이 나오는구나, 넌. 죽상을 하고 있는 것보다야 낫긴 하겠지만.

큐와 네가 그렇게 얽힌 관계였다니, 충격이 꽤나 컸을 거야. 내가 받은 충격도 만만치 않은데 넌 특히나 더 그렇겠지. 내가 좀 더 신경을 썼어야 했는데. 누군가의 도움이 절실히 필요했을 텐데. 명색이 아버지란 작자가 아무런 힘이 되어주지도 못했으니 널 볼 면목이 없다.

뭐라고, 엄마?

네가 걱정되는 건 오직 엄마뿐이로구나. 그렇다고 미안한 얼굴을 할 필요는 없다. 네 엄마를 돌보는 것만으로도 난 정신이 사납다. 그리고 말이지. 널 세상에 있게 한 그 남자, 네 생부 말이다. 듣기 거북하겠지만 들어라.

혼자 힘으론 어떻게 해보겠다고 생각한 것부터가 잘못된 일이었어. 너 하나 죽는 걸로 모든 걸 끝낼 수 있을 거라고 그런 바보 같은 생각을 진짜로 한 거니? 팔다리에 깁스를 하고 병실에 누워 있을망정 네 나이에 죽는다는 건 호강에 겨운 사치지.

어둠의 과거는 땅속 깊이 묻혔다. 시간이 지나면 몸은 예전처럼 회복될 거고, 어느 청춘들처럼 잔인한 봄날을 운운하며 너의 일상으로 돌아가게 될 거다. 새롭게 얻은 일상에 고마워하며 누리게 될 거다.

넌 내 딸이다. 거듭 말하지만 란, 너는 이 문재식의 딸이고, 네 안에 악마 같은 건 살지 않아. 다른 집의 평범한 딸들과 내게는 조금도 다를 게 없어.

그런 자가 생부라는 게, 살아있다는 게 지옥 언저리를 맴도는 것만큼이나 끔찍하게 느껴지겠지. 그것도 걱정할 게 없다. 큐가 살아서 네 앞에 나타나는 일은 두 번 다시없을 테니까. 형사란 내 직업을 걸고 네게 약속하마.

엄마가 또 마음에 걸릴 테지. 유언처럼 작별을 고한 엄마한테 이 상황을 어떻게 설명해야 될지 난감할 테니까. 하지만 벌써 네가 다 고백해 버렸잖아. 살아있다는 건 걱정을 쌓는 일이지만 사람들은 그런 잔걱정들을 끌어안고 살아. 너만 그런 게 아니다.

염려 마라. 엄마한테는 네가 병원에 있다고 말하지 않았으니까. 병문안을 오지 않는다고 서운하게 생각할까 봐 말해주는 거야. 네 엄마가 알게 되더라도 마음 쓸 건 없어. 너와 얽힌 모든 일은 이제 형사인 내 몫이니까. 엄마가 이해하지 못할 얘기는 없고, 처벌받아야 할 네 죄가 있다면 그것은 내 몫이다. 모든 건 다 내가 부족해서 빚어진 일이지. 무슨 말을 하려는지 다 알아. 내가 도착했을 때, 네 엄마는 도로가에 세워둔 차 안에서 곤히 잠들어 있었다. 너에 대해 둘러댈 수 있어서 다행이었지. 괜한 근심을 떠안게 할 필요가 뭐 있겠어. 그렇지 않아도 병약한 사람인데.

긴 여행을 하기엔 애초부터 당신이 무리였던 것 같다고. 란의 부탁으로 데리러 온 거라고. 란은 여행을 더 즐기다가 돌아올 거라고 둘러댔지.

그때 병원 구급차가 막 우리 곁을 지나가더구나. 널 태운 구급차라는 걸 나는 알고 있었다. 네가 어디로 갔는지, 간 곳을 알려달라고 네 엄마가 법대지 않은 게 이상했지. 차창으로 시선을 던져둔 채 한동안 말이 없더구나. 집으로 가자는 말을 한 건 구급차가 완전히 사라지고 난 다음이었지.

집에 들어서자마자 긴 여행에서 돌아온 사람처럼 네 엄마는 피곤하다고 하더구나. 내 도움을 마다하고 허깨비 같은 몸을 이끌고 방으로 들어가 버렸지. 한나절도 안 되는 잠깐의 외출일 뿐이었는데 영혼까지 지쳐 보였다.

삼일 째다. 네 엄마, 침대에 누워 잠만 자고 있어. 걱정되니? 당장 가보던가.

네 엄마는 곧 깨어날 거다. 특별히 아픈 곳이 있어서 그런 게 아니라고 의사가 말하더구나. 그나저나 넌, 한동안 침상에 누워 지내야 할 거다. 깁스 때문에 마음 놓고 움직일 수도 없으니 갑갑증이 나기도 하겠지만.

동료 환자도 없어 심심하겠다만 있으면 또 귀찮기만 하지. 황폐해진 네 자신을 추스르려면 아무래도 혼자 조용히 있는 게 나을 거야.

담당 의사랑 간호사한테는 내가 특별 주문을 해놓았다. 팔다리 쓰기가 불편하니까 수시로 들여다 봐 달라고.

과거는 이제 다 떨쳐내고 너 자신만 생각하도록 해. 그렇게 눈을 감았다가 뜨면 새날은 반드시 오게 돼 있어. 평생 갈 것 같은 고통도 실은 아주 잠깐 머무는 것뿐이지. 눈 깜짝할 사이에 모든 것들이 지나가 버려. 죽은 사람은 몰라도 산 사람은 어떻게든 살게 돼있다는 말, 참으로 진리잖니.

누가 왔나 보군. 네 담당 의사가 확실할 거다. 내 딸이 빨리 완쾌될 수 있게 물심양면으로 돌봐줘야 한다고, 안 그럼 나한테 멱살 잡힐지도 모른다고 반쯤은 협박했거든.

딸이란 소리가 이렇듯 넉살 좋게 내 입에 붙어 나오다니. 이만하면 부녀간의 거리감이 조금은 좁혀졌다고 봐도 괜찮겠지. 그런데 왜 안 들어오고 병실 앞에 마냥 서 있는 걸까? 우리가 긴밀한 얘기라도 나누는 줄 알고 기다리는 모양이다.

"들어오셔도 됩니다, 의사 선생님."

여보? 당신이 여길 어떻게? 다 알고 있었다는 건가? 뭐라고? 내가 란을 망쳤다고? 란이 당신 딸만 되는 줄 알아. 란이 말을 할 수 없는 상태라는 게 심히 유감이군. 내가 당신 아닌 란을 돌보고 있어서 설마, 시샘하는 건 아니겠지? 목소리 낮추라고? 그런 당신 목소리는 꾀꼬리 같은 줄 아는가 보군. 딸이 보는 앞에서 언성 높이며 입씨름하는 거 나도 원치 않아.

여기까지 온 걸 보면 란이 겪은 일, 당신도 다 아는 거지? 차라리 잘됐어. 이참에 나도 고해성사하는 셈 치지. 란이 왜 이렇게 됐는지, 우리가 왜 이렇게 됐는지 확실하게 알아두는 게 좋겠지.

듣고 싶지 않다고? 그렇다면 지금이라도 늦지 않았어. 집으로 돌아가는 게 어때? 당신이 겪게 될 고통을 조금은 더 뒤로 미룰 수 있을 거야. 홧김에 나온 말이긴 하지만 내게도 생각할 시간이 필요하거든. 감정에 휘둘려 급작스럽게 할 얘기들은 아닌 거지.

당신이 나로 인해 위로받을 수 있었다면 조금이라도 행복해하는 모습을 단 한 번만이라도 내게 보였다면 어땠을까? 내가 바란 건 그렇게 큰 것도 아니었는데. 나라고 마냥 좋았을 것 같은가?

당신과 똑같이 나도 고통받고, 상처받은 날들이었어. 남들은 닭살부부라고 놀려도 당신에 대한 내 마음을 팔불출이라 놀려먹어도 바보처럼 푼수처럼 그렇게 살고 싶었어.

당신만 있다면 부러울 게 없었으니까. 당신이 주는 모멸감도 때론 짜릿했으니까. 언젠가는 날 원하겠지. 내 마음을 알아주겠지. 그러면서 엇나간 당신의 마음에도 불구하고 여태껏 버텨온 거야.

어쩌면 그런 당신에게 익숙해져 버린 건지도 모르지. 당신한테 들려주고 싶은 얘기, 당신이 꼭 한 번은 들어줬으면 하는 얘기가 있어.

날 멀리하는 것만 같아서, 우리가 번번이 어긋나는 것만 같아서 실은 겁이 나. 꼬이고 어긋난 마당에 뭘 더 숨기고 말고 하겠어. 당신이 알고 싶지 않아도 알게 될 얘기일 텐데. 당신과 나 그리고 란. 끝내는 우리가 함께 풀어가야 할 인생 과제지.

날 원망하고 싶겠지. 당신 딸이 살아있다는 것만으로도 내게 감사해야 될 거야. 살인자가 될 수도 있었겠지만 그건 어디까지나 란의 정당방위였어.

다시 말하지만 란, 너는 잘못한 게 없다. 두려워할 것도 없어. 그 인간, 큐를 죽인 건 바로 나니까. 한방에 보내버렸지.

당신이 그렇게 놀란 표정을 짓다니 의외로군. 다행이라고 안도하는 게 이 상황에선 더 맞지 않나 싶은데. 란이 살인을 면했잖아.

나야 범죄를 옷처럼 입고 사는 강력계 형사고. 범죄를 쫓다 보면 어쩔 수 없는 상황이란 게 비일비재하게 생기는 법이지. 범인을 총으로 쏴야만 하는 어쩔 수 없는 상황과 맞닥뜨린 것뿐이라고.

내가 형사라는 게 당신한테는 기막히게 운 좋은 일이지. 내가 하고 싶은 얘기가 뭐냐고? 이제야 내 얘기가 궁금해진 모양이지.

병상에 누워있는 란을 앞에 두고 이런 얘기를 하게 될 줄은 정말 몰랐는데. 예상하지 못했던 일이라 당혹스럽기도 하시만 이보나 너 좋은 기회도 없을 것 같군. 내 시난날을 들어줄 사람이 생겼으니 이대로 물러서고 싶은 생각은 추호도 없는 거야.

형사가 어떻게 사람을 죽일 수 있냐고. 왜 그랬냐고. 질책할 생각이라면 아예 관둬. 내가 그 자를 살려두었다면 끝내는 란이 했을 일이니까. 그 자가 살아서 거리를 활보하고 다니는 일을 란이 막았을 테니까.

살인자로 몰려 평생을 감방에서 보내는 일이 있어도 란은 분명 그렇게 했을 테니까. 이만하면 당신이 내게 고마워해야 할 이유는 충분하잖아.

그때 난 경찰대학에 합격하고 입학을 앞두고 있었지. 형사가 되는 건 까까머리 사춘기 때부터 내가 꿔온 꿈이었어. 당시내 아버진 우유 취급소 소장이었고 나는 새벽마다 우유를 배달했어. 아버지의 일을 돕는 거였지만 모두가 잠든 새벽을 나 홀로 달리는 일은 묘한 쾌감을 안겨주더군.

골목골목을 누비며 어쩌다 마주치는 이들은 환경 미화원이거나 전날에 취한 술로 쓰러져 있는 사람들이었지. 사람들의 새벽을 열어주는 기분이랄까. 내가 지나온 골목길로 빛이 들고 사람들의 발소리가 나는. 기분 좋은 하루가 바람에 실려서 내게 오는 것만 같았어. 그리고 내가 우유를 돌리던 그 동네에는 말이지. 수녀원이 하나 있었어.

그곳으로 배달되는 우유는 없었지만 난 매일 그 앞을 경건하게 지나다녔지. 수녀는 저 안에서 종일 뭘 하고 지낼까? 기도만 하면서 하루해를 다 보내는 건가? 그들은 대체 뭘 위해 기도할까?

뭐, 그런 어쭙잖은 생각들을 하면서 말이야.

새벽 네 시면 수녀원의 불빛이 담장 밖의 골목으로 걸어 나왔지. 염불 하는 사찰의 스님처럼 수녀도 새벽기도를 드리는 시간이려니 생각하면서 나도 괜스레 화살기도를 바치게 되는 그런 순간이었지. 염불 소리처럼 기도 소리가 담장 너머로 들려오는 것만 같더군. 그 앞을 지나는 것만으로도 내 마음이 깨끗해지는 느낌이었어.

그날도 평소와 다름없이 우유배달을 하느라 수녀원 앞을

막 지나가려던 참이었어. 그런데 내 자전거가 지나치지 않고 불현듯 멈춘 거야.

새벽 어스름에 앳된 여자애가 과일 바구니 비슷한 것 하나를 수녀원 문 앞에 내려놓고 있더군. 새벽에 배달되는 물건이야 얼마든지 있는 거지.

하지만 그날의 광경은 내게 심상치 않게 다가왔어. 낯선 소녀의 모습이 뇌리에 각인돼 버렸어. 우리 동네에 살고 있는 사람들은 대충 보면 아는데.

소녀의 모습에 나는 꼼짝도 할 수 없었어. 한참을 바구니 앞에 쪼그려 있던 소녀가 느닷없이 도망치듯 골목을 내딜리더군. 누가 쫓아오는 것도 아닌데.

숨죽이며 지켜보고 있던 난 조심스럽게 바구니 앞으로 다가갔어. 수녀원 앞에 놓고 간 물건이 과연 뭘까? 긴장과 호기심이 나를 옭아매더니 바구니 앞으로 나를 이끌었거든.

나는 놀라고 말았지. 한 명도 아니고 둘씩이나 되는 아기가 보랏빛 강보에 싸여 그곳에 있었어. 나와는 상관없는 일인데, 바구니 안의 아기를 보는 순간 그 아기들이 내 가슴으로 와락 덮쳐 든 거야. 선뜻 돌아서지 못하고 한참을 머뭇댔던 이유를 알만 했지. 도망치듯 뛰어간 소녀가 이해될 것도 같았어.

이토록 예쁜 아기들을 소녀는 왜 여기 두고 간 걸까? 소녀의 아기일까? 설마 아니겠지. 아기 엄마처럼은 보이지 않았으니까. 동생을 돌볼 수 없어서 엄마 대신 놓고 간 것은 아닐까? 그런 거라고 내 멋대로 생각했지. 아기를 두고 우유배달을 갈 수가 없더군.

집으로 데려갈 수도 없으면서 오지랖만 넓었지. 수녀원 문 앞으로 발소리가 들려올 때까지 난 그 작은 천사들과 함께 있었어. 버림받은 줄도 모르고 나를 바라보며 방긋대던 아기. 신기한 물건처럼 시간이 가는 줄도 모르고 그렇게 바라보고 있었지.

아기 바구니가 수녀원 안으로 들어가는 것을 확인한 다음에야 때늦은 배달을 하느라 허둥대고 아버지한테 혼이 나기도 했지만 뭐 그건 별일도 아니었어. 그날의 광경은 그 후로 오랫동안 나의 뇌리에 똬리를 틀고 들어앉았어.

학교를 졸업하고 사회생활을 하면서도 그날의 기억은 불쑥불쑥 날 찾아왔지. 그 소녀는 어디서 뭘 하고 있을까? 그때 그 아기들은 어떻게 되었을까? 몹시도 궁금했던 거야. 그땐 그 아기가 당신이 낳은 아이일 거라는 상상은 할 수 없었어. 어떻게 상상할 수 있었겠어. 그토록 여리고 앳된 소녀가 아기를 낳을 순 없는 거야.

왜 하필 수녀원 앞에 아기를 놓아뒀을까? 다른 곳도 얼마든지 있었을 텐데.

내 말이 듣기 거북하니, 란?

곪은 건 빨리 터트려 버리는 게 좋지. 피한다고 해결될 일도 아니고, 털어내지 않으면 온갖 망상에 더 괴롭기만 할 테니까.

어쨌거나 그 아기들은 당신의 아기였어. 직접 키울 수도 없고, 그렇다고 아무 데나 갖다버릴 수도 없는 생명이었을 테지. 호기심에 사고나 치고 생명은 감당도 못해서 화장실 쓰레기통 아니면 모텔 방에 몰래 버리고 도망치는 애들과 당신은 달랐지. 왜 그랬을까?

수녀원 앞에 놓아둔 건 그 어린 생명들이 구원받을 수 있기를 원해서였나? 잔인한 질문인가? 생명을 버릴 수밖에 없는 당신 자신을 용서받고 싶었던 건지도 모르지. 어쨌거나 당신의 몸을 빌려 태어난 생명들이었단 거지.

란, 네게 생명을 준 사람은 인간 이하였을지 몰라도 너를 낳은 엄마만큼은 니들의 안위를 걱정하고 불쌍하게 여길 줄 알았던 사람인 거야. 널 낳은 엄마는 하늘 아래 죄 없는 사람으로 믿어도 좋을 거다. 그것만으로도 네가 살아야 할 이유는 충분하다고 본다.

스스로는 저주받은 생명이라고 여겼겠지만 어림없는 소리지. 네 엄마를 좀 더 생각했다면 차로 뛰어드는 그런 어리석은 행동은 할 수 없었을 거다. 그런 너 자신을 부끄럽게 여겼으면 싶구나.

그날의 기억을 뒤로하고 내 시간은 새처럼 날아갔지. 경찰대학을 우수한 성적으로 졸업했고 강력계의 주목받는 신참형사가 됐다.

젊은 혈기에 의협심 강한 형사, 그게 나였어. 범죄를 좇아내 한 몸 불사르는 것쯤은 마땅한 일이었고 흉악한 범죄자들과 대면하기 시작했지. 사건 현장의 사체를 직접 목격한 건 그때가 아마 처음이었을 거야.

대규모의 아파트 신축공사가 한창인 산 중턱의 어수선한 동네에서 신고가 들어온 거야. 발령받아 온 첫날부터 사건 현장을 경험하게 되다니. 흥분되는 게, 사명감이 투철해지는 게 범죄가 있는 곳이 내가 설 자리라는 게 확실했지. 살인범을 내 손으로 잡고야 말겠다는 집념이 하늘을 찔렀지.

그날 내가 욕실에서 본 사체. 지금도 기억나는데 결혼을 하루 앞둔 신부였어. 욕실 문은 안에서 잠겨 있었고, 환풍기 구멍은 손가락 하나도 집어넣기 어려웠어. 사람이 드나들 틈이라곤 없는 완전범죄 아니면 자살일 수밖에 없는 밀실의 시체였지.

드디어 내가 살인범 추적에 나서겠구나. 형사로서의 책임감을 느꼈다. 하지만 결혼할 남자와 말다툼을 벌인 끝에 여자가 충동적인 자살을 한 것으로 수사는 시시하게 종결되고 말았지.

그 무렵에 사회적으로 주목받던 아주 큰 사건이 하나 있었다. 안팎으로 엄청 시끄러웠지. 경찰은 물론 정부도 촉각이 곤두서 있던 사건이었어. 유치원생 여자아이 둘이 유치원 앞에서 유괴됐는데, 그중 한 아이가 경찰국장의 늦둥이 딸이었거든. 온갖 수사력이 동원했고 아직까지도 찾지 못했지.

어딘가에 싸늘한 시체가 되어 누워 있을 확률이 높지.

경찰국장의 딸이 그런 봉변을 당했으니 시민들은 마음 놓고 자식을 키울 수 없는 나라에 대한 성토대회를 연일 열었다.

정부 측은 그 일이 확대되거나 다른 사건으로 번져가는 걸 원치 않았어. 경찰 측은 자신들의 무능함을 인정하고 싶어 하지 않았고. 어쨌든 이런저런 사건과 맞물려 욕실 사건은 성급하게 결론이 났다.

평범한 예비부부가 결혼식 전날에 다투는 일은 얼마든지 있는 거잖아. 결혼을 깨고 싶은 남자의 소행이라면 몰라도 다음날이 결혼식인데 배우자 보란 듯이 자살한다는 건 심하잖아. 신부가 죽었다는 말에 혼비백산 달려온 신랑은 정신이 반쯤 나가 있더군.

풋내기 형사였던 난 공식적인 사건 종결에도 불구하고 혼자서 꼬리를 무는 의문들을 곱씹었지. 형사가 된 나의 첫 사체이기도 했고, 인간의 죽음엔 반드시 이유가, 원인이 있다고 믿었으니까.

경찰국장의 딸이 유괴돼 사회는 시끄럽고, 다른 사건들에 대한 수사는 허술했다. 철저한 수사가 이뤄지지 않은 것에 신참인 난 불만을 품었지. 욕실 문이야 안에서만 잠글 수 있다지만 안에서 밖으로 나오는 사람도 얼마든지 욕실을 밀실로 만들 수 있는 거잖아. 나도 알고 너도 알고 유치원 꼬마도 아는 거지.

왼손잡이인 신부가 좌측 손목에 주저흔을 남긴 것도 이상하거니와 부검 결과도 익사였거든. 하지만 혈기만 왕성한 신참 형사한테 무슨 힘이 있었겠어. 위에서 자살이라면 자살인 거지.

생뚱맞게 신참 형사 시절 얘기는 왜 들먹이느냐고?

엉뚱하고 맥없단 생각도 들겠지. 당신이 범죄에 관한 얘기는 죽도록 싫어한다는 것도 잘 알아. 그래도 어떡해. 범죄 바닥, 그것도 인간 말종들과 뒹구는 남편을 뒀으니 이 정도는 감수해야지.

내 일에 대해 이렇듯 얌전히 당신이 듣고 있는 것도 처음이잖아. 당신도 알다시피 내가 말재주가 좀 없긴 하지만 이왕 이렇게 된 거 당신의 미덕을 최대한 발휘해주는 게 어때? 란이 입원해 있는 병실에서 우리가 할 일이 달리 뭐가 있겠어. 환자를 옆에 두고 괜한 내 얘기나 하자는 게 아니잖아. 우리의 엉킨 인연의 역사를 거슬러 가고 있는 거지.

무슨 할 말이라도 있는 거냐, 란? 깁스한 다리가 가려운 거야. 어떻게 손을 써줄 방법이 있으면 좋으련만, 당신이 어떻게 해결 좀 해봐. 깁스 안이 정말 근지러운 모양인데. 미치기 일보직전일 테지.

손이 닿지 않는 곳의 가려움을 누가 알아주겠어. 자신 말고는 모르는 거지.

욕실의 여자를 누가 살해했을까? 범인을 프로파일링을 하는 과정이 내겐 그 어떤 것보다 흥미진진한 일이었어. 내 손으로 범인을 잡아서 꼭 사건의 정체를 확실하게 벗겨 주리라. 하지만 그런 건 다 내 과욕이었고 안타깝게도 자살로 마무리되고 말았지.

그때만 해도 내 판단엔 결혼할 남자가 살해한 것이 분명하다고 여겨져. 현장은 깨끗했고, 범인의 것으로 추정될 만한 머리카락이나 지문, 혈흔, 족적 뭐 하나 제대로 남아있는 것도 하나 없었지만 말이야.

타살의 흔적이 없다고 자살로 규정짓는 것도 웃기는 일이었지만, 내가 담당한 첫 사건은 그렇게 미궁에 묻혔지. 타살일 거라는 내 확신은 꺾이지 않았고, 몇 년이 그렇게 휙 흘러간 거야.

형사란 게 내 생각처럼 내 의지를 펼칠 수 있는 직업만은 아니라는 걸 조금씩 깨달으면서 말이지.

형사의 얼굴이 범죄자의 얼굴과 닮았다고들 하잖아. 왜 아니겠어. 선생 같은 얼굴로는 그들과 맞설 수 없는 거지. 인상이 험악한 사람들을 보면 먼저 피하고 보는 게 상책이잖아. 하지만 그들이 형사일 가능성도 배제할 수는 없는 거지. 형사 아니면 범죄자. 크크큭. 인물이 수려하면 범죄자도 동정을 얻는 세상이 미친 거지. 이마에 내가 범죄자요, 써 붙이고 다니는 사람은 영원히 사라진 거야. 살인자도 뻔뻔하게 나는 죄가 없어요, 결백해요, 동정을 사는 거지. 성형 하나면 범죄자도 공공연하게 활개를 치고 다니는 세상이니까.

내 일에 슬슬 회의가 들더군.

그 무렵이었을 거야. 의욕만 넘치던 신참 시절의 욕실 사체와 닮은꼴 사체가 발견된 게. 그전까진 욕실 사건의 범인이 결혼하려던 남자일 거라고 의심했었는데, 전혀 다른 방향으로 사건이 흘러갔지. 그 사건 때문에 자살로 종결됐던 과거의 사건이 다시 수면 위로 떠올랐어.

두 사건을 연결 짓는 결정적 단서가 사체에 있었으니까. 사체의 뒷목 아래에서 붉은색의 오메가 문신을 발견한 거야. 예전에도 한 번 본 적이 있던 거였지.

살인을 저지른 범인이 사체에 문신을 남겼을 거라고는 상상도 못 했는데. 원래 문신이 있었던 거라고 무심하게 넘겨버린 거지. 똑같은 문신이 아무런 관계도 없는 두 여자 사체에 있을 리 만무잖아. 어떻게 상상이나 했겠어. 살인자가 남긴 문신이라니.

살인범이 살인 현장에 남긴 유일한 흔적이란 걸 그 사체를 보고 나서야 깨달았지. 작품을 완성한 예술가가 자신의 작품에 낙관을 찍는 의식처럼 그 자는 사체에 자신과 연관된 문신을 자랑스럽게 남긴 거야.

금방 새긴 문신이란 걸 누가 봐도 훤히 알 수 있었는데. 그때는 왜 문신에 전혀 관심을 갖지 못했던 걸까.

욕실에서 익사한 채로 발견된 사체나 주택가에서 질식사로 발견된 사체 모두 한 놈의 소행이라는 걸 난 확신했지. 범인은 살인을 저지르고도 여유만만하게 사체에 문신을 새겨넣는 그런 놈이었어. 주도면밀하게 계획된 범죄였지. 놈의 범행이 그것으로 끝나지 않을 거라는 건 불 보듯 뻔한 일이었어.

이번에야말로 네 놈을 감방에 처 넣고야 말겠다. 하지만 그건 직업적인 책임감이라기보다 지극히 개인적인 영달에 가까운 복수심에 더 가까웠어. 신참이라고 내 의견을 묵살해버린 이들로부터 내 명예를 되찾고 싶었다고나 할까.

놈을 다시 쫓기 시작했지. 놈을 잡을 수 있는 건 왜 나 밖에 없다는 생각을 했는지 모르지만 어쨌든 놈은 내 손에 잡혀야 했지. 문신을 남기는 독특한 범죄 취향을 가진 범죄자가 있었는지 수많은 사건들을 확인하고 다녔지.

유사 범죄의 범인이 구류된 기록이 남아있는지 샅샅이 뒤졌어. 안타깝게도 그런 별난 취미를 가진 범죄자의 족적은 찾지 못했지. 그렇게 쉽게 찾을 수 있는 거였으면 이미 오래전에 잡혔을 테지.

문신을 새기는 연쇄 살인마. 대문짝만 하게 회자될만 하잖아. 분명히 그게 처음은 아니었을 텐데……. 발전적 범행의 시발이 된 범행의 행태를 어딘가에 남겼을 텐데, 오리무중이더군. 이러다 또 미궁으로 빠지고 마는 건 아닌지 나 혼자 초초해 했지.

끝내는 찾아낸 거야. 섬광이 머릿속을 지나가는 듯했지.

여자아이의 등에 빨간 그림을 그리고 다니는 녀석 때문에 부모들 싸움으로까지 번져 경찰서까지 온 사건을 알게 됐지. 어린 여자애들의 등에 그림을 그리는 독특한 취미를 가진 소년에 관한 글이 쾌쾌 묵은 신문의 사회면에 실렸던 거야. 부모들을 화해시키고 훈방조치로 마무리된 시시한 해프닝이었어.

처음엔 그런 일도 있을 수 있겠지, 싶었는데 내 직관이 놈이 범인이라고 몰아세우더군. 김부섭. 당시 장난이 유별난 소년쯤으로 치부되었지. 성인이 된 그의 거주지를 아는 사람은 없었어. 부모조차 그가 어디에 사는지 까맣게 모르고 있더군.

그림 좀 그린 일로 경찰서까지 간 게 어린 김부섭에게는 충격이었던가 봐. 자신을 통제할 수 없어 난폭한 행동을 일삼더니 결국엔 가출해 버렸다더군. 부모를 상대로 폭행이 얼마나 심했던지, 가출한 아들을 찾으려는 노력도 안 한 것 같더군.

김부섭과 오메가 문신이 전혀 무관한 것일 수도 있겠다. 회의가 들기도 했지만, 김부섭 그놈을 놓을 수가 없었어.

왜 그랬을까? 학교에 남아있는 초등생을 추행하고 그 아이의 부모가 김부섭을 경찰에 고발한 사건을 내가 또 찾아냈거든. 겨우 열몇 살의 소년이 호기심에 저지른 일이라고는 보이지 않았지.

내 수사가 진전을 보인 건 그때부터였을 거야. 어린 나이에 강제추행으로 소년원을 들락거린 김부섭은 자신의 이름을 버리고 떠돌이 은둔 생활을 했지.

얼마나 많은 추행을 더 저질렀을지는 알 수 없는 일이었지. 성범죄는 신고 안 되는 경우가 더 많으니까. 피해자가 신고하지 못하도록 놈의 수법은 날로 지능화되고 야비해졌을 테지. 성폭행만으로는 성에 안 차게 되자 목숨까지 노리게 된 거지. 제 마음대로 할 수 있는 사체에 흥미를 가졌겠지. 어쨌거나 나는 김부섭에 대한 정보를 차근차근 수집해 갔어.

꼬박 삼 년을 추적했는데 놈의 꼬리조차 찾아내지 못했지. 놈은 매번 다른 이름을 썼고, 수시로 거주지를 옮겨 다녔고 놈의 사진조차 확보할 수 없었어.

욕실의 신부 사체는 김부섭의 첫 작품이었어. 발전적 형태를 갖는 범죄 행위는 재범기간도 짧아서 금방 꼬리를 잡히기 마련인데. 놈의 범행은 다른 범죄자들과 달리 잠복기가 길어 쉽게 드러나지 않았던 거야. 워낙에 조심성이 많은 데다 두문불출하기까지 하니 찾는 헛수고는 내 몫이었지.

어쨌거나 사체의 동일 문신 덕분에 놈의 범행이 내 앞에 모습을 드러내고 만 거야. 그 무렵이었을 거야, 아마도. 김부섭의 행방이 묘연해지고 내 스무 살 기억을 통으로 만들어놓은 소녀를 행운처럼 다시 만나게 된 때가 말이야.

범인을 뒤쫓는 순간의 갈피에도 불현듯 날아와 꽂히던 생생한 얼굴. 십 년은 족히 지난 것 같은데, 수녀원 앞에서 내가 봤던 그 모습 그대로더군.

하나도 변하지 않았어. 어느새 중년이 되어 지금 내 앞에 있는 당신인 거지. 가로등 불빛에 잠깐 본 얼굴인데도 난 리아 당신을 한눈에 알아볼 수가 있었어. 아기바구니 앞에 한참을 쪼그려 앉아있던 그 소녀라는 걸.

새벽녘의 신비한 광경을 연출한 당신의 속사정이 궁금했지만 그때는 캐묻지 않았지. 행여, 그 일로 당신이 난처해하는 모습은 보고 싶지 않았으니까. 당신이 내 앞에 있다는 것만으로도 내 주변이 온통 햇살로 가득한 느낌이었어. 당신의 과거 따위는 중요하지 않았어. 하지만 나를 앞에 두고도 딴 세상에 있는 사람처럼 상념에 빠져있는 당신, 내겐 견딜 수 없는 아픔이었지. 나로 인해 당신이 치유될 수 있다면, 하고 바랬어.

당신은 웃음도 걸음도 먹는 것도 말도 모든 게 조용한 여자였지. 도통 속을 알 수 없는 거야. 날 빌어내거나 싫어하지만 않는다면 당신을 내 사람으로 만들고 싶었지. 어떤 때에 보면 날 좋아하는 것도 같고, 또 어떤 땐 내게 아무런 마음이 없는 사람 같기도 하고 헷갈리기 시작하니까 생각만 복잡해지더군.

웃는 모습 한 번 보자고 형사 체면에 온갖 아양을 다 떨었지. 겨우 웃는 당신의 웃음은 너무 엷어서 금방이라도 찢겨나갈 것만 같은 것들이었어. 그래서 믿기지도 않았던 거야. 결혼해 달라는 내 말에 당신이 고개를 끄덕였다는 사실이. 내 청혼에 감격한 표정은 아니었지.

암튼 당신이란 여자, 내게는 해결의 실마리가 전혀 보이지 않는 미제사건 같은 그런 여자였어.

이제야 물어보는 거지만 그때, 내 청혼을 왜 받아들였던 거야? 날 좋아하지도 않았으면서.

대답하기가 곤란한 모양이지?

결혼해서 부부가 된 지금에도 난 여전히 당신을 바라보며 혼자 애태우는 거지. 당신은 당신의 속을 내게 열어 보인 적이 없는 사람인 거야. 당신과 내가 어떻게 결혼이란 걸 하게 됐을까? 내게 등 떠밀려 마지못해 하게 된 건 아닌가, 그런 생각이 들기도 해.

당신 부모한테 인사를 드리러 갔을 때도 나를 달가워하는 기색은 아니었어. 그런데도 이러쿵저러쿵 사위 시험하는 말 한마디 없이 그러라고 한 거야.

곱게 기른 딸을 내주면서 호기 한번 부리지 않는 아버지라니. 아무리 흠 많은 딸이라도 내주는 입장에선 큰소리 한 번 칠만 한데.

결혼을 허락하면서 하는 말이 '미안하다'였어, 장인어른은. 뭐가 미안하다는 건지, 난 의혹을 품지도 못했지. 딸을 주겠다는 것만으로도 고마워서. 날 사위로 받아주는 것만도 고마워서. 당신이 내 아내가 된다는 사실에 바보처럼 좋아하기만 한 거야.

마음을 드러내지 않는 당신에게 서운할 때도 많았지만 나를 피하지 않는 것만으로 다행이다, 싶었어. 그게 당신이 할 수 있는 애정표현의 전부라고 여겼지. 당신이 내 곁에 있는 한 그런 것은 별로 중요한 게 아니라고, 뭉툭해진 칼처럼 내 생각이 무뎌져 있었던 거야. 무조건 좋은 쪽으로 무의식적인 선택을 한 거지.

새벽에 일어나 내 밥상을 차려주는 당신. 퇴근해 돌아오면 현관에서 날 맞아주는 당신. 나와 함께 잠드는 당신이 내 집에 있었으니까. 그리고 평화로운 내 일상을 뒤흔들어 놓은 그날이 결국은 오고야 만 거야.

내가 지금도 견딜 수 없는 일이 뭔지 알아? 애초부터 내게 줄 마음 같은 건 하나도 없었다는 걸 깨닫게 된 거지. 당신을 내가 가둬둔 것도 아닌데, 당신은 나로부터 벗어나지 못해 안달하기 시작했어. 혼란스러웠지. 내 마음은 여전히 당신에게 온통 다 가 있는데, 내가 뭘 잘못한 걸까?

의구심이 들기 시작했어. 나에 대한 당신의 마음은 순전히 내 착각에서 만들어졌던 건지도 모른다는 생각이 들었어. 사랑이라고 믿었던 당신의 행동들이 내게서 벗어나기 위해 치닫는 것들과 손을 맞잡은 거야. 난 미련했어. 당신이 왜 그토록 내게서 벗어나려고 안달하는지 영문을 알 수가 없었거든.

당신이 병에 걸려서 그런 거라고 여겼어. 당신이 걱정됐어. 나 없는 사이 무슨 변이나 당하고 있는 건 아닌지. 불안했어. 내 앞에 없는 당신 때문에 노심초사했지. 당신이 내 앞에 있어야만 안심이 됐어. 번번이 사라지는 당신을 되찾아올 때마다 사람들은 내게 동정과 연민의 눈길을 보내더군.

당신이 도망치도록 그냥 뒀어야 했었는지도 모르지. 정신병원에라도 한 번 가보라고. 언제까지 아내 뒤치다꺼리만 할 순 없지 않겠냐고. 하지만 어느새 그게 내 일이 되어버렸고 그들이 내게 건네는 관심과 연민이 싫지 않았어.

당신이 차도로 뛰어들고 다시는 걷지 못하게 된 당신을 위로해야 했는데, 이상하게도 난 안도감이 돌았어. 내 보살핌 없이는 아무것도 할 수 없는 사람이 됐으니까.

당신이 아파서 내 앞에 있는 게 좋았어. 내 도움 없이는 아무것도 할 수 없는 당신이 사랑스러웠어. 이런 내가 괴물처럼 보일지 모르겠지만, 내가 돌봐야 할 당신이 없다면 난 아무것도 아닌 거야.

당신으로 인해 나는 측은하고 가련한 사람이 됐지. 아내를 끔찍하게 사랑하는 남편. 걷지 못하는 아내를 위해 기꺼이 다리가 되어준 남편. 내 기분이 어땠냐고? 나쁘지 않았어. 부탁이라고는 모르는 당신이 날 의지하게 됐으니까.

그리고 당신이 말했지.

"당신한테 부탁할 게 있어요."

오 하느님! 내게 이런 감격스러운 순간이 있을 줄 또 어찌 알았을까요. 난 그게 뭔지 어서 말해보라고 재촉했지. 당신의 속내도 모르면서 혼자 기뻐 날뛰었지. 이제야 당신이 나를 제대로 봐주는구나. 올 것이 오고야 만 거야.

"당신을 만나기 오래전에 낳은 아기가 있어요. 어디서 어떻게 살고 있는지 알고 싶어요. 내 아기를 찾아주면 좋겠어요."

수녀원 앞에 당신이 놓고 간 그 아기. 설마 했는데. 한 번도 입 밖으로 꺼낸 적 없는 아기와 당신의 관계를 그때야 알게 된 거야. 당신한테 내색할 순 없었지만 충격이 그리 크지도 않았어. 수녀원 앞에 있던 아기들의 모습이 떠올랐거든. 보는 것만으로도 날 흐뭇하게 만들던 귀엽고 사랑스러운 아기들이었지.

그래도 당신이 털어놓을 수 있는 얘기는 정말 아니었는데. 꽤나 무서운 구석이 있는 사람인 거야, 당신도. 어쨌거나 당신의 비밀을 하나 알게 됐지. 무슨 생각으로 그런 말을 하는지 짐작이 가긴 했지만 상관없었어. 무관심보다야 낫다고 위안 삼았지.

그 아이들을 찾아내기만 하면, 우리의 관계가 달라질 수도 있을 거라고 여겼어. 그야말로 열심히 찾아다녔어. 그 아이들, 나와 전혀 무관하다고만 볼 수 없었으니까. 수녀원 앞에서 본 그 아기, 나도 당신만큼이나 궁금했으니까.

내가 맡고 있던 살인사건도, 성인이 됐을 아기를 찾는 일도 막바지를 향해 치닫고 있었지. 세상은 요지경 속이라더니. 수녀원 앞에서 당신을 만났던 그날처럼 이상하고도 신기한 일이 나를 또 기다리고 있었어. 그것도 바로 내 집 거실에서. 와우!

정말 경이로운 일이었지. 그때의 내 기분이 어땠을지 당신은 아마 짐작도 못할 거야. 말 그대로 얼음이었어. 그리고 또 불덩이였지. 찾아 나선 건 나였는데. 크크크. 이런 걸 뭐라고 표현해야 하나. 원심력에 의해 일정 거리를 유지하고 있던 추가 원심력이 사라지자 길을 잃고 원 안으로 절로 굴러들어와 버린 거야. 아주 멀리 튕겨져 나갈 수도 있었는데 말이야.

당신이 찾아달라던 그 아이가 무슨 술수라도 부린 것처럼 제 발로 내 앞에 나타난 거야. 바구니 안에서 버려진 줄도 모른 채 방긋거리던 아기였는데 청년이 되었더군. 조가 나타나고 연달아 란이 찾아오고 참말로 신기한 일이었어.

기구한 인생들이 한자리에 다 모였지. 그들이 당신과 나의 관계에 변화를 가져올 거라는 생각은 조금도 틀리지 않았어. 조와 란의 존재가 당신과 나의 일상뿐 아니라 우리의 삶을 송두리째 바꿔 놓았으니까. 옥살이를 하는 조 때문에 마냥 행복해할 수도 없었겠지만, 란이 우리 집에 들어오면서 당신은 웃기 시작했어. 내게 말하기 시작했어.

그뿐인 줄 알아. 숨겨둔 애인을 만나러 가는 사람처럼 긴장과 설렘으로 조를 면회하고 다녔지. 당신을 따라다니느라 난 더 분주해졌고 말이야.

우리의 가족사를 알게 된 사람들은 어떻게 그럴 수 있냐고 나만 보면 묻곤 했어. 가출을 일삼던 아내의 수족 노릇도 모자라 조와 란을 끔찍하게 챙기는 내가 그들한텐 그저 한없이 마음씨 착한 세상에 둘도 없는 문 형사로 통했어.

그들로부터 난 위로를 받았지. 내게 마음을 열지 않는 당신을 얼마든지 참아낼 수 있었어. 당신은 마음도, 몸도 모두 아픈 사람이니까. 다들 그럭저럭 행복해 보였고, 우리한테 비극이 더는 없을 줄 알았지. 끈질기게 따라다니는 당신의 불운한 그림자가 겨우 찾은 내 가족의 평화를 파괴하고 싶어 안달하고 있다는 사실을 알지 못했지.

어느 날, 란이 내게 누군가의 뒷조사를 해달라고 부탁하더군. 내 사건과 란이 무슨 관계가 있을까, 하겠지만 당신도 곧 알게 될 거야. 이름도 없고 나이도 정확하지 않은 부랑자라면 딱 어울릴 그런 사람을 란이 관심을 갖게 된 거야. 맡고 있는 사건도 있고 해서 란의 부탁은 차일피일 미뤄졌지. 어떻게 알아볼 도리가 없었다는 게 솔직한 심정일 거야.

란한테 미안한 생각이 들더군. 당신을 닮아서 좀처럼 부탁 같은 건 안 하는 딸이잖아. 지나는 길이기도 하고 해서 하루는 란이 있는 병원에 들렀지. 병원에 입원해 있는 환자 중 하나는 아닐까 싶어서 얼굴을 확인하려던 거였는데. 기묘하게 빠져들고 만 거야. 고귀한 신분을 가진 것도 아니고 비밀요원도 아닌데 정체불명의 환자가 입원했다가 퇴원했다는 사실을 알게 됐지.

란이 알고 싶어 하는 사람도 그 사람이었어. 내가 찾아갔을 때는 무슨 연유에서인지 란이 필요 없다고 하더군. 괜한 헛수고를 하게 해서 미안하다면서.

란은 그때 벌써 알고 있었던 거야. 그 자가 누군지.

죄를 지은 사람처럼 굴지 않아도 돼. 넌 아무런 잘못이 없어. 내가 너였더라도 아마 똑같이 행동했을 거야. 란은 큐란 자가 생명의 유전자를 준 생부라는 사실을 알고 있었던 거야. 충격이 하도 커서 제정신이 아니었겠지.

처음 듣는 얘기도 아닌데 당신이 겪는 혼란도 매번 만만치가 않아. 생각할수록 충격적이고 기가 막힌 일인 거지.

란은 내게 실토할 수 없었을 거야. 그래도 진즉에 말해주었더라면 고통은 덜 했을지 모르는데. 지금처럼 팔다리에 깁스를 하고 병원신세를 져야 하는 사태까지 오지 않았을지도 모르는데.

란은 괜찮다고 별일 아니라고 둘러댔지만 형사의 육감이, 내 코가 벌써 냄새를 맡고 만 거야. 형사라니까, 란의 아버지라니까 다른 간호사들이 앞 다퉈 얘기를 해주더군. 큐의 가

습팍에 있는 알파 문신까지.

내가 쫓던 김부섭, 어쩌면 그 연쇄 살인마일지 모른다. 십수 년을 놈의 꼬리도 못 보고 왔는데, 이번에야말로 내 손으로 잡게 되는구나. 흥분이 격렬했지. 나와 김부섭, 란 그리고 당신까지. 우리의 뒤엉킨 악연의 고리가 접점을 향해 가는 거지. 상당한 충돌이 있을 거라는 것쯤은 예상하고도 남았지.

내가 그놈을 십 년 전, 오 년 전, 일 년 전, 아니 최소한 란과 만나기 전에 만이라도 잡았다면, 비극이 우리집 문턱을 넘는 일만은 절대로 없었을 테지. 내 탓인 거야. 전부 다.

란은 자신이 김부섭을 죽인 줄 알겠지만, 그 자는 누구보다 질긴 목숨을 갖고 있었어. 악행을 저지르는 자들은 내가 아는 한 결단코 쉽게 죽지 않아. 생명의 줄다리기 끝에서 구사일생으로 되살아나고 마는 자들이지.

기현이 녀석만 란을 미행했던 게 아냐. 이상한 낌새를 느낀 나 역시 란의 심상치 않은 기운을 감지했으니까. 란이 큐가 있는 곳으로 가고 있는 것 같다는 연락을 받고 서둘렀어. 란이 그 자와 단 둘이 집 안에 있는데, 무슨 봉변을 당하고 있는지 모르는데 멍청하게 밖에서 쩔쩔매고 있는 기현의 꼴이라니. 한심하기 짝이 없더군.

어서 들어가 란을 데리고 나오라고 소리쳤어. 란을 사랑한다는 놈이 자기 여자를 살인자와 단 둘이 있게 됐다는 사실에 미치도록 화가 났어.

내가 괜히 그놈을 싫어하는 줄 알아. 마음에 드는 구석이라고는 눈 씻고 찾아봐도 없는 걸 어떡해. 내 우격다짐 호통에 집안으로 들어간 기현이 피로 물든 란의 손을 잡고 허둥지둥 뛰어나오더군.

안에서 무슨 일이 벌어졌던 걸까? 란은 피로 물들고 큐 역시 멀쩡하지 않을 거라는 생각을 했지. 란과 기현이 그곳을 떠나고 큐를 잡기 위해 내가 안으러 들어가려던 찰나였어. 큐가 버둥거리며 밖으로 달려 나오더군. 피로 얼룩진 상체를 훤히 드러낸 채로. 도망친 란 때문에 혈안이 돼 있더군. 발광도 그런 발광이 없었어.

그때, 난 똑똑히 본 거야. 놈의 가슴팍에 있던 그 문신. 큐는 자신의 몸에 있는 알파 문신과 연결하는 오메가 문신을 여자의 사체에 똑같이 남겨 놓은 거야. 김부섭은 범죄의 시작이었고 사체는 범죄의 끝이었지.

김부섭!

나는 놈에게 총을 겨누고 광분한 놈의 이름을 불렀어. 놈에 대해 알고 싶은 것도 더 묻고 싶은 것도 없었어.

란이 놈에 대해 알아봐 달라고 했을 때부터 둘의 관계를 의심했던 거야. 충격은 란만 받은 게 아냐. 그냥 녀석의 머리통에 내 총알을 박아주고 싶었어. 경찰서로 얌전히 연행할 마음 따윈 애초에 없었어. 그놈의 손에 장식된 주검들이 떠올랐고, 괜히 돌려서 말하는 것도 짜증이 났어.

왜 그랬냐고? 복수하고 싶었냐고? 아니. 연쇄 살인마라서? 아니. 그런데 왜, 왜 그랬냐고? 법이 다 알아서 처리할 텐데 다른 사람도 아닌 형사인 내가 왜 총을 겨눴냐고? 그런 쓰레기를 내 손으로 왜 처리했냐고?

참을 수가 없었거든. 당신의 웃음을 봐줄 수가 없었거든! 내가 어처구니없는 망상에 사로잡혔다고 해도 좋아. 그놈과 마주하고 섰는데 당신이 흘리는 그 분홍빛 웃음이 날 괴롭히더군. 날 미치게 만들더군.

당신은 놈을 용서할 수 있다는 건가? 그때의 치욕을 잊었단 건가? 그 일 때문에 내게 그토록 잔혹하게 굴었던 당신이? 어떻게 분홍 꽃잎의 미소를 날릴 수 있는 거지? 질문은 꼬리에 꼬리를 물고 나를 멀쩡하게 그냥 놔두지 않았어.

꽃봉오리 같은 당신을 추악하게 꺾어버린 살인마를 당신은 용서한 거야. 당신은 그런 사람이니까. 그런데 왜, 왜 내게는 그토록 인색한 걸까?

난 단지 당신을 사랑한 것뿐인데. 당신의 마음을 조금 아주 조금만 내게 주길 원한 것뿐이었는데.

살인마가 발광하는 그때, 나는 왜 놈을 보며 환하게 웃는 당신의 얼굴을 떠올린 걸까? 내게만 매몰차서 얼음 같은 당신의 웃음이 살인마를 앞에 두고 날 조롱했던 거야. 난 김부섭의 머리통이 아니라 당신의 웃음을 날려버리지 않고는 내 모멸, 내 치욕을 도저히 떨쳐낼 수가 없었어.

"문 형사님?"

놈이 머리를 외로 꼬고 조롱으로 날 불렀어. 놈은 나를 알고 있었던 걸까? 어떻게? 숨겨진 내용들을 찾아 내 이성이 머릿속 미로를 달렸지.

"방금 내 집에서 도망친 그 여자, 형사님도 봤지. 매력이 철철 넘치잖아. 그런데 그 년이 내가 지 애비래. 흐흐흐. 애비를 죽이겠다고 달려드는 딸년이 세상에 어딨어. 생거짓말을 얼굴색 하나 변하지 않고 천연덕스럽게 하지 뭐야. 김부섭의 딸? 가당치도 않은 일이잖아. 웃기지도 않은 일이지. 안 그래요, 문 형사님."

놈의 입에 똥걸레를 물려주고 싶더군. 저런 놈과 엮이다니. 내 인생도 참 더럽지.

"큐! 움직이지 마. 도망칠 생각은 더욱."

"형사님도 나를 아네."

"이거 먹고 지옥에나 떨어져!"

한 치의 망설임도 없이 방아쇠를 당겼어. 숨이 넘어가는 찰나인데 놈의 입꼬리가 한없이 올라가. 놈이 나를 비웃는 거야.

신이 있다면 이럴 수는 없는 거지. 세상은 미쳤고, 신은 존재하지 않아. 저런 놈한테 자식을 선물하다니. 내가 아니라 왜? 자괴감은 끝도 없는 거지.

당신을 용서할 수 없었어. 한없이 원망스러웠지. 큐를 용서한 당신. 아니라고?

조를 위해 당신이 흘린 눈물이, 란을 보며 웃는 당신의 미소가 거짓말이란 건가? 무장도 안 한 사람한테 총을 왜 쐈냐고? 당신 남편이니까. 형사이기 전에 나는 당신을 온전하게 갖고 싶었던 가련한 남자에 불과했으니까.

놈은 죄의식도 없이 살아왔는데, 난 당신이 웃지 않는다는 것만으로 지금껏 죄의식 속에 살았던 거야. 당신이 웃어야 구원받을 수 있는 사람처럼 그렇게 살아왔다고. 그런데 당신은, 당신의 웃음은 내가 아니라 놈을 구원한 것만 같더군.

감방에 가게 될 거라고, 내가? 살인마를 살해한 죄로? 아니. 그건 업무상의 어쩔 수 없는 사고인 거야. 난 무죄고, 내 손으로 놈을 처리할 수 있어서 무한히 통쾌해. 큐를 난도질하던 란도 내 심정과 똑같지 않았을까, 싶은데.

그렇지 란? 앞으론 내가 잘 돌봐줄게. 난 법을 준수하는 그다지 정의로운 형사는 아냐. 그래도 누군가를 돌보는 일 하나는 자신 있거든.

당신의 관심을, 마음을 얻고 싶었어. 다른 사람들이 당신을 정신병 환자 취급을 할 때가 난 제일 행복했어. 내 보살핌이 필요한 사람이니까. 내가 아니면 당신을 돌볼 사람도, 당신이 의지할 사람도 없는 거니까. 아픈 당신이 내 곁에 있는 것만으로 사람들은 날 위로하고 연민의 눈초리를 보내지.

심신이 병든 아내를 지극정성으로 돌보는 순정파 남편. 당신의 마음을 얻지 못한 내게 그들의 동정이 얼마나 위로가 됐는지, 당신은 모를 거야. 날 미치광이 정신병자라고 말해도 좋아. 내가 돌봐야 할 중병 환자가 이제 두 명으로 늘어난 거지. 란과 당신.

나? 난 멀쩡해. 내가 지금 얼마나 기쁘고 행복한지 당신은 아마 상상도 할 수 없을 걸. 두 사람 모두 침대에 누워 평생을 보내야 한다면 내겐 축복이지.

란, 이제야 말하지만 깁스를 풀고 난 다음, 네가 온전한 몸이 될 수 있다고 난 장담할 수가 없구나.

살인범을 과실치사로 죽게 했으니, 이참에 형사직을 관두고 몸 성치 않은 란과 당신을 돌보는 일에만 전념할까 생각 중이야. 평생 휠체어를 타야 하는 아내. 몸을 움직이지 못하는 딸. 내 가족을 위해 헌신하는 나를 보자면 다들 꽤나 숙연해질 거야, 그렇지? 당신은 복잡해지려나?

날 위로하는 사람들의 소리가 당신한테는 안 들리겠지. 크크큭. 난 세상에 둘도 없는 당신 남편이고 사고나 치는 딸 란의 아버지가 틀림없지. 당신 얼굴색이 파리한 게 어디가 안 좋아 보이는군.

잘됐군. 병원에 왔으니 진찰을 받아보는 게 좋겠어.

내가 가서 의사를 불러오지. 도망칠 생각이라면 안 하는 게 좋을 거야. 이제 혼자 몸이 아니잖아. 크크큭.

조
의
여
자,

아
리

어째 저를 보시는 어머님의 눈에 실망이 가득하군요. 염치 없지만 제가 감당하기에 버거운 거예요. 죄송한 마음 가눌 길 없지만 황망한 눈길을 거둬주신다면 황송할 거예요.

불청객이 불쑥 나타나 심혈을 기울여 준비한 감격의 순간을 가로채 버려서 안타까운 거예요. 축하 폭죽이 엉뚱한 사람한테 터지고 말았으니, 저라도 김새고 말았을 거예요. 하지만 어쩌죠?

여러분의 낙담에도 불구하고 저는 기쁘기 그지없답니다. 비록 저를 위한 건 아니지만, 이렇듯 적극적이고 열렬한 환영인사를 받아본 게 얼마만인지 가물가물하거든요.

사실, 저 문을 열고 들어서기 전까지 막막하고 암담하기만 했어요. 폭죽은 잠시나마 제 고통을 잊게 했어요. 저를 반겨주시는 분들이 계시니 순간 울컥도 했어요. 좀 전의 환영, 되바라졌다고 여기실지 모르지만 저를 위한 거였다고 여길래요.

오는 동안 내내 생각했어요. 내가 만나게 될 분들은 과연 어떤 분들일까? 홀로 상상했어요. 내게 상냥할까, 근엄할까? 나를 반겨줄까, 정색할까? 화목한 정이 묻어나는 가족이면 좋겠다. 느닷없이 찾아온 나를 내쫓지 않는 분들이면 좋겠다. 온갖 상상을 다 하면서 불안하고 두려운 마음으로 여기까지 온 거예요.

초인종을 눌렀는데, 인기척이 없더군요. 현관문은 잠겨 있지 않았죠. 문을 열고 들어서는데 긴장감에 질식할 것만 같았어요. 어둠이 깔린 정적. 불안과 두려움이 날 더욱 주눅 들게 했어요. 하지만 모두가 열렬한 환영을 위한 준비였던 거예요. 폭죽이 터지는 찰나, 학창 시절 친구의 생일파티가 생각났어요. 왁자지껄한 파티의 주인공이 되어본 적은 없는데.

마치 제가 주인공이 된 기분인 거예요. 낯선 집, 낯선 사람들 앞에 서있다는 생각이 전혀 들지 않았어요. 저를 위한 파티인 양 기쁘고, 즐기고 싶은 거예요.

제 착각에 빠져서, 그만. 제 기분과 달리 다들 로봇처럼 뻣뻣하게만 계시는 게, 제 마음이 편치만은 않아요.

불청객이 찾아와 모처럼의 행사를 다 망쳤다고 여기시는 건가요? 제 입장은 몹시도 난처한 거예요. 이대로 돌아가야 하나. 근심이 조금씩 생겨요. 몸 둘 바를 모르는 제가 걱정을 떨칠 수 있게 무슨 말씀이라도 좀 해주세요.

가족끼리 하는 환영 파티라고 일부러 찾아온 저를 돌려보낼 생각이라면 거둬주세요. 축하자리엔 사람이 많을수록 좋은 거잖아요. 둘보단 셋이 낫고 셋보단 넷이, 다섯이 더 좋은 거죠.

하나 더 말씀드리자면 저도 이 자리에 낄 자격이 충분히 있는 사람이라는 거예요. 그러니까 뜨악한 인상 그만 접고 반겨 주시면 안 될까요? 웃음 한 번 활짝 지어주세요. 제가 안심할 수 있게.

그나저나 정작 오셔야 될 분이 늦으시는 거죠? 언제 도착하나 조바심이 날 테지만, 그것도 환영 행사의 일부인 거예요. 주인공이 일찍 도착해도 재미는 사라져 버리죠.

언제 올까? 어떻게 맞아줄까? 고민하고 허둥대는 사이 주인공이 문 앞에 와있어야 하는 거예요. 사람들이 안달하도록 뜸을 들였다가 나타나서는 감격스러운 순간을 보다 극적으로 만들기 위해서 말이죠.

오늘 파티의 주인공을 맞이하는 그 일을, 저도 거들고 싶어요. 요리도 좋고 잔심부름도 좋아요. 폭죽을 터뜨리는 일이면, 그것도 좋을 거예요. 맡겨만 주시면 무슨 일이든 잘 해낼 수 있어요.

제발, 저를 내쫓지만 말아주세요. 환영 같은 건 바라지도 않을게요.

이 많은 걸, 벌써 다 끝내신 건가요? 제 눈을 자극하는 형형색색의 맛깔나 보이는 이 음식들, 식탐이 절로 나는 걸요. 두 분이서 준비하신 거 맞죠? 눈이 호강하고 군침이 막 넘어가네요. 맛이라도 보고 싶은데, 그러면 안 되는 거겠죠. 식구들을 위해 정성스럽게 만든 성찬을 객이 먼저 손댈 순 없는 거죠. 제가 가족의 애정에 많이 굶주려 있었나 봐요.

절 보시는 두 분의 눈빛, 거칠게 느껴져요. 뒤설레는 제 기분에 빠져 염치없이 굴었나 봐요. 그런 거죠? 주인공이 등장도 안 했는데 불청객이 귀한 음식에 군침을 삼키다니 제가 봐도 무례하기 짝이 없는 일인 거예요. 죄송하다는 말씀을 드려야 할 것 같아요. 가족 간에 그런 말은 어울리지 않지만 두 분에게 저는 낯선 손님에 다름 아니잖아요.

네? 제가 누구냐고요? 아차. 제가 누구인지 소개조차 하지 않았군요. 저 혼자서만 오랫동안 알아온 친숙한 사람들인데, 제 소개를 깜박했어요. 쟤, 어디서 굴러먹다 온 개뼈다귀냐고 심기 불편해 계시는 줄도 모르고 말이죠.

그렇게까지는 아니란 말씀인가요? 호호호.

제 소개가 늦었지만 할게요. 저는 아리에요. 조의 여자 아니, 조의 아내.

놀라셨나요? 휠체어에 앉아계신 분은 조의 어머니가 분명할 테고. 그 옆에 서 계시는 분은 조의 누나가 맞을 테죠. 현관문을 들어설 때부터 두 분이 누구인지 저는 한눈에 알아봤답니다.

조가 얼마나 많이 들려줬는지 귀에 딱지가 앉을 지경이라, 우리가 전혀 모르는 남남이란 생각은 미처 못했어요. 다른 가족은 더 없으신가요? 제 생각이 맞는다면, 아마도 여기 계신 분들이 다겠죠. 참, 한 분이 빠지셨네요.

한때는 형사계에서 이름을 날리던 문재식 형사님. 아버님이라 불러드려도 괜찮겠죠? 형사직을 그만 두신 지도 오래고 그렇다고 이름을 부르면 버릇없다, 나무라시겠죠. 그래요. 저는 조를 대신해 아버님의 퇴원을 축하해 드리러 온 이집의 며느리 아리랍니다.

오늘은 병원에만 계시던 아버님이 드디어 가족의 품으로 돌아오시는 날이죠. 저를 보고 가족이 한 사람 더 늘어났다고 좋아해 주시면 더 바랄 게 없을 것 같아요.

아버님은 저를 반겨 주실까요? 어머님 생각은 어떠세요? 아버님 마음에 드는 며느리가 될 수 있다면, 저로서는 기쁜 일이죠.

앗! 죄송해요. 어머님 마음에도 쏙 드는 며느리이고 싶답니다. 조의 가족은 무조건 또 제 가족인 거예요. 모두의 눈에 예쁜 사람이고 싶어요.

조가 그랬어요. 자기한테는 세상에 둘도 없는 아주 특별한 가족이라고. 존재하는 모든 가족이 다 그럴 테지만요. 조에게 가족은 유난히 남다른 의미가 있는 사람들로 느껴졌어요. 가족 말고 누가 또 있겠어요. 내 눈물과 내 아픔, 내 고충을 면면이 헤아려주는 사람. 누가 뭐라고 해도 내 가족뿐인 거죠.

왜 조와 함께 오지 않았냐고요? 오늘 같은 날, 알고 있다면 반드시 와야 하는데 말이죠. 서운하시겠지만, 제가 온 걸로 위안이 될 수 있다면 바랄 게 없겠어요.

조와 저, 식은 올리지 않았지만 부부나 다름없는 걸요. 어머님도, 형님도 조가 보고 싶으실 거예요. 어떻게 지내는지 궁금하기도 하실 거예요.

실은 저도 궁금해요. 호호호. 그렇게 이상한 듯 보시니, 제가 진땀이 다 나네요. 제 말은 그가 혼자서 지금 뭘 하고 있을지 궁금하다는 뜻이에요. 하지만 안 봐도 훤한 일인 걸요. 일 중독자처럼 일에 열중일 거예요. 후~. 여긴 참 덥네요. 에어컨은 따로 없나 봐요.

선풍기를 내오시겠다고요. 아니에요. 그렇게까지 하지 않아도 돼요.

조의 얘기를 들려 달라고요? 그동안 조의 소식에 대해선 정말 깜깜하신 건가요?

그렇군요. 조를 만나면, 잔소리 좀 해야겠네요. 부모님께 소식을 자주 좀 전하라고 말이죠.

좋은 아들이 되고 싶어 했어요, 조는. 그를 저보다는 더 잘 알고 계실 테죠. 하지만 어떻게 하면 좋은 아들이 될 수 있는지 조는 몰라요. 본 적도 되어본 적도 없으니까. 이렇게 자신을 걱정해주는 가족을 두고 특별한 일도 없이 멀리 떠난 것부터가 좋은 아들은 아닌 거예요.

조가 그러더군요. 부모님 품 안에 있자면 응석받이처럼 되고 말 거라나요. 그렇게 되고 싶지 않아서 집을 떠나 왔다고 말했지만 조는 어떤 게 응석받이인 줄도 모르는 걸요. 어쨌거나 내 이름이 '아리'여서 나를 좋아해 준 사람. 조에게 저는 어머님을 떠오르게 하는 유일한 사람이었어요. 아리와 리아. 참 많이 닮은 이름이잖아요.

형님은 역시 남다른 감각이 있으시네요. 맞아요. 제 이름을 거꾸로 하면 어머님의 이름이 되는 거예요. 제 이름을 듣고 조가 그러더군요. 제 이름에 자신의 엄마가 있다고. 저와 함께 있으면 엄마가 곁에 있는 것 같아서 조금은 위안이 된다고 말이죠.

언젠가는 멋지게 성공한 아들이 돼서 부모님께 돌아가는 게 소원이라더군요. 꼭 그렇게 될 거라고 장담해 주었죠. 우리의 조는 남부럽지 않은 아들이 되기 위해 불철주야 바쁘답니다. 집으로 돌아갈 날만을 손꼽아 기다리며 지금 이 순간에도 그가 그리는 꿈에 몰두하고 있는 거예요.

조를 너그럽게 이해해 주세요. 그래도 집에 전화 한 통 없었다니, 참으로 무정한 아들이네요. 틈만 나면 가족 얘기로 내 마음에 꽃을 피워주던 사람인데. 무심한 사람 같으니.

제게만 다정했던 사람 같아 이런 얘기 들려드리자니, 어머님께는 또 죄송하기만 하네요. 물론 제 잘못만은 아니란 것쯤은 알아요. 그래도 그런 게 아니잖아요. 제가 신경을 조금만 더 썼더라면 그런 일은 없었을 테니까요.

조에 대한 걱정은 일단 접어두세요. 집에 연락을 안 한다는 것 말고는 잘 지내고 있으니까요. 사실, 이참에 저와 함께 인사를 드리러 가자고 졸라도 봤지만 조는 그럴 수 없다면서 고개를 내저었어요.

남자의 고집을 꺾기란 쉬운 일이 아니죠. 조가 꿈꾸는 가족 상봉의 장면을 저는 알고 있어요. 조가 돌아오는 그날은 그야말로 굉장한 날이 될 거예요. 기대해도 좋다고 장담해요. 조란 이름만 나와도 눈시울을 붉히시는 어머님, 조가 몹시도 보고 싶으신 거겠죠. 자신의 꿈을 향해 가는 조의 열정적인 얘기를 좀 더 들려드릴까요?

모두들 제 입만 바라보시니, 제가 괜스레 우쭐해져요. 중요한 사람이 된 것 마냥.

제가 아는 조의 얘기, 하나도 빠트리지 않을게요. 어머님의 그리움이 조금이라도 가실 수 있게. 제가 들려드릴 그의 얘기, 조의 여행담이 될 거예요.

조의 시간은 온통 여행으로 통해 있었어요. 잠깐의 외출도, 출장도 그에겐 여행이죠. 잠자는 시간조차 잠 속으로 떠나는 여행인 거예요. 가만히 앉아 있을 때조차도 조는 생각으로 여행을 떠나 있는 사람인 거예요.

잠깐만요, 어머님. 지금 무슨 소리가 나지 않았나요? 전화벨이 울리는 것 같은데, 제 귀에만 들리는 건가요? 아버님의 도착이 아직이니 무슨 일이 생긴 건지도 몰라요. 어서 받아 보세요.

조의 얘기는 그 후에라도 늦지 않잖아요. 아버님도 분명 당신 아들 조의 얘기를 듣고 싶어 하실 거예요. 가족이 다 모인 자리에서 조의 얘기를 들려드릴 수 있다면 제 기쁨은 배가 되겠죠.

형님이 받으신 그 전화, 누구 전화였어요?

아버님이 곧 도착하실 거라고요? 문 형사님 아니 아버님을 드디어 만나 뵐 수 있는 거로군요. 비록 형사계를 떠나셨지만 제게 한번 형사는 영원한 형사랍니다. 한번 사랑은 영원한 사랑이고, 한번 가족은 영원히 가족인 것처럼.

조는 아버님을 존경했어요. 저 또한 그렇답니다. 조가 좋아하는 거면 저도 좋아하는 것이고, 조가 싫어하는 거면 저 역시 싫어하는 거랍니다. 조와 저는 일심동체거든요. 앗! 벌써 아버님이 오셨나 봐요. 발소리가 들려요.

제 귀가 유난히 밝다고요? 그런 경향이 있긴 하답니다. 남들은 잘 듣지 못하는 작은 소리도 아주 잘 들으니까요. 호호호.

폭죽은 제가 터뜨려도 될까요? 남아있는 게 있을 테죠. 서둘러야 하는데. 어디에 두셨어요? 허둥대다 결정적인 순간을 놓치고 말 것만 같아요. 제 눈엔 왜 안 보이는 걸까요? 마음만 급하고. 아! 찾았어요. 숨어 있다가 나와야 할까요? 그럴 짬이 없을 것 같아.

벌써 아버님이 등장하셨네요. 아버님의 귀가를 열렬히 환영합니다! 어머나! 빵 터지는 폭죽 소리에 아버님, 많이 놀라셨나요? 낯선 저 때문에 뜨악하신 건가요? 딱딱하게 굳어버린 아버님, 제게는 왜 이렇게 귀엽게만 보이는 걸까요. 가까이에서 이렇게 뵙다니 정말 영광이에요.

조의 말이 하나도 틀리지 않아요. 형사라는 선입견 때문에 무섭게 느껴질 수도 있지만 차가운 표정 뒤에 따뜻함이 숨어

있다고 했거든요. 사실인 것 같아요.

몸도 마음도 이제는 다 건강하신 거죠? 연쇄 살인마를 한 방에 보내셨다면서요?

직업적인 일이라고 해도 그런 일을 겪고 나면 유쾌한 기분만은 아니실 테죠. 알아요. 그래서 아버님이 정신병원에 입원해 계셨다는 것도. 살인마이긴 하나 사람을 죽였다는 죄책감에 마음의 병을 앓으신 거겠죠. 그런 아버님이 제겐 인간적으로 느껴져요.

이제는 다 털어버리세요. 공무수행 중에 벌어진 일이고, 다른 사람들을 불행으로 몰아넣을 수 없도록 아버님의 손에 피를 묻힌 것뿐이잖아요.

살인자의 죽음은 당연한 거라고 생각해요. 눈에는 눈, 이에는 이죠. 목숨엔 목숨으로 갚아야 하는 게 맞는 거예요. 사람의 목숨을 무엇으로 대신 갚을 수 있겠어요. 돈이라면 액수에 이자까지 친다지만 목숨엔 원금을 정할 수도 없고 이자를 붙일 수도 없는 걸요. 훌륭한 일을 하셨는데, 아버님을 어떻게 철창에 가둘 수 있겠어요. 그건 말도 안 되는 처우죠.

조의 누님, 지금 뭐라고 하셨어요? 대리문하우젠? 다시 한번 말씀해 주시겠어요? 낯선 용어라 제 귀에는 한번에 들어오지 않는군요. 아, 대리 뮌하우젠 증후군. 그게 아버님이 앓고 계신 병이라고요? 무슨 병인 거죠?

자세히 좀 설명해 주세요. 말씀하기 거북하신 것 같으니, 할 수 없네요. 나중에 인터넷 사전이라도 열어보는 수밖에.

네? 상대방을 중증 환자로 만든다고요? 세상에 그런 병도 다 있나요? 형님의 설명대로라면 환자를 돌보는 일로 사람들의 동정을 얻고, 그것으로 자기만족을 찾는 사람들이로군요.

한때는 터프하고 카리스마 넘치는 형사였던 아버님이? 설마요. 사실이라면 정말로 씁쓸한 진실이군요. 어쩌다 아버님 같으신 분이 그런 말도 안 되는 병에 걸리신 걸까요? 왠지 그 마음이 심작될 것도 같아요.

얼마나 외로우셨으면 그런 병에 걸리셨을까요. 제 마음이 다 짠해지네요. 가족을 건사하고 시민의 생명을 지키는 일이 힘드셨던 걸까요? 이제는 다 지난 일이 된 거예요. 털끝만큼도 걱정하실 게 없으신 거죠.

아버님이 건강한 몸으로 이렇게 돌아오셨으니, 오늘은 분명 기쁜 날이고 행복한 날인 거예요. 한가위에 만난 가족들처럼 옹기종기 모여 그동안 못다 한 얘기를 질펀하게 나누는 거예요. 비록 불청객으로 이 집에 첫발을 디뎠지만 한 가족이 된 저와 함께 식탁에 둘러앉아 조에 관한 얘기를 함께 해요.

우리의 조가 얼마나 멋진 일을 계획했는지, 어떻게 이뤄나

가고 있는지 듣다 보면 절로 흐뭇하고 통쾌한 이야기가 될 거라고 장담해요.

어디서부터 다시 시작할까요?

조와 제가 어디서, 어떻게 만나게 되었는지 그 얘기부터가 좋겠어요. 그리고 제 얘기가 끝나면, 어머님과 란 형님의 얘기도 듣고 싶어요. 제게 두 분의 얘기도 들려주실 거죠? 이 집의 일원이 되고 싶어요.

조를 처음 만났던 그날은 거리에 비가 내리고 있었어요. 하필이면 비 오는 날에 조는 여행을 떠날 결심을 왜 한 것인지 납득이 되지 않았어요. 여행을 떠나기엔 불편한 날이잖아요. 조가 왜 집에서 나왔는지, 심경에 어떤 변화가 있었던 건지 저는 알지 못해요. 저를 만난 그날이 집을 나온 첫날인지, 여러 날이 지난 날인지, 아님 몇 개월, 몇 년이 흐른 건지 저로서는 알기 어려운 일이었어요.

제가 확실하게 기억하는 건, 빗속의 조를 발견했을 때 소풍 나온 아이처럼 들떠 있었다는 거예요. 제 눈에만 그렇게 보였던 것인지도 모르죠.

복잡하고 심란한 마음을 떨치기 위해 정신 나간 사람처럼 빗속을 뛰어다니는 사람도 있으니까요. 제 눈에는 까불고 노는 그런 아이 같았어요.

조가 어떤 비밀을 갖고 있었는지 어머님은 혹시 알고 계신

가요?

모른다고 미안해하실 것까진 없으세요. 부모 자식 간이라고 해도 시시콜콜 전부 다 알 순 없는 거잖아요.

어쨌거나 그날의 조는 빈 몸으로 여행길에 오른 여행자였어요. 신기한 일이었어요. 길 가다 부딪고 나면 눈살을 찌푸리거나 짜증을 부리지 않으면 다행이죠. 그런데 조와 제 우산이 엉켰을 때, 조는 웃고 있었어요. 그래서였을 거예요. 익히 알고 있던 친구인 양 제가 먼저 말을 걸었어요.

장난을 치고 싶었던 건지도 모르죠. 소풍 나온 아이처럼 조가 빗속에서 놀고 있었으니까요.

"비가 이렇게 오는데, 이런 날은 나갈 일이 있어도 취소하고 그냥 집에 있는 게 최고죠. 게다가 그쪽은 우산도 없잖아요."

제가 말했어요.

"뭘 모르시는 말씀. 이런 날이 진짜 여행을 떠나기엔 아주 아주 적합한 날이랍니다."

비에 흠뻑 젖은 조가 천진난만하게 웃으며 말했어요.

제 눈앞으로 한줄기 서광이 비치는 것만 같았어요. 감전된 것처럼 온몸이 쩌릿쩌릿해 왔어요. 우산도 없이 비를 맞고 있는 건 조였는데……. 제 옷이, 제 심장이 마구 젖어들었어요.

발걸음을 멈춘 조가 빗속에서 한참이나 저를 비추는 태양처럼 서 있었어요. 마치 자신과 함께 여행을 떠나지 않겠냐고, 묻고 있는 것만 같았어요.

빗속의 남자에 대해 아는 것이라곤 백지였는데. 그냥 지나칠 수도 있었는데. 난 왜 조에게 말을 걸었을까요? 첫눈에 반한 그런 운명을 그날 비 오는 거리에서 저는 그렇게 만난 거예요. 제가 말을 걸었던 것도. 조의 웃음이 태양처럼 빛났던 것도. 분주한 빗속에 조와 나만 있는 것처럼 느껴졌던 것도 다 정해져 있었던 거예요.

하늘이 맺어준다는 그 백 년의 인연. 제 안에 마법처럼 신비로운 기류가 흘렀어요. 저는 이미 제가 아니었어요. 판타지 세계로 뛰어든 이상한 나라의 엘리스였어요. 숱하게 많은 사람들 가운데 조가 나를 향해 반기듯 양팔을 활짝 벌렸어요. 빛이 났어요. 사방에서 꽃이 피어났어요.

쓰고 있던 우산을 저는 지나가는 아무에게 내줬어요. 그리고는 조를 향해 뛰었어요. 그의 가슴에 안겼죠.

우리는 손을 잡고 빗속으로 걸어갔어요. 옷이 흠뻑 젖도록 뛰어다녔고 제 눈앞에 있는 조 말고는 제가 알아야 할 것도, 봐야 할 것도 없었어요. 조도 나와 같았어요. 제가 누군지, 뭘 하는지, 주머니에 얼마나 갖고 있는지, 어디에 사는지 그런 시시한 질문 따윈 하지 않았어요. 하나의 두뇌와 심장을 가진 사람처럼 우리는 서로 교감했어요. 그런 경험이 아무 때나 아무한테나 오는 게 아니라는 걸, 저는 이미 알고 있었어요. 비는 지겹도록 내렸지만 하나도 성가시지 않았어요. 마법이 깃든 신나는 비였으니까.

요즘도 길거리를 걷다가 뜻밖의 비와 만나게 되면, 그날의 신비한 기억이 떠올라 마음이 마구 설레요. 처음 만났는데, 숱한 기다림 끝에 만난 사람들이었어요, 우리는. 해가 지는 것도 의식하지 못했어요. 한밤의 네온사인이 휘황해지자 그제야 작별의 시간이 다가왔다는 걸 깨달았죠.

조가 안타까운 이별을 고하더군요. 또 다른 여행을 떠날 시간이 됐다면서 말이죠. 쉬운 여자라 오해하면 어쩌나 싶으면서도 조를 그대로 떠나보내고 싶지 않았어요. 말 그대로 백 년에 한 번 오는 운명의 인연인데.

내가 사는 집도 괜찮다면 수면 여행이 얼마든지 가능하다고 알려줬어요. 거절하면 내가 굉장히 섭섭할 거라고도 말해 주었어요. 입술을 꼭 다물고 있던 조가 해맑게 웃으며 말하더군요.

"네 집으로 나를 데려가 줄래?"

그 말은 마치 '널 사랑해'라고 고백하는 것 같았어요. 그보다 더 달콤한 말은 어디에도 없을 거예요. 조는 말 한마디로 저를 황홀하게 만들었어요. 그를 뿌리칠 수 없게 만들었어요. 그리고 난 사랑에 빠진 거예요.

초라한 방이지만 여행자가 묵기에 제 방은 안성맞춤이었죠. 두 사람이 함께 누우면 딱 맞는 방. 밤새 내리는 비에 별도 숨어버린 그 밤에 우리는 서로의 별이 되어 끊임없이 속삭였어요.

새벽이 되자 조를 두고 출근해야 하는 게 아쉽고 속이 상하더군요.

조와 오래도록 함께 있고 싶었거든요. 우린 막 만난 연인인 걸요. 출근하는 대리점의 사장님께 전화를 걸어 감기 때문에 쉬어야겠다고 말할까, 어쩔까 갈등했어요. 쓸데없는 짓이 되고 말았지만.

따뜻한 몸을 가진 조의 곁에서 잠깐 눈을 붙인다는 게 오후 나절이 되고만 거예요. 오후 두 시가 훨씬 넘었다는 걸 깨달았을 때는 하루해가 다 지나간 거예요. 화산 폭발이라도 일어난 것처럼 야단법석이었죠. 회사에 전화도 못했는데. 부재중 전화는 셀 수 없이 엄청나게 찍혀 있었어요.

엉망이 되어버린 나의 날. 그럼에도 곤히 자고 있는 조를 바라보노라면 제 마음은 평온했어요.

다음날, 무단 결근으로 사장님한테 잘못을 빌어야 했지만, 경위서를 쓰라는 야단을 듣기도 했지만 그때는 하나도 걱정되지 않았어요. 조가 있어서 완전히 달라진 내 방. 조가 있는 게 전혀 어색하지 않았어요. 그때껏 함께 살았던 공간처럼 조와 내 방은 썩 잘 어울렸어요. 조는 원래부터 그렇게 제 방에 속해 있던 사람인 거예요.

제가 하는 일이 뭐냐고요? 휴대전화 대리점에서 상담원으로 일해요. 조와 날밤을 샌 그날 이후, 저는 조가 있는 방에서 출퇴근을 했어요.

조에게도 일이 생겼죠. 제가 일하는 대리점의 동료 한 명이 사정이 생겨서 관두게 된 거예요. 직원은 달랑 둘 뿐이었는데 혼자 하자니 힘든 거예요. 사장님은 구인 광고를 대리점 문 앞에 붙이도록 제게 지시했어요.

사람을 구할 거라면 좋은 사람이 있다고, 사장님께 말씀드렸죠. 맞아요. 조를 추천할 생각이었어요. 일이 수월하려니까 일사천리더군요. 사장님은 조에 대한 내 말만으로도 흔쾌히 채용해 주셨어요.

조가 취직을 하고 나서 우리는 매일 함께 출근하고 함께 퇴근했어요. 별 볼일 없던 제 하루하루가 빛으로 빛나기 시작했어요. 행복했죠. 그리고 그날이 왔어요. 조에게 그런 숨은 재주가 있을 줄은 꿈에도 몰랐고 믿기지도 않았어요.

조를 처음 만난 날을 떠올리자면, 짐작 못 할 재능도 아닌 거예요. 조는 고객을 설득하는 능력이 탁월했어요. 조와 마주한 고객은 백발백중, 그가 권하는 휴대전화를 기꺼이 사들고 나갔어요. 조의 상담 현장을 지켜보는 저와 사장님의 혀는 한없이 내둘러졌어요. 감탄이 절로 나왔어요.

조의 상담에 고객이 홀린 듯이 마음을 여는 거예요. 고객을 따라 별 생각 없이 들어온 일행도 조의 상담을 받고 나면 마음이 흔들려 신제품을 구입해 가니 놀라울 따름이었죠.

그런 신비로운 능력이 조에게 있었다니. 그를 바라보는 사장님의 눈빛은 뿌듯함으로 그득했고, 고객과 함께 있는 조는 후광에 둘러싸여 있었어요.

그다음엔 어떻게 되었냐고요? 두말하자면 입 아픈 거죠. 조의 친화력이야말로 황금 손에 다름 아닌 거예요. 조의 탁월한 능력에 사장님의 신임은 날로 두터워져 갔어요. 대리점에 발을 들여놓은 고객뿐 아니라 한 번 마주한 사람들은 조의 상술을 무슨 예술처럼 기억했어요.

사람의 마음을 한순간에 사로잡는 조의 능력은 그야말로 예술이었어요. 그 능력의 끝을 알 수 없었어요. 조의 화술은 신출귀몰한 능력으로 소문이 났고, 여기저기서 조를 영입하고 싶어 야단이었죠.

덩달아 신이 난 건 저였어요. 뒷돈을 제게 주며 조와 만나는 자리를 만들어달라는 요청이 끊이질 않았으니까요. 전도도하고 비싸게 굴었죠. 저 아니면 조를 만나는 건 어림도 없는 일이라고 한껏 뻐기고 다녔어요. 조를 만나지 못해 안

달 난 사장님들이 하루가 멀다 하고 저를 찾아왔어요.

휴대전화 경쟁 대리점에서는 말할 것도 없고요. 고급 레스토랑 사장님이 연락을 해오지 않나. 암튼 컴퓨터 판매점, 보험 영업점, 화장품, 부동산, 미용실 등 업종도 다양해서 이루다 헤아릴 수 없어요. 고객을 상대로 하는 곳이면 전부 다였다고 봐야 할 거예요.

조를 아는 사람은 물론이거니와 입에서 입으로 건너간 소문까지 더해져서 조를 본 적 없는 사장님들까지, 그 일대에서 사업하는 사람이라면, 조를 한번쯤 탐내지 않은 이가 없을 정도였어요. 그럴 만도 하죠. 조가 있다는 건 그분들의 사업이 들불처럼 일어나는 것이었을 테니까요.

조 덕분에 제가 덤으로 사장님의 신뢰를 얻었죠. 하지만 모든 일은 호사다마인 거예요. 조를 욕심내는 사람이 늘어갈수록 사장님과 저는 조를 잃게 되는 건 아닌가, 불안에 떨기 시작했어요. 조가 없으면 사장님이야 다른 사람을 구하면 되겠지만 문제는 저였어요.

저처럼 평범한 여자와 함께 여행하기에 조의 능력은 과하게 빛이 났어요. 열 번 찍어 안 넘어가는 나무 없고 거절할 수 없는 거금의 유혹은 제가 손을 쓸 수도 없이 산재해 있었던 거예요. 우후죽순으로 뻗어오는 유혹의 손을 언제 덥석 잡게 될지는 조 자신도 모르고, 저도 모르는 일이었던 거예요.

조 앞에서는 자신만만하게 웃으면서도 돌아서서는 저 홀로 시름시름 마음의 병을 앓았어요. 조가 떠날까 봐, 전전긍긍했어요. 그런 마음을 조에게 들키고 싶지 않았어요. 불안하고 두려운 속내를 티 내지 않으려고 무던히도 애썼죠.

조는 그런 제 근심을 일찌감치 알았던가 봐요. 왜 아니겠어요. 고객의 마음을 잘, 그것도 월등하게 읽어낸다는 것은 결국 모든 사람의 마음을 잘 읽어낸다는 건데.

조는 제 마음을 훤히 들여다보고 있었어요. 조가 그러더군요.

"난 때를 기다리고 있어. 내가 기다리는 때는 아직 오지 않았어."

"때라니? 어떤 때를 기다리는데?"

물어보지 않을 수 없었어요. 분에 넘치는 물건을 오래 간수하기는 힘든 법이잖아요. 나에 대한 조의 마음이 군건하다고 해도 사람의 미래는 알 수 없어요. 혹시 날 떠나야 되는 그런 때는 아닌가? 내가 괜히 물었나? 혼란만 가중되었어요.

"나도 몰라. 확실한 건 그때가 오면 아리도 알게 될 거야."

뭘 알게 된다는 건지. 구체적으로 말해주면 좋으련만. 조는 자꾸 뜸을 들였어요.

궁금하지 않은 척 연기했어요. 얼굴의 시름까지 지울 순 없었어요. 내 속내를 짐작한 조가 결국은 말해 주더군요.

"고객의 꿈을 파는, 세상에서 하나밖에 없는 아니, 우주에서 하나밖에 없는 나만의 가게를 차릴 거야. 아니다. 아리와 나, 우리의 가게라고 해야겠지. 그러기 위해선 돈이 필요하고, 갈 길은 아직 멀어. 서두른다고 될 일도 아닌 거야. 조금씩 앞으로 우리의 꿈을 향해 나아가면 되는 거야. 내가 기다리는 그때가 오고 그때가 지난 다음에도 아리가 나랑 함께만 있어준다면 나는 더 바랄 게 없어."

조가 그토록 멋진 꿈을 꾸고 있는 줄은 몰랐어요. 당연히 함께 하겠다고, 도망가지 않겠다고 조와 약속했어요. 불안했던 마음은 봄볕에 눈 녹듯 순식간에 사라져 버렸어요.

조를 거절할 여자는 없어요. 그런 조가 제 남자라는 게 뿌듯했어요. 우리의 사랑을 잠시나마 불신한 제가 한심스러운 거예요.

나만큼 행복을 누리는 여자가 어디에 또 있을까. 이토록 나만 행복해도 괜찮은 걸까? 하루하루가 비단 꽃길을 걷는 것만 같았어요.

가만, 조용히 귀 기울여 보세요. 전화벨 소리가 들리는 것 같지 않나요?

우리가 조의 여행에 흠뻑 취해 있는 동안 중요한 전화가 걸려 왔으면 어쩌죠? 상관없다고요? 그러면 안 되죠. 중요한 전화를 제 얘기 때문에 놓친다면, 어떤 곤란한 일이 생길지 알 수 없는 걸요.

아버님이 돌아오신 날이니 지인들이 안부를 전하고 싶기도 할 거예요. 걸려온 전화는 한 통도 빠짐없이 받아줘야 인지상정이죠.

이번에도 형님이 일어나시는군요. 통화가 끝날 때까지 기다릴게요.

방금 받은 그 전화, 누구였어요? 아버님 친구분? 아, 그렇군요. 생각했던 것처럼 아버님과 함께 근무하셨던 형사 분들의 전화로군요. 아버님은 인덕이 많은 분이신가 봐요. 형사직에서 물러나신 지 한참인데 퇴원 날까지 기억하고 이렇듯 안부를 챙겨주는 걸 보면 말이에요. 제가 고마워서 눈물이 다 나려고 하네요.

아버님에 대해 조는 항상 자랑스러운 말들을 제게 늘어놓았어요. 형사인 아버님이 작정하면 범인은 숨을 곳이 없는 거라고. 제 얘기가 이상한가요? 아버님의 날카로운 눈빛이 저를 향해 있어서 당혹스러워요. 범인을 노려보듯, 절 보는 것만 같아요. 무서워요. 호호호.

어머니에 대해서는 천사 같은 분이시라고 했죠. 앉아계시는 휠체어가 왕좌처럼 멋있어 보여요. 진심이에요.

란 형님은 간호사라면서요? 어머니를 돌보기 위해 간호사가 되었다고 하더군요. 정말이지 감동적이었어요.

사실이 아니라고요? 쑥스러워하시는군요. 아무튼 저는 좋아요. 제가 만난 조의 가족은 정이 많으신 분들이에요. 서로에게 더 잘해 주지 못해 안타까워 하는 게 눈에 보여요. 제가 조를 만난 건 그야말로 행운이었어요. 제 가족과 함께 있는 것처럼 편안하게 대해 주시니 감사드려요.

어머니는 조의 얘기가 더 듣고 싶으신가 봐요. 좋아요. 오늘만큼은 원도 한도 없게 조의 얘기, 생중계로 전부 들려드릴게요. 아무튼 조는 자신의 마법으로 사람들의 마음을 얻는 데 성공했고, 사장님은 사업을 확장했어요. 2호 대리점을 열게 된 거예요.

개업한 대리점으로 조가 자리를 옮기면서 사장님한테 저를 데려가겠다고 했죠. 조의 부탁을 어떻게 거절할 수가 있겠어요. 그의 청을 마다한다는 건 곧 그를 잃는 거나 다름없는데. 자리를 옮길 때에도 저를 챙기는 조는 듬직하고 믿음직스러웠어요.

사장님은 조와 사업을 의논하기 시작했죠. '조와 함께'라는 건 경이로운 일들의 연속이었어요. 조의 변화를 지켜보면서, 사장님의 사업이 커가는 걸 보면서 제가 얼마나 행복했는지 어머님은 상상이 되시나요?

휴대 전화기를 판다는 게 뭔지도 모르던 조가, 사업이란 건 해본 적도 없는 조가 단기간에 사장님의 사업 파트너로 성장한 거예요. 조의 의견을 구하지 않고서는 사장님은 어떤 일도 혼자 추진하지 않았어요.

그만하면 성공한 거 아니냐고요? 오늘처럼 중요한 날에 시간을 낼 수도 있었을 텐데, 왜 오지 않은 건지 납득이 가지 않는 거겠죠. 다들 충분하다고들 하지만 조 자신만은 만족하지 못하는 거예요. 조를 대신해 죄송하다는 말씀을 또 드려야 할 것 같아요.

그가 곧 꿈을 이루게 돼요. 고지가 바로 코앞인 거죠. 마지막 혼신의 힘을, 꿈을 향해 집중해야 하는 때인 거예요. 조금만 기다려 주시면 돼요.

그래도 오늘 같은 날, 함께 했다면 정말 좋았을 테죠. 저도 이토록 섭섭한데, 다른 분들은 말할 것도 없는 거죠.

조의 꿈이 이뤄지는 그날이 대체 언제냐고요? 한 달? 아니 석 달? 글쎄요. 정확한 때를 확답해 드릴 수 없어 안타깝네요. 그건 조만이 알 수 있어요. 가까이 있다는 것만은 확신해요. 조가 한아름 선물을 안고 바로 저 문으로 들어설 테죠.

제 눈에는 선해요. 눈부시게 달라진 조. 위풍당당한 조. 하루라도 빨리 그 모습을 보고 싶으실 테죠. 늠름한 조의 우렁찬 음성을 직접 듣게 될 날이 곧 올 거예요. 저 역시 꿈을 이룬 조를 하루라도 빨리 만나보고 싶어요.

어머니와 형님, 두 분의 요리는 정말이지 입안에서 살살

녹는군요. 자주 먹을 수 없다는 게 그저 안타까울 뿐이죠. 저만 먹고 있는 건가요? 정작 맛있는 요리들은 놔두고 왜 딸기만 먹어대냐고요?

이렇게 다른 것도 먹고 있는 걸요. 어머나! 딸기만 끊임없이 주워 먹고 있었네요. 그 많던 제 앞의 딸기가 하나도 남아 있지 않으니 아니라고 말할 수 없겠죠.

딸기가 저를 먹어주세요, 막 속삭이는 것만 같은 걸요. 더 먹을 수 있다면 좋겠어요.

앗! 잠시만 조용히요. 전화벨이 울리는 거 확실히 맞죠?

아버님은 존경받는 분이 확실해요. 이번엔 또 누굴까요? 아버님의 퇴원 날이 이토록 관심받는 날인 줄 몰랐어요.

누구던가요, 전화를 걸어온 그 사람? 누구였는지 말씀해 주세요. 제게도 알려주세요. 별것도 아닌 일에 이렇듯 생떼 쓰는 제가 이상해 보이시겠죠. 하지만 오늘만은 저도 조의 가족이 되고 싶어요. 시시콜콜 다 알고 싶어요. 집으로 걸려 오는 전화를 내 손으로 직접 받아도 보고 싶은 거예요. 그런 게 왜 해보고 싶은 거냐고, 이해 못 하시겠지만 가족의 테두리 밖에 있으면 가족이 하는 일들이 몹시 부러운 거예요.

전화가 또 왔어요! 네? 저 보고 받으라고요. 진심이세요? 어머, 좋아라. 고작 전화 한 번 받는 건데 감격스러워 눈물이 다 나네요. 제 소원이 이렇듯 쉽게 이뤄지다니.

사랑해요, 어머니. 감사해요, 어머니. 떼를 쓰긴 했지만 이제야 진짜 가족이 된 것 같아 벅차고 설레요.

제가 이 집의 며느리라는 걸 인정해 주신 것만 같아요. 이 사실을 조가 알게 된다면 얼마나 기뻐할까요. 전화나 어서 받아보라고요. 네네. 그럴게요.

"문재식 형사님 댁입니다. 전화를 받는 저는 이 집의 며느리이자 조의 아내, 아리랍니다. 여보세요? 전화를 거신 분은 누구신가요? 말씀을 하셔야죠. 여보세요? 여보, 혹시 조? 조가 맞지? 어서 나라고, 조라고 말해. 나 아리야."

어떡해요? 누군지 확인도 못했는데, 전화가 끊겨버렸어요. 전화를 건 그 사람, 아무 말을 안 해요. 나 혼자만 보낸 게 미안해서 조가 전화라도 할 줄 알았는데.

만찬을 이대로 두고 지금 조를 만나러 가자고요? 앞장서라고요? 아, 안 돼요.

제가 말씀드렸잖아요. 조에겐 고지가 코앞이라고. 우리가 들이닥치면 조가 버럭 화를 낼 거예요.

그래도 가야만 한다고요? 이러지 마세요. 조는 아직 준비가 안됐어요. 자식이 부모를 만나는데 무슨 준비가 필요하냐고요? 아니라고 부인하고 싶지만 어머니가 옳아요. 제 손에 들려있던 수화기, 맥없이 떨어지는 거예요. 넋이 나간 듯 멍한 제가 어디 아픈가 싶겠죠? 네, 저 아파요. 그것도 아주 많이. 제가 받은 전화, 조가 틀림없어요.

남의 집 전화벨 소리에 왜 그렇게 예민하게 구는지, 제가 수상쩍다는 생각은 안 하셨나요? 더는 거짓말을 못하겠어요. 언제까지고 감출 수 있는 얘기도 아닌 거예요. 모두를 기만한 저를 용서해 주세요. 솔직하게 털어놓을게요. 제가 이 집에 온 건 조를 만나기 위해서예요.

조에 관한 제 얘기, 모두 거짓이에요. 조가 내게 했던 약속들이 거짓이었던 것처럼. 이 집에 들어선 순간, 확인한 거예요. 조가 감쪽같이 저를 속였다는 것을. 인생 자체가 거짓으로 뭉쳐진 사람이 있다는 거 믿기 어렵겠지만 있어요.

조를 탓하자고 하는 게 아니에요. 자신이 재벌의 아들이라고. 집에 좀 시끄러운 일이 있어서 반항하느라 나온 것뿐이라고 했어요. 내 방을 내주는 건 어려운 일이 아니었어요. 며칠이 지나면 집으로 돌아갈 거라고 생각했어요. 하지만 일주일 아니 한 달이 지나도 조는 반항을 접겠다거나 부모와 화해했다는 말을 제게 전해주지 않았어요. 집으로 돌아가겠다는 말은 더욱 없었어요.

때가 되면 돌아가겠지. 그의 길을 찾아 떠나겠지. 어차피 닥칠 헤어짐을 서두르고 싶은 마음이 제겐 없었어요. 제가 왜 그랬을까요?

제 마음인데 저로서도 알 수가 없어요. 조와 함께 있는 시간이 길어질수록 그냥 익숙해져 갔어요. 잠시 외출이라도 해서 조가 없으면 내 몸의 일부가 사라진 것 마냥 허전했어요.

조의 여행담은 저의 거짓말이죠. 모처럼 듣는 아들의 소식. 죽었는지 살았는지조차 모르는데 이왕이면 기분 좋은 얘기를 전하는 게 낫겠다 싶었어요. 조는 집과의 인연을 끊은 것 같고 제가 꾸며댄다고 알게 뭐예요.

발칙하다고 저를 욕하실 건가요? 돌팔매라도 던지고 싶으신가요? 그래야 배반당한 마음이 풀리시겠다면 그렇게 하세요. 뭐가 더 두렵겠어요. 아들에 대한 안 좋은 소식보단 잘 지내고 있다는 말을 전하기가 훨씬 수월하잖아요.

제 방에서 종일 저를 기다리는 게 조의 일이었어요. 재벌 아들이었다면 벌써 누군가는 다녀갔어야 했어요. 개미새끼 한 마리 얼씬하지 않더군요. 조의 말을 순진하게 액면 그대로 다 믿은 것은 아니었어요. 그 정도로 제가 순진하거나 세상 물정을 모르진 않으니까요.

있는 집 자식들은 부모한테 반항하고 가출하는 그런 멍청한 짓 따윈 절대 하지 않아요. 그들 사이에는 돈의 위력이 존재하니까. 부모의 뜻대로 움직이고, 눈밖에 나는 행동은 하지 않아요. 계산은 빠르고 행동은 영악하죠.

저였더라도 별반 다르지 않았을 거예요. 돈 많은 부모를 만났다면 말이죠. 내게 물려줄 재산이 없는 부모를 만났다는 건 내 의지로 내 삶을 치열하게 살아내야 하는 일이죠. 저는 무일푼이고 순전히 제 힘으로 서려고 노력하는 중이에요. 하루하루 일하지 않으면 적은 돈도 수중에 넣기 힘들 정도로 제 생활은 궁색하기 짝이 없어요.

조는 동화책을 너무 많이 봤어요. 사춘기 소녀도 아닌데 공주가 나오는 그런 이야기를 좋아하다니. 그런데 말이죠. 능력도 없고 제 방에서 저만 기다리는 거짓말쟁이 조가 밉지 않았어요. 다른 남자들처럼 조가 일을 하고 돈을 번다면 좋겠다는 생각을 안 해본 것도 아니에요. 앞으로 무엇을 할지 천천히 생각해도 괜찮다고 조를 위로했어요.

조는 제가 하는 말이라면 뭐든 잘 따랐어요. 조와 그렇게 사는 것도 나쁘지 않겠다고 생각했어요. 조는 젊고 마음만 먹으면 뭐든 할 수 있을 테니까. 자신이 할 일을 못 찾은 것 뿐이니까. 조를 위해 제가 할 수 있는 일은 스스로 일어설 때까지 진득하게 기다려 주는 것뿐이었어요. 그런데 우리의 미래가 아니, 제 미래가 흔들리기 시작한 거예요.

딸기만 왜 그렇게 먹어대느냐고요? 왜 그렇게 전화소리에 집착한 거냐고요? 제가 무엇을 할 수 있겠어요. 제 뱃속에 조의 아기가 자라고 있는데. 조는 사라졌고, 일을 할 수 없을 만큼 입덧이 심해요. 먹고 싶은 음식이 있어도 사 먹을 수 있을 만큼 넉넉하지 않으니 잠 하나 편히 못 자는 거예요. 머릿속에서 맴도는 음식들이 날 잠들지 못하게 괴롭히죠.

오늘은 딸기가 당긴 것뿐이에요. 조는 제가 임신했다는 걸 몰라요. 임신 사실을 알았을 때, 조에게 말해야 했는데 겁이 났어요. 혼자 몸도 챙기기 버거운 조가, 내가 임신했다는 말을 들으면 식겁해 도망쳐 버리고 말았을 거예요.

이렇게 될 줄 알았다면 말할 걸 잘못했어요. 어떤 말도 하지 않았는데 조는 온다 간다는 말도 없이 사라져 버렸어요. 할 일을 빨리 찾아보는 게 어떻겠냐고. 임신했다는 말 대신 단지 그 말을 했을 뿐인데.

조는 궁리 중이라고 했어요. 고민하는 게 눈에 보여서 조가 말해 주기만을 기다리고 있었는데. 어느 날, 퇴근해 돌아와 보니 방에 있어야 할 조가 보이지 않았어요. 볼일이 있어서 나간 모양이다, 끝나면 들어오겠지.

다음날 아침이 되어도 조는 돌아오지 않았어요. 갈만한 곳은 다 찾아도 봤지만 흔적이 없었어요. 어머님에게만 무심한 아들이 아니었어요. 조는 제게도 무정한 남자예요. 날벼락을 맞은 기분이었어요. 하루아침에 조가 사라져 버렸으니. 뱃속의 아기를 나 혼자 어쩌라고. 나쁜 자식! 욕지거가 나와도 용서하세요. 당신 아들을 흉본다고 나무라지도 마세요. 이 상황에서 제가 못할 말이 뭐가 있겠어요. 욕설쯤은 아무것도 아닌 거예요.

떠날 거면 말이라도 하고 가야죠. 불청객이 될 줄 뻔히 알면서 여기에 올 수밖에 없었던 제 심정을 부디 이해해 주세요. 부모님이 계시는 곳 말고 조가 갈만 한 곳이 달리 또 어디 있을까 싶었어요. 하지만 제 생각은 빗나갔어요. 조는 집에 오지 않은 거예요.

조는 대체 어디로 사라진 걸까요? 어머니는 아시나요? 형님은요? 아버님은요?

아는 사람이 없군요. 아까 말없는 그 전화. 저는 조라고 믿고 싶은 거예요. 잘못 걸린 전화에 부질없는 희망을 갖는 걸까요? 제 신경세포가 온통 조에게 곤두서 있으니, 어쩌겠어요.

어머니, 저는 두렵고 무서워요. 그나마 위안이 됐던 건, 조가 한 말 중에 진실도 있었다는 거예요. 제가 조의 집에 올 수 있었던 건 그 덕분인 거예요.

조가 떠나고, 난 알아야만 했어요. 어디서부터 어디까지가 진실이고 어디서부터 어디까지가 거짓인지 말이에요. 무작정 경찰서를 찾아가 문재식 형사를 찾았어요. 신세를 진 일이 있어서 꼭 만나야 한다고. 은혜를 갚고 싶다고 고집을 부렸더니 입원해 계신 병원을 알려주더군요.

아버님의 퇴원도 집주소도 알게 됐죠. 다행이다 싶었어요. 온 가족이 모이는 특별한 날이니 저 하나쯤 더 있다고 해도 괜찮을 것 같았어요. 조가 집으로 돌아가지 않았다고 해도 오늘만은 나타나겠지. 그렇게 생각했어요.

제 생각이 틀렸어요. 조는 집 근처에도 오지 않았고 이 집 어디에도 조의 흔적은 보이지 않아요. 조를 만나야 하는데, 만날 수 없다는 사실이 쉽게 받아들여지지 않는 거예요. 저도 모르게 전화벨 소리에 집착하게 되는 거예요. 어리석다는 걸 알면서도 부질없다는 걸 알면서도 희망은 좀처럼 놓기 힘든 거예요.

조는 찾을 수도 만날 수도 없는 걸까요? 뱃속에 있는 우리 아기는 어떡하죠? 절망만이 절 기다리고 있는 걸까요? 어떡하면 좋죠? 두려움만 제 안에 가득 쌓여가요.

네? 진심이세요? 아기를 낳아달라는 그 말씀? 따지자고 되묻는 거 아니에요. 하늘에서 든든한 동아줄을 제게 내려주는 것만 같은 걸요.

조가 제 인생을 망쳤다고 생각해서 그런 거라면 부모로서 책임을 느껴서 그런 거라면 그러지 않으셔도 돼요. 제가 철부지 애는 아니잖아요. 조보다 훨씬 어른인 걸요. 힘겨운 선택일지라도 제 몫이고, 제 책임하의 일인 거예요. 다른 분들에게 짐을 지우고 싶은 생각은 없어요.

오늘 같은 날에도 조가 집에 오지 않는 걸 보면, 조는 이제 제가 만날 수 있는 사람이 아닌 거예요. 아빠 없는 아기 때문에 말할 수 없는 고통을 겪고 있는 건 사실이에요. 잔망스럽다 하실지 모르지만 여기에 온 건 잘한 일 같아요. 부모님을 뵙고 나니 제 아기를 한번 만나보고 싶다는 용기가 생기는 것도 같아요.

저를 친절히 맞아주시고 위로와 격려를 해주셨으니 된 거예요. 막연한 두려움은 걷혔고, 산 사람은 어떻게든 살아가기 마련인 거죠. 만약, 조가 돌아오거든, 전화라도 오거든 제 말을 전해 주시겠어요?

조가 내게 한 말들, 모두 사실이었다는 거 내 눈으로 직접 확인했다고요. 조가 말한 정원 넓은 저택도, 황금 의자도 없었지만 저는 알아요. 그의 눈과 마음으로 보는 집은 저택이 분명하고 어머님의 휠체어는 황금 의자인 거예요. 조의 마음을 저는 이해할 수 있어요. 조의 머리에서 발끝까지, 조의 하나에서 열까지 그 전부를.

사람의 일이란 게 항상 상대적인 거잖아요. 조의 입장에 서고 보면 그의 말에 거짓은 하나도 없는 거예요. 그의 삶에는 없다고 여겼던 것들이 어느 날, 하루아침에 생겼잖아요. 조에겐 충분히 저택이고 황금 의자인 거죠.

거짓말은 조가 아니라 제가 했죠. 조를 완벽하게 사랑하고 싶은 제가. 세상에 나온 내 아이가 자라는 동안 가끔씩, 아니 어쩌면 매일 조를 그리워하며 떠올리게 되겠죠. 후회하거나 원망하는 날들로 채워질지도 모르죠. 뱃속의 아이가 제게 평생의 족쇄가 될지, 행복을 누리게 해 줄지 그 미래를 나는 알지 못해요. 하지만 믿어볼래요. 조를 만난 건 다시없는 행운이고, 다시 못 올 사랑이었다고. 제 아이 역시 마찬가지죠. 사랑하는 사람의 아이를 얻었으니 저는 행복한 여자인 거예요. 그런데도 두려움의 눈물은 마르질 않네요.

무슨 조화 속인 걸까요? 아버님, 어머님 그리고 형님. 제가 이 집을 나서고 나면 불청객이 아니라 이 집의 며느리와 손자가 다녀간 거라고 여겨주세요. 저를 겨냥한 게 아니었다는 건 알지만 격렬하게 반겨준 거 오래도록 잊지 못할 거예요.

제 마음을 헤아리신다고요? 제 눈물이 마르게 놔두질 않으시네요. 저는 확실히, 충분히 위로받았어요. 감쪽같이 사라진 조에 대한 원망은 사그라지고 제 암담함도 이제 한풀 꺾였어요. 잘 가라는, 안녕이란 말 대신 제 뱃속의 아이에게 할머니, 할아버지가 아주 많이 사랑한다고 한 말씀만 해주실래요?

아가야, 우린 네가 오기만을 오매불망 기다린단다, 그렇게요. 제 뱃속의 아기가 사랑받고 있다고 느낄 수 있도록, 그렇게요.

아기를 위해서라지만 실은 제 두려움을 떨치고 싶은 거예요. 아비 없는 자식이 되겠지만 축복받은 생명이라 여기고 싶은 거예요.

제가 아기의 생명을 지킬 수 있게, 아기가 제 생명을 구할 수 있게 제게 힘과 용기를 실어주세요. 앞으로 태어날 제 아기에게 보고 싶다고 사랑한다고 따뜻한 한 말씀 해주세요.

정말이지 부탁드려요.

가
벼
운
연
인

"오빠를 내가 좀 안다는데 뭘 그렇게 꼬나봐요. 한때 좀 놀긴 했지만 이래 봬도 나름 순진하고 착한 여자라고요. 오빠 같은 남자들한텐 썩 괜찮은 여자죠. 귀엽지, 매력 넘치지. 게다가 의리도 있지. 실연당해서 이러고 있는 거 누가 모를까 봐요. 이마에 굵은 매직으로 아예 써갖고 다니는데 말이죠. 애인과 헤어졌음. 딱 죽고 싶은 심정임. 하하하. 그러지 말고 오빠, 나랑 연애할래요? 난 배신 같은 거 절대 안 할 자신 있는데."

　"그 무엇도 자신하지 마라. 그러다가 너 자신이 무너질지 몰라."

　"어쩜, 쉬크하기까지. 딱 내 취향이다. 오빠 옆에 앉아도 되죠?"

"겁도 없이……. 부모님한테 허락부터 받고 와."

"내가 무슨 미성년자인 줄 알아요. 연애를 부모한테 허락받게."

"나, 알아?"

"그럼 알죠. 저어기 바닷가에서 시간을 낚지도 못하고 죽이기만 하는 강태공. 진짜 잊고 싶은 걸 지우지도 못하고 물고기도 못 잡고."

"……?!"

"족집게죠? 그렇다고 그런 눈으로 보지 마요. 무서워. 우리 카페에서 일직선으로 보이는 바다잖아요. 나한텐 바위에 서서 언제쯤 바다에 뛰어들까 갈등하는 오빠 모습이 클로즈업으로 잡히거든. 내가 다 조마조마해서 수시로 확인해요. 오빠가 그 자리에 있나 없나."

"혼자 있고 싶다."

"어째 점점 더 날 자극하는 말만 골라서 해, 오빠는. 귀엽다. 그런데 강태공이 강도 바다도 아닌 카페엔 웬일이에요? 비가 와서 이리로 출근한 건가? 바다를 보려고? 비 오는 바다, 분위기 죽이긴 하지. 거기에 독한 술까지 한 잔 곁들이면 진짜 죽음이지. 참, 뭘로 주문할 거예요?"

"아무거나."

"그런 메뉴는 없고 내 맘대로는 있는데. 여기 오는 손님은 다 내가 권하는 걸 마셔요. 삼 년 만에 여기 토박이 다 됐어요. 어쨌든 손님에게 어울릴만한 음료를 내 맘대로 제공해요. 그래서 다들 우리 카페 아니, 내 메뉴를 좋아하죠. 손님 각자에게 어울리는 음료를 제공한다는 건 내가 권하는 음료가 맛이 있건 없건, 취향이든 아니든 관심을 가져준다는 거니까. 거기에 매력과 풍부한 맛이 더해지는 거죠."

"아무거나."

"오빠, 참 고집 있네. 좋아요. 그렇다면 칵테일보단 스트레이트 업이지."

"비 온다는 예보가 있었나?"

"오늘 비가 올 거라는 거, 이 일대 사람들은 다 알아요. 지나가는 강아지도 알지. 오빠가 감이 좀 무디구나? 하긴 그러니까 애인한테 차이고 이러고 궁상이지. 어쨌거나 바닷가에 살면 다 알게 돼요. 자연이 주는 정보를 읽을 수 있게 되거든. 기상청보다 더 정확해요. 바다 비린내부터 달라지니까. 벌레들도 모여서 대책 마련에 나서는데 어떻게 모르겠어. 비가 오겠구나! 다들 그렇게 과학적인 점쟁이가 되는 거지. 오빤 어디서 왔어요? 뭐하던 사람이야? 말하기 싫어? 왜? 하긴 사연 없이 이런 곳에 죽치고 있을 사람은 없지. 나야 첫눈에 이곳 바다가 마음에 들어서 눌러앉았지만. 아니다. 그러고 보니 나한테도 사연이 있긴 있었네. 띠발."

"띠발이라니?"

"것도 몰라. 욕이잖아요. 씨발. 쌍시옷으로 하는 것보다 덜 상스럽잖아. 크크. 교양도 있어 보이고."

"교양이 상스런 동네로 언제 이사 갔어?"

"말이 그렇다는 거죠. 오빠도 참. 암튼 그때만 생각하면 지금도 분통이 터져. 아직도 억울한 생각이 든단 말이야. 대학 가겠다고 공부밖에 모르던 나한테 고등학교 졸업하면 결혼하자고 생떼 쓰던 녀석이 있었거든요. 그래놓고는 저 대학 붙으니까 뭐라더라? 등록하러 간 날에 만난 여자? 헐! 결혼하자는 말을 하지 말든지. 공부 잘하고 있는데 바람만 잔뜩 집어넣고 들뜨게 하더니. 뭐, 진짜 사랑하는 여자가 생겼어? 남자들은 왜 다 그 모양이야? 책임도 못질 빈말만 싸질러놓고 가볍기가 뜬구름보다 더 하잖아. 눈에 보이지 않는 감정이라고 차용증 없는 감정이라고 막 휘둘러도 되는 거냐고?"

"덜떨어진 그 녀석 때문에 이러고 있는 거라고?"

"아니 뭐, 꼭 그런 건 아냐. 그 자식이 나한테서 떨어져준 게 고맙기도 해. 공부야 어차피 내 적성에 안 맞는 일이고 그 자식 덕분에 일찌감치 내 새로운 인생에 눈을 떴으니까."

"처음 보는 남자한테 반말 섞고, 대놓고 막 하는 것도 다 그 때문이야? 나보다 더 인생에 훤해서?"

"여자 나이 스물셋을 쉽게 보지 마."

"남자 나이 서른다섯을, 우리 아가씨는 대체 뭘로 보는 걸까?"

"좋아. 오늘 내가 인심 썼다. 골든 벨이다. 서른다섯 남자를 위하여. 크크."

"골든 벨? 손님은 달랑 나뿐인데?"

"그럼, 오빠가 올려주면 되겠네. 골든 벨!"

—

"한 번은 만나 지지 않을까. 만나지는 일이 한 번은 꼭 있어야겠다. 재회하게 된다면 무슨 말을 하지? 엇갈려 가는 쪽이 어쩌면 나을지도 모르겠다. 불판의 참깨처럼 매번 마음이 뒤집혀."

"무슨 말을 하는 거야? 내 얘기를 하고 있는 건 분명 아닐 테고."

"내가 진실로 바라는 게 뭔지, 마냥 헷갈려하면서 보낸 날들이었어. 끝났다는 걸 알면서도 한편으로는 미련을 떨고 있는 건지도 몰라. 어떤 이유에서건 그녀를 떠올린다는 건, 내 안 어딘가에 아직도 그녀가 들어앉아서 꿈틀대고 있다는 반증이지. 그리워하는 거라고 내 딴엔 그렇게 생각해. 그런 끔찍한 일을 겪었는 데도……. 그래서 더욱 잊지 못하는 건지도 모르지. 그녀가 받은 충격과 상처에 비하면 내가 겪은 건 그야말로 아무것도 아니니까. 그런데도 망가져 가는 쪽은 그녀가 아닌, 나야."

"아직도 사랑하는구나? 어떻게 다시 해 볼 생각은 안 하는 게 좋아. 오죽하면 떠난 여자와 버스는 붙잡지 않는 거란 말이 나왔겠어. 다 털고 나랑 연애나 하지? 공허하고 허전한 마음에 빗물만 가득 고이기 전에."

"비 온다고 연애하니, 넌?"

"해가 떠도 연애하지. 그크큭. 근데 오빠, 그 끔찍한 일이란 게 대체 뭐야? 궁금하다."

"!"

"이런 날, 얘기 안 하면 또 언제 하냐? 내가 다 들어줄게."

"진짜, 듣고 싶어?"

"응. 미치도록……."

"듣고 나면 나랑 연애하자는 말은 쏙 들어갈 거다."

"오빠, 나랑 연애할 생각이 있었구나. 그럼 그렇다고 말을 해야지."

"어디로 튈지 모르겠는 럭비공 아가씨로군."

"어째 내게 관심이 많다는 말처럼 들리는데?"

"주인 맘대로 카페니까 생각하는 것도 자기 마음대로군.

지금부터 내가 하는 말, 한쪽 귀로 듣고 한쪽 귀로 흘린다고 약속해. 그럼 하지."

"약속!"

"그 남자, 그녀를 있게 한 그녀의 생부. 그날 내가 본 그녀는 생부의 가슴에 구멍을 내자고 작정한 사람이었어. 내가 알던 예쁘고 마음씨 고운 그녀는 사라졌지……. 그녀의 빨간 하이힐 때문이었을 거야. 검붉은 피로 물들었는데 그녀의 눈에는 그게 보이지 않는 것 같더군. 그 남자의 피로 그녀의 얼굴과 옷이 붉게 물들어가는데 그 순간의 그녀는 쓰레기더미에 버려진 측은한 영혼, 그 이상도 이하도 아니었지. 그녀를 데리고 그 남자로부터, 그녀의 가여운 영혼으로부터 도망쳤지. 날은 밝아서 사물은 또렷한데 난 아무것도 볼 수 없었어. 그 무엇도 보이지 않았어. 무작정 내달린 거야. 피로 물든 그녀의 손이 내게서 빠져나가는 줄도 모르고……. 그날 이후로 나를 바라보는 그녀는 예전의 그녀가 아니더군. 나와 마주치면 차가운 얼굴로 나를 외면했어. 그녀와 마주하고 있자면 돌처럼 딱딱하게 굳어가는 그녀를 어찌지 못해 난 안절부절못했지. 자신을 낳아준 아버지를 처참하게 뭉개버린 패륜의 현장을 들키고 말았으니, 내가 그녀였더라도 당연히 그랬을 거야. 나와 마주칠 때마다 지우고 싶은 순간이 그녀의 눈동자로 들불처럼 들이닥쳤을 테지."

"생각만 해도 끔찍해. 소름 돋아. 오빠 마음대로 얘기 지어 내고 그럼 벌 받는다. 왜 그렇게 노려봐? 설마 진짜로 오빠가 좋아하던 그 여자가 자기 아버지를 죽이려 했던 거야?"

"글쎄. 그거야 그녀만 아는 일이지."

"그래서 어떻게 됐는데? 오빠~ 응? 말해 줘 봐."

"사람 마음이란 게 참 간교해서 내가 외면당할수록 그녀의 고통은 보이지 않고 내 고통만 커지더군. 미쳐버릴 것만 같은 거지. 그녀의 외면이 병이라고 매도했어. 또 지켜주고 싶었어. 그녀의 병으로부터 완벽하게 그녀를……. 가까이 가지 못해 안달하는 내가 주제넘은 생각을 한다는 것도 그땐 깨닫지 못했어. 좀처럼 수그러들지 않는 그녀에 대한 내 마음은 병적인 집착 수준으로 변해갔고, 그런 나 자신을 감당하는 일조차 버겁게 됐지. 내가 없어져 주는 것이 나만 보면 굳어가는 병을 낫게 하는 지름길일지도 모른다는 생각은 나중에서야 하게 된 거야. 진짜 병이 든 건 그녀가 아니라 나라는 걸 깨닫게 된 건 그 뒤였어. 떠날 작정을 했지. 아주 힘겹게. 살던 집을 내놓고 나니까 꾸릴 짐도 없더군. 그녀의 손길이 닿은 세간이 내게 더는 필요가 없겠더라고. 그녀로부터 멀어지기 위해 무작정 멀리, 멀리 가야 된다는 생각뿐이었어. 아가씬 나를 본 게 고작 보름이겠지만 내가 여기 눌러앉은 건 그보다 훨씬 오래 됐지. 한동안 모텔 방에 시체처럼 죽은 듯이 누워 있었어. 그런다고 죽어지는 것도 아닌데."

"……?"

"하필 왜 여기냐고?"

"제법이네. 내 마음도 읽을 줄 알고. 알수록 꽤나 괜찮은 남자야, 오빠는. 내가 남자 보는 눈 하나는 탁월하다니까."

"어쭙잖은 남자 때문에 대학도 포기했으면서."

"오빠! 다 과거지사야. 벌써 다 깨끗하게 지웠단 말이지."

"나도 그런 줄 알았어. 다 지웠다고. 다시는 생각도 하지 말자고 다짐했는데……. 폭포처럼 쏟아지던 그녀의 눈물이 나의 뇌리에 끈덕지게 달라붙어서 떨어지지가 않아. 한 번은 만나지겠구나. 만나야겠구나. 부지불식간에 그런 생각이 똬리를 튼 거지. 혹시라도 다시 만나게 된다면 나는 그녀를 온전하게 지울 수 있을까?"

"오빠도 참 뭐라 위로해줄 말이 없네. 그냥 나랑 사귀자."

"…?!"

"해 뜬다!"

"가야겠다."

"어딜? 물고기 한 마리 안 낚이는 바다로 낚시하러? 오늘은 여기서 나랑 놀지. 물고기나 바다보다는 내가 훨씬 낫잖아. 말도 못 하는 바다나 물고기보다야 아무렴."

"비려."

"내가 비리다고? 어려서? 이 아저씨, 내 말 참 안 믿네. 내가 좀 동안이긴 해도 완전 성인이야. 주민등록증 보여줘?"

"내가 갖고 온 봉투 어디 됐지?"

"내 말은 귓등으로도 안 듣네."

"내 봉투 어딨냐고?"

"쳇! 저어기 있잖아."

"어디?"

"저기. 안 보여?"

"고맙다. 내 얘기 들어줘서. 알지? 한쪽으로 듣고 한쪽으로 흘리는 거."

"오빠, 잠깐만⋯⋯. 그 봉투가 아닌데, 벌써 가버렸잖아. 내꺼랑 봉투가 바뀌었는데, 성질머리 한번 급하시긴. 시간은 모래알처럼 많고 바다처럼 깊은데, 한적한 이런 곳에서 뭐가 그리 바쁘다고 설친담. 그래봐야 고작 낚싯대나 드리우고 시간만 죽일 거면서⋯⋯. 장담하건대 삼 분, 아니 일분도 안돼서 되돌아오고 말 걸. 크크크. 어라. 오 분씩이나 지났는 데도 안 돌아오네. 지금쯤이면 봉투 안에 든 게 뭔지 확인했을 텐데⋯⋯. 창밖에 누가 있잖아. 오빠랑 있는 저 여자, 누구지? 아는 여잔가? 심심하던 차에 괜찮은 남자를 만났다 싶었는데, 임자 있는 몸인 거지. 어째 분위기 어색한 것이 묘하네. 둘이 뭔 관계야? 구경이나 해볼까? 내가 무슨 짓을 하고 있는 거야. 아, 짜증 난다. 난 그냥, 농담이나 하잔 거였는데. 궁금한 건 정말 못 참아. 아직 가게 앞에 그대로 있는 거겠지?"

—

"이런 일도 있긴 있네. 낯선 곳에서 이렇게 우연히 우리가 다시 만나게 되다니. 놀랍군. 그동안 우리한테 있었던 일들에 비하면 그다지 놀랄 일도 아니지만……. 당황스러운 모양이군. 란도 이런 만남을 예상하지 못했겠지. 나 역시 그래. 하필 이런 우스꽝스러운 몰골일 때 만나게 되다니. 아무도 없는 줄 알고 허허벌판을 알몸으로 누비다가 누군가와 딱 맞닥뜨린 것처럼 곤욕스럽고 난감한 거지. 지금도 내가 감당하기 힘든 모양이군. 한 번은 만나져야 한다고 매번 주문을 걸기는 했지, 내가. 그렇지만 너와 제일로 맞닥뜨리고 싶지 않은 지금의 순간임에야 내 숨조차 사래가 들리는 거지. 방바닥을 비비적대다가 나온 후줄근한 옷차림새에 더벅머리. 검은 때가 덕지덕지 앉은 발톱이 고스란히 드러난 슬리퍼. 머리는 한 열흘 감지 않았고, 수염을 손질하지 않은 건 더 오래 됐지. 노숙자 몰골로 둔갑해 버려서 나를 알아보지 못해야 했는데. 이런 나를 한눈에 알아보다니……. 우연으로라도 란과 만나게 된다면 어떻게 할까, 막연한 생각만 했던 거야. 이렇듯 란과 마주치게 될 순간을 미처 성실하게 준비하지 못했어. 이런 후미진 바닷가 마을에 네가 나타날 거라고, 어떻게 예상이나 했겠어. 원수도 아닌데 외나무다리에서 만난 기분인 거지. 뭐라고? 원수보다 못한 사이? 하하하. 그보다 더 못한 관계일지도 모르지."

"…?!"

"난 잘못한 게 없는데. 그토록 네 미움을 산 이유가 뭘까? 먼바다만 바라보는 걸 보니 란도 모르긴 매한가지라는 건가? 어쨌거나 이런 나를 알아본 란의 그 눈썰미가 지금만큼은 나 또한 야속해. 그렇다고 설마 이렇게 그냥 지나쳐 갈 생각은 아니겠지?"

"내가 어떻게 해주면 좋겠어."

"초라하게 변해버린 나를 네가 알아보지 못하고 스쳐 지나갔다면 어땠을까? 너와 마주치기 전에 골목의 모퉁이를 내가 먼저 돌아섰더라면 좋았을까? 만약에 나만 너를 알아보고, 내 앞에서 멀어져만 가는 너를 지켜봐야 했다면 내 마음은 또 어땠을까? 이런 골골로 너와 마주치지 않게 된 것에 대해 천만다행이라고 여겼을까? 어느 쪽에도 확신은 없어. 란과 마주칠 수 있는 기회가 단 한 번 있었는데 어긋났다는 걸 알게 된다면 난 또 어떤 마음이 들까? 어색하고 대략 난감인이 상황이 반갑고 한편으론 두렵기도 해. 마주치고 싶지 않은 최악의 순간일망정 네가 먼저 알아봐 준 게 다행이고, 기뻐. 이렇게가 아니면 우리의 재회는 영영 내 망상으로 끝나버리고 말았을 테니까."

"그 손에 든 게 뭔지 물어도 돼?"

"아, 이거. 낚시 미끼야. 보여줄까? 자 봐. 왜 그렇게 보는건데?"

"요즘엔 낚시할 때, 생리대를 미끼로 쓰는지 몰랐는데."

"무슨 말이야? 란이 농담을 할 때도 다 있네."

"나도 기현 씨랑 농담할 수 있는 사이면 좋겠네."

"엉. 이게 뭐야? 이게 아닌데."

"그렇게 무안해하지 않아도 돼. 괜찮아. 여자 심부름 좀 한다고 뭐가 어떻게 되는 것도 아니잖아."

"이런 게 언제 들어갔지? 란의 지금 그 표정, 내겐 익숙한거네. 이런 거나 들고 다니는 내가 한심해 보이는 거겠지. 그래, 맞아. 거짓말은 안 통해. 보다시피 난 이러고 살아. 도시에 살던 남자가 바닷가 마을에서 할 일이란 게 달리 뭐가 있겠어. 환자들 엑스레이 사진만 찍어대던 내가 그물을 만질줄 알겠어, 바다를 알겠어. 흘러서 여기까지 왔고, 여기 여자를 만나 눌러앉았지. 나한테 실망했지?"

"아니."

"누가 날 측은하게 봐주는 거 정말 오래만이네. 그것도 란 네가. 하지만 사양이야. 이렇게 살고 있는 거, 나쁘지도 않고 동정을 받을 일도 아니잖아. 란 때문에 변한 것도 아냐. 내가 이렇게 살고 있는 게 왜, 란 탓이겠어. 널 좋아한 것도 나고, 외면하는 네게서 도망친 것도 나고, 네게 허접스럽게 보이는 이런 생활을 운용하고 있는 주체도 바로 나잖아. 걱정하지 마. 네가 생각하는 것처럼 그렇게 엉망으로 망가진 건 아니니까. 내 생활은 전보다 훨씬 더 풍요롭고 인간적이야. 여자를 만나는 일도 누군가를 사랑하는 일도 다시는 못할 줄 알았는데 시간이 다 알아서 해결해주더군. 시간이 약이라는 말은 하나도 틀린 게 없어."

"어떤 여자야? 같이 사는 여자."

"착하고 의리 있는 여자. 나 같은 놈을 뭘 믿고 봐주는지 통 하나는 큰 여자지."

"기현 씨가 어디가 어때서?"

"란한테 난 어떤 남자였지?"

"여기 생활은 어때? 지낼 만은 해?"

"옛날 얘기는 거북하다 이건가? 하기는 지나간 일을 들춰서 뭐에 쓰겠어. 현재가 중요하지. 내가 어떻게 사냐고? 완전 무위도식하고 살지. 도시에선 팽이처럼 정신없이 돌아가던 일상이 여기선 저기 보이는 저 수평선만큼이나 고요하고 평온해. 시간조차 느리게 흘러가지. 아침이면 낚싯대를 들고 바다로 나가. 바다에 낚싯대를 드리우고 앉아서 종일 시간을 보내지. 무념무상의 경지를 오가다 보면 하루가 금 방이야. 내가 누구인지, 뭐하는 사람인지 알 필요도 없고 상 관하지도 않아, 여기서는. 세상 시름없는 팔자 좋은 태평한 낚시꾼일 뿐이지. 심심하면 물고기를 따라 수영도 하고 용 궁에도 가고. 유유자적이 따로 없어. 매일같이 바다에 출근 도장을 찍으며 그렇게 살아 난……. 먹고사는 일? 여자 잔심 부름이나 해주면서 붙어 살지."

"기현 씨를 돌봐주는 여자라면 좋은 여자겠지."

"내게 매일같이 밥상을 차려주고 웃게 만들고. 그렇지 뭐. 란이 아닌 다른 여자와 살게 될 수도 있다는 건 상상도 못 했 던 일인데. 내가 그리던 미래가 하루아침에 증발돼 버렸지. 평생을 함께하자고 그토록 굳은 약속을 란에게 해놓고."

"사람일은 아무도 모르는 거잖아."

"란은 어떻게 지내? 좋아 보이긴 하네."

"특별할 게 있나. 사람 살아가는 게 다 거기서 거기지."

"오늘은 왠지 바다에 나가는 발걸음이 더디기만 하더니 이 렇게 란을 만나려고 그랬나 봐. 길에서 이러지 말고 우리 어 디 들어가 앉아서 얘기할까? 이렇게 그냥 보내고 나면 서운 할 거야. 나를 찾아 여기까지 온 게 아니라는 걸 알면서도 내

심 그런 거였으면 좋겠다, 기대하고 있는 건지도 모르겠어. 엉뚱한 여자 심부름이나 하고 살면서 내 하는 소리 좀 봐. 나 참, 뻔뻔하고 변죽 좋은 놈이란 걸 이제 알겠다. 나쁜 놈이라고 대놓고 욕해도 괜찮아. 실컷 욕해. 내 안에는 항상 두 개의 마음이 공존하니까. 대립하는 그 둘 사이에서 늘 갈등하고 고민하지. 애초부터 명확하게 하나만 들어앉아 있는 거였다면 고민할 일도 없을 텐데……. 날 욕하는 란은 나에 대한 감정이 조금이라고 섞여 있어서겠지. 난감한 순간에 구겨지는 눈꼬리는 여전하군. 여기까진 진짜 웬일로 온 거야?"

"학교일 때문에."

"혼자서?"

"인근에 왔다가 바다나 한번 보고 가려고 왔는데, 기현 씨를 만나게 될 줄은 나도 정말 몰랐어."

"차나 한 잔 하고 가. 어쩌면 이게 란과 나의 진짜 마지막일지도 모르겠단 생각이 드네."

"이렇게도 만나지는데, 또 언제 어디서 만나게 될지 그거야 진짜 모르는 일이지."

"빨간 구두네."

"으응."

"너한텐 잘 어울리는 구두지."

"……"

"빨간 구두를 즐겨 신고 다닐 거라는 생각은 못했어. 빨간색을 보기만 해도 움찔거리던 너였는데. 역시 란한테 버림받은 건 나뿐인가 보군. 그날의 구두만도 못하다니."

"여기서 헤어지는 게 좋겠어."

"빨간 구두 얘기는 꺼내는 게 아닌데. 입이 화근이로군."

"그래서가 아냐. 실은 일행이 있어. 아무 말도 안 하고 와서 나를 찾고 있을 거야."

"연락하면 되잖아. 조금만 있다가 가. 조금만. 제발 부탁이야."

—

"자기가 사다 달라고 한 게 이거 맞지? 제대로 사 왔는지 모르겠군."

"뭔 뚱딴지같은 소리야. 자기 것도 구분 못해서 내 물건 들고 가 놓고선. 근데 저 여자는 대체 누구야? 오빠, 아는 여자? 죄인처럼 왜 그렇게 눈치를 보는 건데? 그 눈, 그만 좀 찡긋거려."

"내가 뭘 어쨌다고 자기도 참."

"아하. 저 여자 앞에서 가짜 애인 노릇이라도 해달라, 뭐 그런 뜻이야?"

"마누라 행세면 더 좋지."

"맨입으론 안 돼. 저 여자 가고 나면, 그땐 나랑 진짜 연애하는 거다? 대번에 정색할 거면 부탁은 왜 해? 그냥 저 여자한테 확 불어버린다. 오빠가 내숭 떨고 있다는 거."

"그러지마, 제발. 내 다리가 안 보여? 간신히 지탱하고 있잖아."

"쳇. 저기요? 걱정하지 마. 나 오빠 마누라야."

"고마워."

"저기요. 우리 오빠, 전 여자친구 맞죠? 어떻게 생긴 분인가 궁금했는데. 여자인 내가 봐도 반할 만큼 아름답네요. 카페 안이 다 훤해졌어요."

"칭찬인가요? 그렇다면 고맙습니다."

"근데 이런 누추한 마을까지 왜 찾아온 거예요? 설마, 우리오빠를 다시 만나고 싶다거나 데려가려고 온 건 아니시죠? 그렇다고 따라나설 오빠도 아니지만. 안타깝게도 지금은 날 사랑하니까. 그쪽이 끼어들 자리는 없단 거죠. 어라? 그 표정은 뭐예요? 결투라도 해서 오빠를 찾아가겠다, 뭐 그런 뜻인가요?"

"그런 거 아니에요."

"당연히 아니어야죠. 당신과는 완전히 끝난 사이고 지금은 나와 살고 있는 내 남자니까. 일단은 아무 데나 마음 내키는 곳에 앉아요. 주문은 별도로 받지 않아요. 여긴 내 맘대로 주는 곳이니까. 웃어요? 비웃는 건가요?"

"마실 건 알아서 주고, 우리 얘기 좀 하게 자리나 좀 비켜 줘."

"쳇. 무슨 비밀 얘기라도 나누겠다는 거야? 나보고 가라 마라 하게. 내가 두 눈 똑바로 뜨고 주시하고 있다는 거나 잊지 마."

"자기가 옆에 있는데, 설마 딴짓이야 하겠어?"

"사실, 저 아줌마는 믿겠는데 자기는 못 믿겠어. 너무 다정한 티 내지 말고 멀리 떨어져서 얘기해."

"알았으니까. 잔소리 그만하고 어서 마실거나 갖다 줘."

"알았어."

"잔소리가 심한 여자지? 없으니까 이제 좀 조용하네. 정말 어디로 튈지 모르는 여자라니까. 앉아. 그렇게 서있지만 말고."

"토닥토닥하는 게 살갑고 정겨워 보여. 사람냄새가 나. 그래도 의외인 걸. 기현 씨 취향이 언제부터 저렇게 어린 여자로 바뀌었을까? 스무 살도 안 된 미성년자 같아."

"나를 아주 몹쓸 파렴치한으로 만드는군."

"그런 뜻 아니라는 거 알잖아. 부러워서 그래. 기현 씨야 내가 속속들이 알고 있는 사람이고, 내게는 또 바르고 성실해서 과분한 남자였지."

"그래서였어? 내가 심하게 바른 사람이라서? 너를 답답하게 만드는 남자라서 그토록 떠다민 거야?"

"여태 몰랐던 거야? 기현 씨 때문에 나 복장 많이 터졌는데. 수술도 했잖아."

"진짜야? 어디, 어딘데? 좀 봐봐."

"금방 심각한 얼굴을 하기는. 농담이야. 농담."

"많이 변했군. 진지하기만 하던 란이 농담이란 것도 다 할 줄 알고."

"시간이 흘렀으니까. 내가 하는 말, 신경 쓰지 마. 다정하고 배려할 줄 알고……. 기현 씨는 여자들이 좋아할만 한 장점을 참 많이 갖고 있는 남자야."

"네 얘기를 듣고 싶어. 어떻게 살고 있어?"

"작년 가을에 박사과정 등록했어. 공부 욕심이 있어서 시작한 건 아냐. 학위를 받아서 뭘 해야겠단 생각이 있었던 것도 아니고……. 내가 열중할 뭔가가 있어야겠다, 싶은 생각이 불현듯 든 거야. 공부하는 일 말고는 내가 정신을 쏟을만 한 일이 없더라고. 낮엔 병원에서, 밤엔 학교에서 시간을 보내. 나보다 젊은 친구들이 많아서 그들을 못 따라갈까 봐서 늘 긴장하고 살아. 그들과 함께 강의실에 앉아있자면 건너온 시간들은 까마득히 잊히고 나 자신이 마냥 어린 학생으로 돌아간 것 같아. 이런 내가 기현 씨는 가증스러워 보이겠지. 사람을 죽이고도 이렇듯 멀쩡한 얼굴로 살고 있으니…….

그때, 기현 씨는 무슨 생각을 했을까? 가끔씩 떠올리기도 해. 아마 무서웠을 거야, 나란 여자가. 나도 내가 무서웠어. 나에 대해 몰라야 될 것들까지 속속들이 알고 있는 기현 씨를 감당할 수가 없었어. 잘못은 내가 저질러 놓고 기현 씨가 사라져 주길 바랐던 거야. 애초부터 우린 이렇게밖에 될 수 없는 사람들이었던 거야."

"내가 고통스러웠던 건 사실이야. 그만큼 또 너와 함께 살고도 싶었어. 내겐 란밖에 없었으니까. 나 아니면, 란을 사랑할 남자는 없을 거라는 자만을 했을지 몰라."

"그랬을 거야. 나 같은 여자를 사랑할 수 있는 남자는 흔치 않지. 기현 씨니까 그나마 나를 받아준 거라는 거 알아. 이제 와서 내가 무슨 할 말이 있겠어."

"언젠가는 너를 다시 만날 수 있을지도 모른다는 실낱같은 희망 때문이었어. 내가 이렇게나마 살고 있는 거."

"기현 씨를 여기서 만나기 전까지 사실 까맣게 잊고 있었어. 한때 내가 결혼하려던 남자가 있었다는 걸 말이야. 기현 씨를 잊으려고 했던 건 아닌데. 내가 잊고 싶었던 건 그 남자, 내 아버지에 관한 일이었는데. 기현 씨 하고의 일은 전혀 생각도 못하고 있었어. 웃기지?"

"애초부터 나란 존재가 란에게는 신뢰를 주지 못하는 위인이었던 거지."

"다른 건 떠올리지 못할 만큼 나 자신이 블랙홀에 휘말려 있었어. 지금도 그 후유증에서 완전히 벗어나지 못했는 걸. 그래도 기현 씨한테는 그러면 안 되는 거였는데. 미안하다는 말조차 못 하겠어. 미안해서. 나를 안 만났더라면 기현 씨가 이렇게 이런 곳에서 그런 모습으로 살 일도 없는 건데."

—

"무슨 얘기를 하길래, 분위기가 이렇게 구려? 나 몰래 둘이 야반도주할 계획이라도 세운 거야? 그러기만 해 봐. 바다 끝까지라도 쫓아가서 뒤집어 놓을 거니까. 잘 생각한 다음에 실행하는 게 좋을 거야."

"착한 여자라고 말할 땐 언제고. 어디 살벌해서 앉아 있을 수가 있나."

"섣부른 생각일랑 하지 말라, 이 말이지."

"오줌 지리겠다."

"크크크."

"아줌마, 웃지 마요. 남은 심각해 죽겠는데, 지금 웃음이 나와요?"

"괜히 와서 분란만 일으켰나 봐요, 내가."

"생각했던 것보다 아줌마가 심하게 예쁘다는 게 분란이라면 분란이지."

"그쪽을 뭐라고 불러야 하죠?"

"나요? 정인이. 김정인."

"김정인. 의미 있는 이름이군요."

"……?"

"난 정인 씨처럼 확실하고 매력적인 여자를 여태껏 본 적이 없어요. 진심이에요. 젊고, 생기 넘치고. 나 같은 아줌마를 두려워할 게 뭐예요?"

"그걸 몰라서 묻는 거예요? 아줌마를 보고 싶어 하는 오빠 마음이요. 그게 두렵죠."

"그래봐야 마음일 뿐이잖아요. 행동에도 못 옮기는. 그리고 부탁인데요. 그 아줌마 소리, 안 하면 안 돼요? 아줌마 라고 불릴 나이도 아니고 난 아직 미혼인 걸요."

"미혼이면 신경이 더욱 쓰이는데."

"신경 쓰일 일 전혀 없어요. 나와 기현 씨 사이에 미래는 없으니까. 기현 씨 좋은 남자예요. 정인 씨가 믿고 의지해도 될 만큼. 정인 씨의 남자를 믿어 봐요. 기현 씨가 정인 씨를 선택했다면, 실망시키거나 먼저 배신하는 그런 일은 없을 거예요. 그게 내가 알고 있는 기현 씨죠."

"그렇게 좋은 사람을 대체 왜 차버린 건데요?"

"그러게요. 지금은 내가 뭐라고 말해도 정인 씨가 이해하기 힘들 거예요. 사람 관계라는 게 누구에게나 다 투명할 순 없어요. 불투명해서 늪에 빠지는 것 같은 그런 관계도 있는 거예요. 내가 두려워하는 게 뭔지 알아요?"

"내가 무서워하는 것도 모르겠는데, 처음 본 아줌마가 무서워하는 게 뭔지 어떻게 알아요. 관심도 없거든요."

"마음 빚이에요. 금전적인 빚도 겁나긴 마찬가지지만 끝내는 어떻게든 갚아지는 금전인 거죠. 그런데 말이에요. 마음 빚은 갚아도, 갚아도 좀처럼 줄어들지가 않아요. 고리대금의 사채처럼 되레 불어나는 거예요. 내가 살아있는 동안은 그 마음 빚에서 헤어 나오기 어려울 거예요. 어쩌면 무덤에 가서도 갚지 못할 빚으로 남을 테죠."

"누구한테 마음 빚을 상당히 지신 모양이네요."

"솔직하게 말하면, 기현 씨한테 마음 빚이 있어요. 갚아도 갚을 수 없는. 더 늘어나지 않게 하기 위해서 그와의 관계를 청산하는 수밖에는 없었어요. 갚진 못해도 최소한 마구 불어나는 건 막을 수 있을 테니까. 그리고는 조금씩 잊어가는 거예요. 내게 마음 빚이 있었다는 사실을……. 그래야만 내가 숨을 쉴 수 있을 테니까요."

"마음 빚은 아줌마만 있는 게 아니거든요. 나도, 오빠도 살아있는 사람이면 누구나 다 조금씩은 빚을 지고 살아요. 아니, 아주 많이 지고 살죠. 뭣 때문에 혼자 그렇게 유난을 떨어요? 그만한 마음 빚 없이 사는 사람이 어딨다고."

"내 성격이 유별난 탓이겠죠. 확실한 건 기현 씨한테 만큼은 마음 빚을 더 지고 싶지 않다는 거예요. 그러려면 그를 내 삶에 휘말리도록 놔둬서는 안 되는 거죠. 내 삶의 소용돌이 안으로 기현 씨를 끌어들이고 싶지 않았어요. 내가 감당하지 못할 테니까 말이죠. 나를 볼때마다 섬뜩해 하는 기현 씨를 보면서 살 자신도 없고요. 자신이 선택했다는 이유만으로 자신이 망가져 가는 줄도 모르고 끝까지 갈 테니까. 미련하게 고집스러운 면이 기현 씨에게 있어요."

"왜, 두 사람 사이에 내가 이물질처럼 끼어있다는 생각이 드는 걸까요?"

"정인 씨야 말로 우리의 미래죠. 기현 씨와 나를 완전하게 분리시켜 놓을."

"자꾸 화가 나려고 해요. 부러워지려고 해요. 두 사람이 몸은 떨어져 있어도 영혼은 하나인 것 같아서."

"그럴 필요 없다니까요. 우리 사이에 남아있는 건, 아무것도 없으니까."

"아뇨. 둘은 하나예요. 내가 둘을 갈라놓을 수 없을 거라는 불길한 예감이 날 관통해요. 몸은 여기 있어도, 마음은 내게 없는 사람이니까."

"정인 씨. 나를 더는 혼란으로 밀어 넣지 말아요. 화장실 간다던 기현 씨는 왜 아직 안 나타나는 거죠? 그만 가봐야 할 것 같은데."

"바닷가 어딘가에서 또 홀로 심란한 마음을 달래고 있겠죠."

"나 때문인가요?. 잊혀야 되는 사람들인데. 평화로운 일상을 휘저어 놓았으니 내 마음이 편치 않네요. 정인 씨가 모른 척 해준다면 기현 씨가 돌아오기 전에 슬그머니 사라지고 싶은 마음뿐이죠. 우연으로라도 우린 마주쳐서는 안 되는 사람들이었는데."

"두 사람 사이에 뭐가 남아있는 거죠? 아줌마가 죽였다던 당신 아버지 일 말고. 그 얘기의 주인공, 아줌마가 맞죠?"

"여길 어서 벗어나고 싶어. 숨을 쉴 수가 없어. 미안해요. 기현 씨에게도 전해주세요. 내가 미안하다고⋯⋯."

—

"눈뜨고 차마 못 봐주겠다. 어디 갔나 했더니, 겨우 여기 숨어 있었어. 내가 오빠 여자라고 말할 그 배짱이면, 저 여자한테 다 털어놓겠네. 미련 남아있다. 사랑한다. 당장 가서 실토하고 붙잡아."

"안 돼."

"안 돼? 대꾸도 못하는 바다에 하소연이나 하면서 평생을 살려고? 정말 청승이다. 잘하면 낚싯줄에 목도 매겠네."

"목을 맨 건 란이지 내가 아냐."

"뭣?"

"베개를 껴안고 누워서도, 아침에 칫솔질을 하면서도, 화창한 하늘을 볼 때에도, 비에 온몸이 젖어들 때에도, 환자의 엑스레이 사진을 찍을 때에도 내 곁엔 늘 그녀가 있었어. 그녀에게 유배된 지금 이 순간에도 란은 내 안에서 꿈틀대. 단하루도 떠올리지 않고 지나간 날이 없는 거야. 문득문득, 불현듯이 귀신처럼 찾아드는 그녀를 막아낼 재간이 내게는 없다."

"그런데도 손아귀에 들어온 물고기를 그냥 놔주겠다고?"

"그녀가 원하는 일이니까."

"정리됐네. 아줌마는 놔주고 나랑 살면 되겠네."

"철없는 소리 좀 그만해."

"우와. 화장실 갈 때 마음하고 나갈 때 마음 다르다더니. 딱 그 꼴이네. 수능시험 볼 땐 정답이 뭔지 몰라서 헷갈려서 막 틀리고 했는데, 오늘 이 상황은 누가 봐도 답이 뻔하거든. 이렇게 쉬운 문제가 세상에 또 어딨어. 내가 장담하건대 오빠는 오늘로 끝나지 않아. 저 아줌마, 끝내 잊지 못할 걸. 그럴 바에는 당장 따라가란 말이지."

"내가 곁에 있으면 저 여자는 죽고 말 거야. 숨을 쉴 수가 없으니까."

"그 말을 진짜로 믿는 거야? 내 생각엔 오빠 때문에 그나마 버틴 것 같은데."

"절망에 빠진 눈동자를 본 적 있어?"

"절망에 빠진 눈동자는 어떻게 생겼는데?"

"내 심장이라도 내주고 싶은 심정이지. 오늘도 봤어. 아주 잠깐. 란의 눈동자에 지우지 못한 그림자가 아직도 남아 있어. 내가 있으면, 그녀는 숨이 막히는 거야. 내 마음과는 아랑곳없이. 그야말로 비극이지. 네가 있어서 그나마 그녀의 숨통을 열어준 거야."

"내 속이 터지는 줄도 모르고. 바보. 멍청이."

"미안하다."

"나랑 내일 아침 같이 먹을까?"

"아침을 같이 먹는다? 오늘 밤 나와 자자는 말처럼 들리는군."

"두뇌회전은 잘 되는 편이네. 딴 여자를 마음에 품고 있는 남자는 꽝이지만 과거를 가진 남자라면 한번 생각해 볼 문제지."

"위험한 생각이군. 딴 여자를 마음에 품고 있는 남자거나, 과거가 있는 남자거나 다를 게 없어. 그리고 넌 아직 한창나이야. 나중에라도 후회할 일은 만들지 않는 게 좋아. 현재도 마찬가지고."

"한창도 한창 나름이고, 후회도 후회 나름이지. 후회할 짓을 하고 있는 사람이 정작 누군데! 어쭙잖게 훈계 따위를 내게 하다니."

"내 주제도 모르고 떠드는 거다?"

"아줌마한테 당장 가버려!"

"안 된다니까."

"바보! 나랑 연애하자는 말. 아침 먹자는 말. 완전 취소야!"

삶과 죽음의 날

재식의 리아

내 모든 것은 리아로부터 시작되었다. 심장이 터져나갈 것만 같은 열정의 환희를 맛본 것도. 숨조차 주춤거리게 만들던 두려움도. 좌절과 절망의 늪에서 허우적거리는 일도. 텅 빈 시간을 부둥켜안고 구원받을 길 없는 내 비극에 빠져든 것도.

모두가 리아 때문이었다.

리아는 내가 딛고 선 땅이었고, 내가 숨 쉬는 공기였고, 내가 올려다본 눈부신 하늘이었다. 목이 타들어가는 갈증이었고, 채워도 채워지지 않는 결핍이었다.

그녀가 떠난 지 삼 년.

리아는 자신이 태어난 날에 도마뱀처럼 나와 함께했던 생의 꼬리를 잘라내고 영원히 사라졌다. 그녀에게 난 어떤 남자였을까, 문득문득 자문하게 된다.

오월 팔일. 오늘은 리아의 육신이 나고 또 영원히 소멸되고 만 날이다.

—

내가 잠드는 침대는 생전에 리아가 쓰던 것이고, 방안의 장롱과 화장대도 그녀의 것이다. 장롱 안에는 그녀가 주기적으로 세탁하던 옷들이 지금도 얌진하게 보관돼 있다.

그녀의 손길이 그대로 남아있길 원하는 나는 장롱 안의 옷들을 꺼내 입지 않고 품는다. 화장대의 화장품 역시 그녀가 마지막으로 쓰고 남은 상태 그대로다.

그녀의 손때 묻은 물건들에서 나는 그녀를 느낀다. 내게서 벗어나기를 체념한 죽은 리아가 장롱 안에, 화장대 위에, 침대에 붙박이 되어있다.

그녀가 없는 집은 축구경기 없는 날의 텅 빈 월드컵경기장에 다름 아니다. 그 넓은 운동장을 나 홀로 어슬렁거리자면 왠지 쓸쓸하고 허전하다.

간헐적으로 나타나는 그녀의 그림자는 고독한 내 마음을 뒤숭숭하게 헤집는다. 휠체어 달리는 소리로, 드라큘라에게 피를 빨린 하얗고 측은한 얼굴로. 그녀에 대한 환상과 집착이 정신병 환자 수준이라고 남들은 핀잔한다.

—

리아의 기일. 그녀는 아침부터 노기 어린 표정이다. 그녀의 노여움을 달래기 위해 나는 무슨 말이든 해야 했다.

"뭣 때문에 화가 난 거야? 당신이 없으니까, 내 하루하루는 밑 빠진 독에 들어가는 물처럼 허망만 한데. 잔물결도 일지 않는 고요한 강물이 무료하게 흐르는 거지. 유령이라도 좋아. 내 앞에 이렇게 모습을 드러내 주기만 한다면……. 태양만 좇는 해바라기처럼 난 당신만 바라보는 꽃이지. 뭐 어때? 남자는 꼭 나비 아니면 벌이라는 생각이 전근대적인 발상인 거지. 지긋지긋하지 않냐고? 천만에. 당신을 볼 수 있다면 내 눈이 짓무르는 것쯤은 아무것도 아니지. 그곳은 어때? 봄볕처럼 따뜻한가? 만약에 내가 당신이 있는 그곳에 간다면 반겨줄 텐가? 아님 밀어낼 텐가?"

대답하기 곤란한 그녀는 침묵이다.

허깨비를 상대로 로맨티시스트처럼 중얼거리는 일은 내 일상이다. 빛으로 둘러싸인 리아는 죽은 아들을 품에 안은 성모 마리아처럼 처연하다.

내 손이 닿을라치면 허망하게 자취를 거둬버린다. 보고 싶다. 그립다. 그녀가 없음을 견디지 못해 당장에라도 심장을 부여잡고 쓰러져 죽을 것처럼 격렬하게 그녀를 그리워한다. 겹겹이 리아의 흔적과 유령에 둘러싸여 하루하루를 보내고 있음에도 생사를 하나로 묶어버린 그녀가 유령으로나마 언제까지 내 곁에 있어줄 것인지 그 일을 알지 못한다.

리아를 따라가고 싶다는 생각이 종종, 아니 하루에도 수십 번씩 폭탄이 되어 머릿속에 투하된다. 내 모든 것이 리아로부터 시작되었듯이 그녀 없는 일상은 산소 호흡기를 쓰고 누워 있는 양 아무런 감각도 의미도 없다. 그럼에도 내 서취를 쉽게 결정하지 못하는 것은 그녀가 남긴 아이들 때문이다.

리아의 딸 란과 손자 단비. 그들의 이름 앞에 내 이름인 '문재식'의 '문' 자가 붙어있는 걸 보면 내가 돌봐야 될 사람들이 확실히 맞다. 나를 아버지라고, 할아버지라고 부르는 그들. 돌봄을 받는 건 그들이 아니라 나일지 모른다.

그네들이 그건 아니라고, 제아무리 나를 위로하려고 들어도 나는 안다. 리아가 없는 지금, 나를 지탱하게 하는 것은 리아의 핏줄인 그들이 내 곁에 있어서라는 걸.

가시덤불 속에 있던 내 지난날들을 버틸 수 있게 생명의 물을 나눠준 사람. 찔끔찔끔이지만 리아다. 고통스러울 만큼 붉게 타들고 저주받은 만큼 질긴 생명에 몸서리치면서도 나를 향한 그녀의 모든 것에서 나는 황홀한 짜릿함을 느꼈다.

내게 리아가 없었다면, 상상조차 되지 않는 일이다. 내 삶 안에 리아가 있다는 것만으로, 바다를 벗어나 곧 죽게 될 물고기라는 걸 알면서도 내 생은 사력을 다해 팔딱거렸다. 죽음에 맞서 끝까지 달렸다. 그 뿌리가 애증이든, 분노든, 공포든 상관없었다. 그녀와 연결된 것이라면 내겐 충분히 의미 있음이다.

쉰여섯!

가족을 남겨두고 떠나기엔 너무나도 아까운 나이. 죽음과 맞닥뜨린 것은 실로 한순간이었고, 한 번 불려 간 생명은 끝내 제자리로 돌아오지 않았다.

관 속에 누운 리아는 무슨 생각을 했을까? 불쑥불쑥 생의 의미를 잃은 나를 일깨운다. 내게 맡긴 아이들 때문에라도, 내가 못 미더워서라도 벌떡 일어나야 했다고. 하지만 생에 눈감아버린 그녀는 관 속에서 나올 기미를 보이지 않았다. 애타는 내 바람 같은 건 쓰레기통에 버려진 아무짝에도 소용없는 것이었다.

형사직에서 떨려나고 정신병원을 수차례 옮겨 다니는 동안에도 그녀는 나와 있었다. 다리가 없어서였을까? 란이 곁에 있어서였을까? 리아는 내가 돌아보는 그 자리에 항상 있었다. 그때에는.

리아가 없는 삼 년을 나는 어떻게 견뎠을까? 돌아보면 신기한 일이다.

한 평이 채 안 되는 복권방에 앉아 잡다한 물건들과 신문을 팔면서 나는 수시로 그녀를 떠올린다. 신문 값을 치르는 손님을 눈앞에 두고도 나는 청맹과니다. 손님이 뭔가 주문을 하는데, 나는 귀머거리다. 그런 순간들이 허다하게 내 하루하루를 이어간다.

사물과 사람들은 내 눈앞에 빽빽하게 들어차 있는데, 나는 대나무 속처럼 텅 비었다.

복권방의 문을 닫는 시간은 들쑥날쑥. 열어도 그만, 안 열어도 그만. 란이 퇴근해 돌아오는 시간에 맞춰 영업은 끝난다.

아침마다 나는 란에게 묻는다.

"오늘은 몇 시 퇴근이지?"

내 시계는 란의 출퇴근에 맞춰 돌아간다.

란은 "그러지 마세요" 만류한다.

란은 아직 모른다. 리아가 없는 지금, 란이 내 일상의 시계요, 기둥이란 것을……

—

바지 주머니에 손을 꽂은 나는 창가에 서서 리아를 그린다. 휠체어를 떼어낸 그녀가 푸른 잔디밭을 맨발로 뛰어다닌다. 나를 향해 손짓한다.

"잠깐만 거기 있어. 내가 바로 갈게."

그녀는 살아있다. 나를 부른다. 하지만 내 몸이 조금이라도 비틀리고 나면 그녀는 사라지고 없다.

"싫다고 말할 걸. 바라만 보고 있을 걸. 환영이나마 좀 더 길게 남겨두는 건데."

마음은 안타깝고 그녀는 벌써 홀연히 사라져 버린 뒤다. 리아의 여운을 조금이나마 더 붙들어 앉히려고 안간힘을 쓰는데 란이 기현이 왔다는 말을 내게 전했다.

나와는 피 한 방울 섞이지 않은 리아의 딸, 란.

"아, 미안. 당신이 내게 남긴 내 딸이라는 걸 자꾸만 잊어버리는 걸 어떡해. 친 부녀간이라고 해도 아버지와 과년한 딸이 단 둘이 한 집에 산다는 건 어색한 일 천지인 거야."

마흔이 넘은 란은 아직 혼자다. 나와 란을 이어주던 리아가 없으니 곧 떠나려니 했다. 내 생각은 틀렸다. 리아가 떠난 지 삼 년이 되도록 란은 나와 함께 살고 있다. 여전히 나를 아버지라 부르면서.

리아의 유령에 매달려 삶을 연명하는 내게 란은 리아의 살아있는 그림자다. 두 사람이 겹쳐져 올 때면 수술실의 매스가 내 눈앞을 가르는 것처럼 섬뜩함이 나를 덮친다. 무덤에 가서도 리아에게는 절대로 발설하면 안 될 비밀을 얼버무리고 나는 엉뚱하게도 괜한 신경질을 부린다.

"뭐 주워 먹을 게 있다고 허구한 날 오는 거야, 그 녀석은?"

"아버지도 참. 엄마 기일이잖아요. 설마, 잊은 건 아니시겠죠?"

"리아랑은 상관도 없는 녀석이잖아. 널 데려갈 작정이 아니라면 이 집 근처엔 얼씬도 못하게 해. 무슨 자격으로 이 집에 만날 드나들어 들기를."

실소를 짓는 란의 표정만 봐도 나음 말은 충분히 짐작된다. 마음에도 없는 말을 하고 나면 속이 좀 시원하냐고. 기현이 드나드는 게 어디 하루 이틀인 거냐고. 어째 갈수록 심통만 늘어가는 거냐고. 하지만 란은 토를 달지 않고 어째 태평하게 돌아나간다.

중년의 란은 리아와 판박이다.

"아, 리아!"

넋이 나간 내가 우두커니 건너다보는 사람이 란인지 리아인지 헷갈린다. 큰일이다. 하지만 혼자인 란의 짝을 찾아주지 못해 안달하는 게 부모라면 나는 천생 그녀의 아비인 게 맞다.

기현이 제 집인 양 내 집을 뻔질나게 드나드는 게 나는 못

마땅하다. 더욱이 리아의 기일에 꼬박꼬박 면상을 들고 나타나는 그가 더욱 괘씸하다. 란의 발목을 부여잡고 있는 것만 같아서 사사건건이 그의 행동은 내 성을 채우지 못한다.

오죽 못났으면 이십 년 가까운 세월을 보내고도 여자 마음하나 제대로 사로잡지 못했을까.

"못난 녀석!"

기현의 무능함이 한편으로 안도감을 주고 있다는 사실에 나는 놀랄 수밖에 없다. 속내를 들킬까 조바심이 나기도 한다. 그런 순간이 잦아질수록 "그게 뭐 어때서?" 나는 뻔뻔해지기까지 한다.

나와 살인마 큐가 다른 게 대체 뭐란 말인가? 하나도 없다. 절망에 빠지는 순간이다. 큐의 몸을 난자하던 때, 란의 영혼은 머물 곳을 잃었다. 떠올리는 것만으로도 치 떨리는 섬짓한 두려움이 잽싸게 나를 덮친다.

생을 놓아버릴 결심을 했던 란. 얼마나 감당하기 버거웠으면……. 병원에서 집으로 거처가 바뀌고 난 다음에도 죽은 사람처럼 꼼짝하지 않았다, 란은. 방문을 꽁꽁 걸어 잠그고 식음을 전폐했다. 란의 방문이 열리기만을 가슴 졸이며 기다렸다.

그리고 보면 결정적인 순간에 기적을 만드는 능력은 리아에게만 있었던 것 같다. 굳게 닫힌 란의 방문이 열리게 만들고 마음까지 열게 만든 것은 리아였다.

철옹성 같던 란의 마음이 하루아침에 어이없게 허물어졌다. 양부인 나로서는 감히 범접할 수 없는 세계가 그들 모녀 사이에 있었는 지도 모른다.

질투가 났다. 란의 우울함을 달래기 위해 닫힌 문 앞에서 온갖 재롱을 피우고, 란의 건강을 위해 의사를 부르고, 행여 무슨 일이 닥치진 않을까 불길한 마음에 사력을 다해 란의 창문을 기어오른 것도 나였는데.

인간의 생리현상은 참 어쩔 수가 없다. 내가 화장실에 간 그 잠깐 사이에 란의 방문이 열렸다. 리아는 때마침 그 방문 앞에 있었다.

리아의 부족한 무릎에 엎드려 란은 울었다. 그 언젠가 내가 엎드려 한참을 울었던 리아의 그 무릎. 리아는 란의 머리를 쓰다듬을 뿐 어떤 말도 하지 않았다. 그들이 있는 문 앞이 내게는 끝도 보이지 않는 광야 같았다. 그들 모녀에게 다가갈 수 없었다.

적요가 그들의 광활한 땅으로 내려앉았다. 란의 고통과 슬픔이 뜨거운 눈물에 녹아드는 과정을 나는 성지를 순례하는 이처럼 경건하게 지켜보았다.

란과 기현. 그들의 인연은 살인마 큐를 직면한 그때에 벌써 끝나버렸다. 누구도 입 밖으로 꺼내지 않고 확인하려 하지 않는다. 당시의 우리 가족에게 큐의 이름은 물론이거니와 기현에 대한 얘기조차 언급하는 것은 금기였다.

시간은 참으로 정직한 약이다. 지옥에 떨어졌을 큐의 존재도 란의 자살미수도 멍청해서 화만 나게 하는 기현의 존재도 우리 곁에서 멀어졌다. 다들, 내면 저층에 각자의 괴물을 꽁꽁 싸매 두고 있었을지도 모르는데 나는 나 편한대로만 생각했다.

모든 게 다 잊히고 정상으로 돌아왔다고.

기억이 망각으로 변하고, 시궁창의 오염이 맑게 정화되는 시점을 나는 모른다. 천상의 미소를 연출하던 리아와 죽어가면서도 썩은 미소를 짓던 큐는 내 안에 아직도 살아있다.

리아에게 란을 보낸 큐를 나는 죽도록 증오하고 혐오한다. 죽어버린 살인자에 불과한 그의 목줄이라도 쥐고 흔들어줄 용의가 있다. 그런 놈에게도 영혼이란 게 있다면 불러내 생매장을 시켜줄 의지가 내겐 넘쳐난다.

"기분이 영 엉망이라면서요? 그렇게 노려보시는 걸 보니 저 때문인가요? 그러지 마시고 저랑 술 한 잔 같이 하시겠습니까? 아버님이 좋아하는 복분자술 가져왔는데……. 아버님을 위해 제가 직접 담근 겁니다. 알아주시면 고맙겠네요."

리아를 위한 보라색 히아신스가 아니다. 받아줄 리아가 없어서인가 보다. 기현은 보랏빛이 도는 복분자로 나를 현혹

하려 들지만 나는 콧방귀만 나온다.

"자네, 정말 마음에 안 들어."

"역정 내는 아버님이 무섭지도, 밉지도 않습니다. 이런 제가 이상한 놈인 걸까요?"

무신경한 것인지 넉살이 좋은 것인지, 알 수 없다. 내가 아는 기현은 물러 터진 홍시다. 손만 닿아도 물컹한 주홍빛 속살을 왈칵 쏟아내고 마는. 란에게 홍시처럼 터져버린 기현의 마음은 복구되기 어려울 것이다.

란은 무덤까지 가져가야 할 비밀을 공유하게 된 기현을 외면하지도, 그렇다고 끌어안지도 못하겠는 모양이다. 그들이 연인 같은 친구 꼴을 하고 있는 건 그 때문이다. 그들은 다 알고 있으면서 짐짓 아무것도 모른다는 얼굴들이다.

금기였던 그 일이 우리 곁에 좀비처럼 되살아난 것은 기현이 나타난 그때였다. 힘겹게 건너온 날들을 기현은 단박에 허물어버렸고, 우리가 모르는 사이 이웃이 되어 있었다.

아비 된 자의 이기적인 발상인지는 알 수 없으나, 기현은 옆집에 살면서 란의 마음과 일상을 축내고 있다. 그들을 보고 있자면 서로를 생각하는 마음이 전혀 없는 것 같지도 않다. 그럼에도 결혼이란 말이 나오면 명쾌하게 내 생각을 뒤집어준다. 그들을 맺어주려고 하면 같은 자성을 가진 사람들처럼 그들은 서로를 사납게 밀어내기만 한다.

란은 기현이 다시 나타났을 때 깨달았던 것 같다. 누구에게도 들키고 싶지 않고 무덤까지 가져가야 할 비밀의 순간을 기현과 지금도 공유하고 있다는 것을.

침묵은 태산처럼 우리 앞에 떡하니 놓여있었다. 말만 꺼내지 않았을 뿐 우리 모두는 공범이나 다름없었다. 알면서도 모른 척 에두르며 시간을 흘려보냈고, 간호사 란은 그 사이 교수가 됐다.

"자네가 바보처럼 머뭇거리는 사이 란은 너무 멀리 갔어. 물러터진 자네가 잡기엔 너무 멀리 너무 높이 날아가 버렸다고."

"그렇게 생각하고 계셨던 거로군요. 그동안은 제가 이웃이 된 게 불만인 줄 알았습니다. 제가 별 볼일 없는 놈이라서 싫어하시는 줄도 모르고. 꽤나 유치한 구석이 있으십니다. 아버님."

말끝에 흘리는 기현의 웃음은 왠지 기분 나쁘다.

내가 하는 말을 녀석은 귓등으로 듣는다. 내가 속물이라거나 다른 평범한 아버지들과 다를 게 없다는 것에 조소를 보내는 것인지도 모른다. 좌우지간 란과 기현 사이에 뼛속 깊은 유대감이 있어서 절대적 신뢰가 형성되어 있는 건 아닌가, 의구심을 가져보지만 입에 올려서는 안 되는 것들이 있음에 혀만 차고 만다.

그들의 관계가 발전적이 될 수 없는 것은 들추고 싶지 않은 비밀을 공유한 그 뿌리에 있다.

기현의 말처럼 대학병원에서 방사선사로 일하는 그의 일과 그들이 결혼하지 못하는 이유와는 하등 상관이 없다. 그가 택배 배달원이거나, 화물차 기사이거나, 환경 미화원이거나, 날품팔이 노동자여도 마찬가지다. 외적인 것들을 단박에 뛰어넘고도 남는 정신적 교류가 그들을 여태껏 끈끈하게 이어주고 있다는 것을 조금은 인정해야겠다.

옆집으로 기현이 이사 왔다는 것을 알고 제일 반가워한 사람은 리아였다. 껄끄러워하는 란을 제쳐두고 사이좋은 사위와 장모처럼 아니, 오누이처럼 그들은 그들의 관계를 즐겼다.

기현은 리아의 생일에 이웃 대표 자격으로 꼬박꼬박 참석했다. 순전히 리아와 기현이 만들어낸 자격이었다. 리아가 가고 난 다음에도 기현은 브레이크 고장 난 차처럼 기일에 나타났다.

어쩌면 오래전에 기현은 우리와 한 가족이 되어버렸는지도 모른다. 가족이란 옷을 함께 입고 있어서 란과 결혼한다는 것은 상상조차 할 수 없는 것인지도 모른다. 눈을 뜨면 저절로 대면하게 되고 잠자리에 들기 전이면 잘 자라고 입 맞추는 익숙한 관계 속에 그들의 결혼은 죽어버렸다.

뿌리는 하나로 얽혔어도 가지는 사방으로 벋나는 게 정석이다. 벋나는 가지처럼 곁에 있더라도 결코 만날 수 없는 거리가 나와 란과 기현 사이에 있다. 바라보는 곳이 서로 다를 수밖에 없는 관계다.

"난 말이지. 자네가 어디 딴 데로 확 이사가 버렸으면 좋겠어. 내 눈앞에서 완전히 안 보였으면 좋겠단 말이지."

"막상 또 그렇게 되면 궁금해지실 겁니다."

내 속을 다 안다는 듯 놀리는 그의 입술이 얄미워 비틀어 주고만 싶다.

"자네가 란 주변을 맴돌지만 않는다면 혹시 또 모르는 일이잖아. 란이 내 마음에 쏙 드는 사윗감을 데리고 올지도."

"내가 떠났으면 하는 아버님의 속내가 바로 그런 거였군요. 그런 일이 생기길 저도 바라는 바지만 일단은 포기하시는 게 정신건강에 좋으실 겁니다."

"정신건강을 염려해야 될 사람은 내가 아니라 자네지. 상대가 싫어한다는 감정도 못 읽고 똑같은 말을 반복하게 만들고……. 기억상실증에 걸린 사람처럼 굴잖아."

"당장 생각엔 저만 없으면 될 것 같겠죠. 모든 게 순조로울 것 같겠죠. 아뇨. 누구보다 란을 잘 아는 사람, 아버님이 아니라 저라는 것도 이제는 좀 알아주실 때가 됐다고 생각합니다."

"아는 것과 사랑하는 건 또 다른 문제 아닌가?"

"란과 나. 우리들 방식으로 사랑이란 걸 하고 있는 겁니다."

정말이지 마음에 안 드는 녀석이다. 내 핀잔에도 좀처럼 노여움을 타지 않는다. 꼬박꼬박 말대꾸나 하고 한마디도 지지 않는다. 진짜로 녀석의 말처럼 그런 건지 란에게 확인해 볼 수 있다면 좋으련만.

웨딩드레스를 입은 란을 보는 게 리아의 소원이었는데. 힘들게 됐다고 말해줘야 하다니. 내게는 차마 입이 떨어지지 않는 일이다.

그깟 소원 하나 들어주지 못하는 내가 야속도 하겠지. 하지만 당신도 손쓰지 못한 일이잖아. 란에게 웨딩드레스를 입히는 일이 당신을 위해 내가 행한 그 어떤 일보다 어렵고 힘든 일이라고 한다면? 괜한 엄살을 부리는 거라고 잔소리할 건가? 날 원망하면 안 돼.

저 녀석은 란이 꿋꿋하게 자신의 삶을 버텨내고 있는 것만으로 다행이라고 여기는 것 같거든. 마흔이 넘어가면 해보지 못한 것에 대한 미련이 조금씩 생기기 시작한다는 걸, 란도 기현도 알 때가 됐는데. 한정된 나이, 그때에만 경험할 수 있는 것들이 있다는 걸 말이야.

괜찮다고 아무리 자신을 속여도 어영부영하는 사이 다 놓쳐버리고 말아서 아쉬움과 후회만 남게 하는 것들이 기어코 있기 마련인데.

육십이 넘어도 깨닫지 못할 수도 있다.

아까부터 란이 보이지 않는다.

"꼴도 보기 싫은 녀석을 떠넘기고, 란은 대체 어딜 간 거야?"

"역성 들어줄 사람이 필요하신가 본데 찾아다 드릴까요?"

"백날 그래 봐야 내게 예쁘게 보일 일은 천부당만부당일세."

오늘따라 내 심술과 어깃장이 심하다. 아침부터 화가 난 리아를 봐서 그런 걸까? 내 지청구에도 웃기만 하는 기현은 역시나 물러터졌다. 변죽이 좋은 것인지도 모른다.

기현은 날 위해 준비했다던 복분자주를 주방에 두고 나왔다. 란을 찾아오겠다며 밖으로 나갔다.

괜한 실랑이로 그를 내쫓은 건 아닌가 싶은 생각이 든 것은 그가 나간 지 얼마 되지 않아서였다. 날이 날인지라 빈 집의 쓸쓸함이 짙다. 단 일분도 견디기가 힘들다.

리아를 추모하기엔 안성맞춤이지만 그녀를 추억하는 사람이 나뿐인 것만 같아서 쓸쓸하다. 볼일이 끝나면 란이야 곧 돌아올 텐데, 쓸데없는 짓을 했다.

한 몸이 된 긴 바늘과 짧은바늘이 정오를 알렸다. 사십 분이 넘게 흘렀건만 란을 찾으러 나간 기현마저 깜깜이다. 이러니 예뻐하고 싶어도, 머리를 쓰다듬어 주고 싶어도 해줄 수가 없는 것이다.

리아의 마음은 척척 읽어대는 녀석이 내 마음은 도통 읽어내지 못한다.

"눈치 없는 놈. 리아, 아무래도 내가 나이를 먹나 봐. 괜한 질투심만 부쩍 늘고, 엄한 잔소리만 늘어놓게 돼. 녀석들이 나만 따돌리는 건 아닌지 노파심만 드는 거지. 뭐? 겁나냐고? 천부당만부당. 당신을 끝까지 추억할 사람은 나뿐이라는 걸 명심해. 그나저나 지들끼리 무슨 작당이라도 하고 있는 건 설마, 아니겠지? 무슨 의심을 그렇게 하냐고? 두려워서, 두려워서겠지. 텅 빈 시간의 광장에 나만 홀로 남게 될까 봐. 당신은 그런 적 없었나? 삶이 존재하지 않는 텅 빈 시간에 놓여있었던 적 말이야. 죽음의 시간과 아무런 느낌도 없이 마주하는 거지."

밖에 나간 란이 어서 왔으면 좋겠다. 단비도, 아리도, 기현도 줄줄이 엮여 들어 오게 말이다.

—

왁자지껄한 소리가 음악처럼 감미롭다. 사람냄새가 난다. 그래 봐야 겨우 네 명인데. 내게는 천군만마 부럽지 않은 든든한 지원군이다. 껄끄러운 구석이 제각각 있겠지만, 옹기

종기 붙어있는 저들을 보고 있자면 내 마음은 한포국하다.

"리아, 당신도 보고 있겠지. 당신이 내게 만들어준 세상에 단 하나밖에 없는 가족을⋯⋯.

란은 출생에 대한 어두운 그림자를 지워버렸고, 단비는 본 적 없는 아빠에 관한 말문을 닫아버렸다.

리아의 귀여움과 사랑을 독차지하고 자란 아이, 단비. 쥐면 깨질까 불면 날아갈까 리아는 그렇게 단비를 왕세손처럼 떠받들었다. 꼼지락거리던 그 갓난아기가 사춘기 소년이 됐다.

단비는 요즘, 여자 친구가 생긴 모양이다. 아까부터 여자 아이의 이름이 자꾸 녀석의 입을 오르내린다.

내 가족이 모였다. 아니, 리아의 가족이 모였다. 조는 언제쯤에나 가족모임에 참석할 수 있게 될는지. 뭐가 그렇게 재밌는지 단비는 기현에게 딱 달라붙어서 수다가 끊날 줄 모른다.

아버지 조에 관한 얘기를 단비에게 들려줄 용기가 내게는 아직 없다.

아리의 리아

　단비는 어느덧 초등학생이 됐다. 그 어떤 선택도 내 힘으로는 할 수 없었던 그때. 내 뱃속에서 자라는 생명은 벗어나기 힘든 공포였다. 생명을 반겨줄 아기아빠나 가족이 내겐 한 사람도 없었다. 생명을 품고 있는 나 자신마저도 쉴 새 없이 찾아드는 악마의 속삭임에 솔깃했다. 사랑의 유희는 짧고, 그 책임은 끝이 없다.

　조와 함께 했던 꿈결 같은 시간. 사라진 조는 나를 참혹함의 구렁텅이로 밀어 넣었다. 뱃속에 든 생명을 위해 내가 할 수 있는 일이라고는 아무것도 없었다. 내 안에 있다고, 내 마음대로 할 수 있는 생명이 아니었다.

　조와 사랑했던 날들. 그래도 내게는 놓고 싶지 않은 날들이었다.

조를 닮은 아이. 궁금했다. 대책도 없이 낳고 싶은 마음 또한 내 것이었다. 아이를 낳고 싶은 마음과 책임질 수 없는 마음 갈래에서 갈등했다. 조를 만날 수만 있다면, 결론은 쉬울 것도 같았다.

리아의 집을 찾아간 것은 그래서였다. 조만 있다면, 아기를 낳는 일도 아기의 미래를 책임지는 일도 감수할 수 있을 것 같아서.

그때까지만 해도 나는 조에 대한 환상을 갖고 있었다. 사랑한 날들에 대한 미련을 온전히 떨치지 못했다.

조의 아기를 낳아 달라던 리아의 말간 미소는 내 두려움을 거둬 갔다. 그 한편으로 내 아기에 대한 강한 욕망을 일깨웠다. 초면부터 거짓말을 능청맞게 해대던 나였는데. 영악스럽다고 여기지 않은 게 천만다행이었다.

리아는 보잘 것 없는 여자의 뱃속에 든 생명이 당신 아들의 아이라는 것에 의심을 품을 줄도 몰랐다. 무엇도 강요하지 않았고 '여자가 어떻게 몸을 건사했으면'이라는 충고 따위도 하지 않았다.

조에 대한 내 미련과 리아의 믿음 사이에서 단비는 태어났다. 아기를 키울 수 있게 친정엄마나 다름없이 신경을 써주겠다던 리아는 나를 감동시키기에 충분했다.

우리 모자의 은인, 리아.

그녀의 관용과 끊임없는 관심이 없었더라면, 단비는 애초에 태어나지 않았을지도 모른다. 단비에게 세상을 보여준 건 리아다.

그녀를 떠올리자면 내 마음은 한겨울의 난로가 된다. 그녀의 말 하나, 행동 하나 죄다 내 가슴에 촘촘히 박힌 불씨다. 태어나지도 않은 아기와 내게 듬직한 기둥이 되어준 사람. 가족애에 굶주린 내게 끈끈한 관계를 갈구하게 만들었던 사람. 만약에 나와 리아가 평범하게 맺어진 가족이었다면 소중함을 알지 못했을 것이다.

이제 와 말하지만 단비가 없는 내 인생은 끔찍해서 몸서리쳐진다. 단비를 기준으로 내 인생이 나뉠 만큼 내게는 변화를 가져다 준 아이다.

리아와 아리. 그 이름에 내 미래가 확실히 깃들어 있었다고 나는 여긴다. 조가 없는 그 집을 뻔질나게 드나들 명목을 만들어 준 사람, 단연코 리아다. 조의 확인이나 유전자 검사따위는 필요 없었다.

리아는 내 손재주를 발견해 주었고, 끊임없이 관심을 가져주었다. 실로 뭔가를 만들어내는 능력이 있던 나는 옷을 뜨거나 자수, 퀼트 등으로 솜씨를 발휘했다. 리아는 내게 수예공방을 차려주었고, 내가 만든 작품들은 인기가 좋아서 완성하는 족족이 팔려나갔다.

내게 배움을 청하는 수강생이 생겨났고 단비와 내가 살아가는 데는 지장이 없었다.

리아는 천둥벌거숭이인 내게 나침반이 되어주었고, 내가 가야 할 방향을 정확하게 짚어주었다. 리아의 집을 왕래하면서 조와 만날 지도 모른다는 혹시나 싶은 마음을 갖지 않았다면 거짓이다. 언젠가는 조가 나타날 것이라는 막연한 믿음을 가졌다.

조는 함흥차사였다. 우리에겐 축제나 다름없는 리아의 생일에도 조는 나타나지 않았다.

리아의 생일이 기일로 바뀌는 날에도, 초상을 치르는 동안에도, 초상이 끝난 후에도 조는 깜깜 무소식이었다. 어딘가에서 쓸쓸하게 홀로 죽음을 맞이한 것은 아닌지 의구심이 드는 것도 어쩔 수 없다.

리아가 없는 세상을 상상할 수 없게 됐다고 조는 입버릇처럼 말했었다. 그랬던 조였는데. 지나고 보니 조는 리아를 완전히 떠나보낸 사람 같다. 이승에서는 인연이 없는 사람들처럼 조와 리아는 좀처럼 만나지지 않았다.

리아가 떠나던 그날에 무슨 일이 있었는지, 나는 모른다. 자연사하기에는 이른 나이였고 내가 아는 한 치명적인 병을 앓고 있지도 않았다.

뭐가 그리 급했는지 리아는 허둥지둥 우리 곁을 떠났다.

—

란은 버스 정류장에 마중 나와 있었다. 내가 빈손으로 오지 않을 거라는 걸 알아서 그녀는 매번 기다려주는 수고를 잊지 않는다.

나보다 나이가 어린 그녀를 '형님'이라 부르고 깍듯하게 존대한다. 처음엔 형님 소리에 어색해하더니 이제는 형님 노릇을 곧잘 한다.

"짐 많을 때는 택시를 타고 오면 좀 좋아요."

란이 말한다.

란은 무거운 짐을 잔뜩 들었음에도 굳이 버스를 고집하는 나를 안타깝게 여긴다.

웬만한 짐쯤은 거뜬하게 드는 나는 일없이 길바닥에 돈을 깔고 다니는 것이 싫다. 란의 말에 그저 웃음으로 때우고 만다. 버스에서 내린 단비는 고모인 란을 격하게 끌어안았다.

"잘 지내셨어요? 난 하루 세끼 밥 잘 먹고, 똥 잘 싸고, 잘 자고."

단비는 장난 같은 인사를 하고는 깜찍한 윙크를 제 고모에게 날린다. 그러고는 우리를 앞질러 뛰어갔다. 조심하지 않으면 넘어질 거라고 했지만, 단비는 상관하지 않았다.

란은 뛰어가는 단비를 멍하니 바라보고 있었다.

"많이 컸다."

"어떤 땐 한나절 만에도 쑥처럼 쑥쑥 크는 것 같다니까요."

"참, 예쁠 때다."

"한창 꽃띠는 형님이죠. 머리 좀 굵었다고 엄마 말을 우습
게 아는 녀석인 걸요."

"내 나이가 몇인데요? 꽃띠라니 말도 안 되지."

"꽃은 봄에만 피는 게 아니에요. 여름에도 피고, 가을에도
피고 또 어떤 꽃은 겨울에도 피죠."

"!"

란은 말이 없다. 단비를 보자면 지나간 세월이 눈에 보이
는 것이다.

―

며칠 전부터 단비는 할머니가 보고 싶다고 보챘다. 어려서
기억이 별로 없을 텐데도 단비는 할머니의 기일을 잊지 않고
달력에 표시해 두었다. 그날은 어버이날임에도 단비에게는
엄마인 나를 위한 날이 아니다. 할머니인 리아의 날이다.

리아가 살아있을 때는 할머니의 사랑이 당연해서 알지 못

하더니, 생일이 기일로 바뀌자 단비는 사랑을 갈구했다. 걸 핏하면 내게 짜증을 부렸고 수시로 할머니를 찾아댔다. 사 랑을 물처럼 퍼주던 할머니가 사라졌다. 단비에게 그것은 적잖은 충격이었고 혼란이었을 것이다.

리아의 생일날이면 공방 출입문에 정기휴일 안내문을 내걸 었다. 그녀가 태어난 날은 우리 가족의 명절이나 다름없었다.

지금은 기일이 되어버린 리아의 생일.

탄생의 기쁨과 죽음의 비애가 얽히고 버무려진 기묘한 날.

리아가 살아있을 때는 수시로 드나들던 집을 이제는 기일 에만 찾는다. 양손 가득 리아가 좋아하던 음식의 재료들을 사들고서 말이다. '형님'이란 호칭에도 그녀가 나를 부를 때 는 '올케'가 아니라 '단비 엄마'다. 가끔은 올케라고 불러주었 으면 싶기도 하다. '단비 엄마'는 가족으로 얽히지 않은 소위 한 치 건너 두 치인 사람들이 나를 호칭할 때나 쓰는 말이잖 은가.

리아가 떠나고 남은 가족들과 돈독한 관계를 유지하고 싶 은 내 마음 때문인지도 모른다. 이런 내 마음을 뒤로하고 란 이 나를 부른다.

"단비 엄마?"

"네?"

"후회 안 해요?"

란은 진지했다.

"느닷없이 무슨 뚱딴지같은 소리예요?"

무거운 짐을 양손으로 나눠들며, 나는 되물었다.

"단비 키우는 일로 호시절을 다 보냈잖아요."

"……"

란의 말을 이해할 수 없어 나는 고개를 갸우뚱했다.

"엄마가 욕심이 과했던 건 아닌가 싶어요. 단비 엄마는 불평조차 하지 않았지만. 조가 어디서, 어떻게 뭘 하고 사는지도 모르면서…… 나라면 어땠을까? 그렇게 못했을 거예요. 아니, 안 했을 거예요. 내가 단비 엄마라면 분명 다른 길을 찾았을 거예요. 단비에게 할머니나 할아버지를 만들어주는 일이 중요했을지 몰라도 단비 엄마가 우리 집에 그렇게 드나드는 건 아니었어요. 엄마가 놔줘야 했다는 생각이 들어요. 엄마한테는 손자 단비가 중요했겠지만 단비 엄마한테도 인생이 있는 거잖아요."

란의 마음을 알 것도 같았다. 결혼을 한 것도 아닌데, 단비 아빠도 없는 집에서 생으로 며느리 노릇을 하느라 내 인생을 도둑맞았다고 생각하는 것이다. 영악스럽게 굴지 못하는 내가 란의 눈에는 미련스럽게 보일 수 있다. 날 위한 말이지만 나는 그 말에 공감하지 않는다.

리아의 가족이 된 뒤로 단 한 번도 나는 다른 인생을 꿈꿔

본 적이 없다. '리아'와 '아리'는 조가 만들어준 가족이고 그것이 내 믿음의 전부다.

"형님은 어째 하나만 아세요."

"내가 모르는 둘은 뭔데요?"

란은 의아해하며 물었다.

"단비는 내 청춘이에요. 내게도 청춘이 있었다는 걸 단적으로 증명해 주는 아이죠. 내 생명이고 자부심이고 내가 살아온 또 살아갈 날들이죠. 단비가 내 젊은 날을 구원한 거예요."

"정말로 그렇게 생각해요?"

란은 이해할 수 없다는 얼굴을 했다.

"생으로 청춘을 고스란히 날리고 있는 사람은 바로 고모라고요."

"……?!"

란을 궁지로 몰기 위해 한 말이 아니었음에도 란의 기색이 어두워졌다. 그리 심한 말도 아닌데, 내가 잘못 말했나 싶었다. 란은 정신 나간 사람처럼 서 있었다. 그녀가 흘려 듣기에는 날카로운 가시가 내 말 어딘가에 들어 있었던 가 보다.

—

단비가 태어나고 서너 달이 지나서였다. 리아는 내게 할

만한 일을 찾아보라고 했다. 편의점 아르바이트나 식당 서
빙을 전전하던 때였다. 전문적인 기술을 꿈꾸거나 바라는
것은 그때의 내게는 가당치 않은 것이었다. 게다가 젖먹이
아기까지 딸렸으니 환영할 일터를 찾기란 대략 난감이었다.
고민만 하는 내게 공방을 운영해 보는 건 어떻겠냐고 권한
건 리아였다.

　나도 몰랐던 내 재주를 발견한 리아는 그렇게 나를 내일로
인도했다. 단비와 내가 함께 살아갈 수 있는 길을 열어주었
고, 내가 없는 동안 단비를 돌봐주었다. 단비가 욕심날 만도
한데, 리아는 단비와 나 사이를 떼어놓거나 비틀지 않았다.
물심양면으로 배려하면서도 내가 단비를 짐스러워할까 봐
근심했다.

　아비 없는 자식. 뗑깡을 부리거나 엇나갈 만도 한데, 단비
는 착한 아들이었다. 엄마의 일을 알아서 척척 거드는 기특
한 아들. 단비를 낳지 않았다면, 내 인생은 어떻게 되었을
까? 그런 가정은 하나 마나다 내게는 상상조차 되지 않는 일
이니까.

　"단비 하나로 본인의 인생이 꽉 찼다고 생각하는 거예요?
어떻게 그럴 수 있지요?"

　란은 믿기 어렵다는 표정이었다.

　"말 안 듣는 늙은 남편보다 엄마 말이라면 뭐든 잘 들어주

는 착한 아들과 사는 편이 여자한테는 훨씬 행복감을 주죠.
또 그런 복이 아무한테나 주어지는 것도 아니라고요."

"내가 부러워하는 기색이라도 보여야 하는 게 맞겠죠?"

란은 연극 대사를 분석한 듯이 말했다.

"진짜로 제가 부럽지 않다는 건가요?"

단비를 놓고 벌이는 란과 나의 실랑이는 길게 가지 못했다.

"내 나침반이 고장 났나 봐요. 내 삶의 방향을 잃고 헤매고
있는 것 같아요."

란은 또 금방 얼빠진 표정이 됐다. 그녀 안에 기현이란 남
자가 있음을 나는 직감한다.

참으로 오랜 세월이다. 란과 기현의 인연은.

숱한 애정사를 빵빵 터뜨려도 모자랄 판에 옆구리에 끼고
도 오누이처럼 지내고 있으니, 나로서는 참으로 아는 척하기
도 힘든 속내다.

보면 밀어내고, 안 보이면 서로 찾아다녔다. 반평생을 함께
살아온 부부의 모습을 하고서도 그들은 여전히 따로따로다.

조와 내가 첫 만남에 만리장성을 쌓고 단비를 얻었다는 생
각에 내 머릿속이 부산해졌다. 란과 나. 도진개진이지만 그
래도 둘 중 누가 더 평범한 것인가, 헷갈린다. 또 궁금하다.
란의 마음이 어디에 머물러 있는지.

막상 물으려니 목젖이 성대를 가로막고 나선다. 물었다

가 괜한 상처만 들쑤시게 되는 건 아닌지 예상할 수 없다. 물을까 말까로 갈팡질팡하는 사이 집 앞까지 다 와버렸다.

먼저 도착한 단비는 기현과 함께 컴퓨터 게임에 빠져 있다. 란과 나는 장바구니를 들고 주방으로 직행했다. 기현이 고개를 쭉 빼고 주방을 곁눈질하다가 나와 정면으로 마주쳤다. 기현이라면 란과의 일을 확인해볼 수 있지 않을까?

나는 살며시 주방을 빠져 나왔다.

"그나저나 우리 갈비탕 언제 먹여줄 거예요?"

누가 들으면 안 되는 말처럼 나는 기현의 귀에 대고 속삭이듯 물었다.

기현의 반응은 가관이었다. 자다가 웬 봉창 뜯는 소리? 딱 그런 낯빛이다. 기현은 오늘 메뉴가 갈비탕이면 안 되겠냐, 고 딴죽을 걸었다.

나와 기현이 속닥거리자, 란이 수상쩍다는 듯이 다가왔다. 눈치도 빠르다. 란은 정류장에서부터 오는 내내 나를 의뭉스럽게 여기면서도 내색하지 않았다.

"그거였어?"

란은 다그치듯 했다.

"그거라니?"

기현이 물었지만, 란은 알 것 없다며 말을 자른다. 못내 궁금한 기현이 내 팔을 잡아당겼다.

"한 집에 사는 거나 다름없는데, 그런 형식적인 것들이 무슨 소용이겠어요. 이렇게 가까울 듯 말 듯 적당히 거리 두고 사는 것도 나쁘진 않죠. 절절한 사랑으로 시작해서 피 말리는 소송으로 끝나는 게 결혼이라잖아요."

기현이 다 알겠다는 듯 고개를 까딱거렸다.

"고모랑 기현 삼촌이랑 결혼해요? 언제요?"

단비가 귀를 쫑긋 세우고 물었다.

조용히 넘어가고 싶었던 것들이 확산일로에 놓이자, 란이 나를 째려보았다. 그러고는 어른들 말에 끼어드는 게 아니라고 단비를 나무랐다.

둔감한 척 굴면서도 기현과의 관계를 들먹거리자면 란은 신경이 심하게 예민해지는 걸 느낀다. 더 얘기하는 건 무리다. 이혼한 경력이 있는 남녀도 아니고 적령기를 넘겼다 뿐 두 사람 모두 독신으로 살겠다고 작정한 것은 아닐 테지. 그럼에도 발작 증세 같은 란의 노여움이 나로서는 이해되지 않는다.

"고모 결혼, 난 절대 찬성인데."

단비가 돌아앉으며 혼잣말을 했다.

용의 턱 아래 거꾸로 선 비늘을 건드리면 용이 노하는 것처럼 사람에게도 건드려서는 안 되는 역린이 있다. 란의 노여움은 쉽게 사그라지지 않았고, 나는 냉랭한 분위기를 덜기 위해 화제를 돌렸다.

　최근 장안을 떠들썩하게 만들었던 유명 배우 커플의 연애와 결혼을 놓고 나는 단비와 설왕설래했다. 늦은 나이에 만난 만큼 결혼할 거라고 나는 장담도 했었다. 하지만 그들의 연애는 결혼 앞에서 조용히 막을 내렸다. 당사자가 원해도 뜻대로 되지 않는 게 결혼이란 것의 정체인가 싶었다.

　란의 얼굴빛은 여전히 좋지 않았다. 결혼이 도마 위에 오르기는 매한가지였다. 기현이 덤덤하게 우리의 대화에 참여하는 것에 비하면, 란의 정색하는 태도는 여전히 이해불가다.

　주방이 소란하자 단비 할아버지가 우리 쪽으로 고개를 디밀었다. 간장이 떨어졌다며 동네 슈퍼에 다녀와야겠다고 란이 슬그머니 자리를 뜬 것도 그때였다. 기현은 소화가 안 된다며 화장실로 들어가 버렸다.

　대화에 참여하고자 했으나 되레 사람들을 흩어지게 만든 단비 할아버지는 당신이 오니까 다들 나간다며 서운해 했다.

　"못된 것들……. 물이나 한 잔 다오."

　단비 할아버지는 내게 먼저 말을 걸어오는 법이 없는 분이다. 단비와 나는 뒤돌아서 키득거렸다.

　단비를 임신하고 처음 마주했던 날에도 단비 할아버지는 내 언행을 묵묵히 주시했다. 꼭 CCTV 카메라가 나를 쫓아다니며 녹화하는 것만 같았다.

오랜 시간이 지난 지금에도 날 보는 그의 시선은 감정 없는 기계 눈에 가깝다. 내 일거수일투족을 당신의 뇌에 기록하는 듯 보는 눈빛이다.

그냥 나가자니 멋쩍은지 단비 할아버지는 뜬금없이 소문의 주인공에 대한 이야기를 꺼내 들었다.

우주 행성을 팔고 다닌다는 바로 그 남자. 디지털 매체를 통해 남자에 대한 이야기는 빠르게 확산되고 또한 재생산되고 있었다. 둘 이상만 모이면 남자의 얘기가 빠지지 않고 나왔다. 그저 소문일 뿐인 이야기에 단비 할아버지가 관심을 갖고 있다는 사실이 놀라웠다. 하기는 안 듣고 안 보고 싶어도 면전에 쏟아져 나옴에야 모를 수 없는 일이다.

"대단한 남자 아니에요?"

좀 흥분했다.

"허무맹랑한 얘기를 진짜인 양 믿고 떠들어대는 게 더 대단하지."

단비 할아버지는 내 반응에 심드렁했다. 한낱 소문에 호들갑이냐는 눈치다. 웬 심통이람. 먼저 말씀을 꺼내지나 마시던가. 속으로 대꾸한 나는 양팔을 걷어붙였다. 식재료는 조리대 한 가득이다.

"누구 얘기하던 중이었어요?"

이번엔 조용히 있던 단비가 말을 걸어왔다.

꼬맹이들 사이에서도 시끄러운 얘기인데, 단비는 아직 모르는 모양이다.

"우주에 부동산 차린 남자."

나는 시큰둥했다.

"글쎄, 그게 누군데요?"

단비는 궁금해 죽겠는 표정으로 내 옷자락을 잡아당겼다. 별 것 아니라고, 일해야 된다고 해도 강아지처럼 쫄래쫄래 따라다니며 내 대답을 재촉했다.

"집요한 녀석! 알았다."

터무니없다는 것을 알면서도 우주에 부동산을 차린 남자의 이야기를 상상하자면 열여섯 청춘도 아닌데 조금은 가슴이 뛰었다.

누군가의 상상력을 먹고 자랐을, 아니 어쩌면 진짜일지 모르는 남자의 영웅담에 나는 마음을 빼앗겼다.

소문의 귀공자

어느 지역신문의 사회 코너에 실린 쪽 기사가 발단이었다. 버스에서 껌과 볼펜을 파는 귀공자가 있다는. 그런 물건을 파는 사람은 잘 생기면 안 된다는 법안이 비밀리에 통과되었을 리도 만무다.

하루만 지나도 구문이 되고 마는 그것도 외딴 지역의 소식지에 실린 하찮은 기사에 불과했다. 그럼에도 불구하고 남자의 얘기는 심상치 않게 번져갔다.

버스에서 껌 파는 '귀공자'에 대해 일반 사람들의 관심은 지대했다. 그가 껌이 아니라 출중한 외모를 팔아야 한다고 생각해서였는지 모를 일이다.

가난한 귀공자의 기사가 대중의 이목을 사로잡자 기자들

은 새로운 기사를 위해 귀공자 뒤를 쫓아다녔다. 귀공자의 볼펜과 껌 판매 일기는 그렇게 공개됐다. 시간이 흐를수록 기사는 세포증식처럼 번져갔다.

껌 파는 귀공자 얘기는 지역신문에서 SNS로 중앙지로 전파되어갔다. 게다가 방송 프로그램으로 가공되어 회자되기에 이르렀다. 미디어 속에서 귀공자는 성공한 남자로 둔갑해 있었다.

그 어디에서도 남자의 실체는 베일에 가려져 있었다.

맨손으로 자신의 삶을 일군 입지전적인 것도 모자라 신출귀몰하기까지 한 버스의 귀공자. 그의 성공담 아니 영웅담이라고 해야 맞을 것이다.

땡전 한 푼 없던 노숙자가 억도 아닌 조 단위의 돈을 굴리게 되었다면 그것은 단순한 성공담이 아니다. 자본주의 사회에서 그것은 신화창조나 다름없는 이야기였다.

소소한 일상에 고만고만한 날들을 사는 사람들에게는 결코 일어날 수 없는 기적과도 같은 일이다.

그는 진실로 귀공자가 되었고, '귀공'이란 애칭으로 불렸다. 뭐든 팔아치우는 놀라운 능력을 가진 남자는 껌과 볼펜으로 작은 도시의 사람들 주머니를 열기 시작했다.

상품을 들고 거리로 나서기 전까지 귀공자는 몰랐다. 수완이 탁월한 것도 아닌데 남자와 마주친 사람들은 그가 건네는 물건을 덥석 받아 들었고 지갑을 열었다. 팔아주지 않고는 견딜 수 없었다는 말들이 난무했지만 구입한 당사자를 찾아 확인할 길은 없었다.

인물의 존재조차 의문인데 귀공의 이야기는 잭의 콩나무인 양 무럭무럭 거대하게 자라났다. 귀공을 버스 안에서 만났다는 인터뷰가 방송을 타는 걸 보면 완전 거짓말은 아닌 모양이라고 추측했다.

실제로 버스 안에서 껌을 권하는 귀공과 만났다는 여승객은 그토록 광채 나는 남자를 본 적이 없다고 호들갑을 떨었다.

검은 와이셔츠에 닳고 닳은 검은 양복을 입은 그가 껌을 권하는데, 모델 뺨치는 위풍당당 풍채에 섹시한 매력까지 철철 넘치더라, 였다. 귀공에게 껌을 산 날이 자신에겐 일평생에 한 번 있을까 말까 한 행운의 날이었다고. 볼품없는 껌 가방마저 귀공이 들고 있으니 명품가방처럼 보이더라. 그가 들고 있는 껌 가방을 통째로 팔아주고 싶은 마음이 간절했다. 하지만 다른 사람들과 나눠야 할 행운을 나만 혼자 독차지하는 것 같아서 그렇게는 하지 못했다.

방송 제작진과 짠 것은 아닐까 싶을 정도로 여승객의 인터뷰는 흥미진진했다.

남자가 그 많은 물건 중에서 왜 하필이면 껌과 볼펜을 팔기로 작정했는지 아는 사람은 없었다. 그를 만났다는 사람 여럿을 인터뷰했지만 그 부분에 대해서는 다들 고개를 갸우뚱했다.

귀공을 직접 만나 인터뷰한 매체나 방송국은 한 곳도 없었고, 그의 생각을 아는 사람도 없었다.

누구는 그를 노숙자라고 했고, 누구는 비즈니스 철학이 있는 비범한 판매원이라고 했고, 누구는 대기업의 수습사원이라고 했다. 남자에 대한 뉴스가 재생산되고 날로 확대되자 실제로 그를 만났다는 사람들의 입을 통해 남자의 이야기는 점점 부풀려졌다.

귀공의 껌과 볼펜은 시간이 흐르면서 옷과 구두로 바뀌었다. 껌과 볼펜을 팔던 비범한 수완은 옷과 구두를 파는 일에서도 손색없이 발휘됐다.

거기서 끝이 아니었다. 귀공이 판매하는 물건은 점점 큰 것으로 바뀌어갔다. 옷과 구두는 가전제품으로 자동차로 주택으로 변화했다. 빌딩과 기업으로 바뀌는 데에도 그다지 오래 걸리지 않았다.

귀공의 수완은 드높아서 신의 경지에까지 도달했고, 사람들은 귀공이 우주 행성까지 팔았다는 뉴스가 나오는 것도 시간문제라고 입을 모았다.

기자들은 귀공의 실체를 찾기 위해 혈안이 됐고, 그를 만났다고 인터뷰했던 이들은 꽁무니를 빼기 바빴다. 귀공이 파는 물건이 크면 클수록 그와 직접 물건을 거래했다는 사람은 잘 나타나지 않았다.

그럼에도 불구하고 소문은 사람들의 호기심을 자양분으로 무성하게 자랐다.

실체를 확인할 순 없지만 대중들의 마음속에 귀공은 존재하는 사람이었다. 펭귄에게 냉장고를 팔고, 낙타에게 난로를 팔았다는 기괴한 얘기들까지 덧붙여져 랜선이라는 말을 타고 달리는 현대판 신화의 주인공 귀공.

그의 영웅담이 전설적인 판타지로 재생산되는 과정에 사람들은 저마다 참여했고 즐겼다. 자신들의 힘든 생활과 암담한 현실을 귀공의 얘기들로 채우며 잠시나마 황홀해 하고 또 허탈해 했다.

귀공의 이야기가 우주 행성까지 과하게 진행되면서 극적인 재미는 반감됐다. 허무맹랑한 삼류 무협 소설쯤으로 둔갑해 버렸다.

그럼에도 판타지 신화의 모델이 된 남자가 이 땅 어딘가에 살고 있을 거라는 대중의 믿음에는 변함이 없었다.

—

단비는 귀공의 얘기에 감탄했다. 란에게 달려가 혹시 귀공을 만난 적이 있냐고 확인했다. 란이 귀공이 누구냐고 반문하자, 어떻게 모를 수가 있냐며 실망했다.

"신이 되려는 남자요."

단비가 말했다.

"실제로 있다면 만나 보고야 싶다만 어디까지나 그건 이야기 만들기를 좋아하는 사람들이 지어낸 것일 뿐이야. 그런 얘기에 너무 혹하면 안 돼."

란은 쌀쌀맞게도 단비의 부푼 마음을 납작하게 만들어 버렸다.

"재미라고는 진짜 양념만큼도 없다, 고모는."

단비는 꺼질 듯한 숨을 내쉬었다.

란의 표정이 일순 뜨악해졌다.

란은 농담을 모른다. 과하게 진지해서 농담도 진담으로 받아친다. 란의 뜨악함과 어린 단비의 한숨에 다들 고개를 옆으로 돌리고는 키득거렸다.

란의 리아

귀공의 얘기가 현실의 것이 아니라고 우길 재간이 내게는 없다. 모두가 웃는데도 전혀 웃음이 나오지 않는다. 나는 웃을 수가 없다.

현실은 때로 가공된 이야기보다 심하게 지독하다. 범죄로 태어난 나 자신을 빗대어 봐도 그것은 부인할 수 없는 진실이다.

다시는 생각조차 말자고, 영원히 지워버리자고 시시때때로 다짐하지만 그럴 때마다 내 안에 잠들어 있는 괴물만 깨우는 꼴이 되고 만다.

생전 처음 마주한 것처럼 나는 매번 가슴 철렁함을 경험한다. 내 출생에 생명의 감동 따위는 없다.

오뉴월인 데도 오한이 드는 듯하다. 세상의 어떤 괴물도 내 안의 괴물보다 무섭거나 두렵지 않다. 내 숨이 멎는 순간에도 나는 내 안의 괴물과 팽팽한 접전을 벌이고 있을지 모른다. 간이 흘러도 치유될 수 없는 것들이 내 안에 생매장되어 있다. 언제 튀어나올지 모르는 나를 향한 저주.

신음은 나도 모르는 사이에 터져 나온다.

—

아리의 손재주는 음식을 만들 때에도 유감없이 발휘됐다. 주방은 음식 냄새로 가득하고 단비가 메뉴를 하나씩 읊어댄다. 음식을 만드는 일에는 젬병이라 나와 기현 씨는 아리가 주문하는 대로 필요한 것들을 대주며 보조 노릇을 했다.

리아가 좋아하던 음식을 준비하는 일에 정신 팔려 정작 고인을 추억하는 일에는 뒷전이었다. 오므라이스. 계란말이. 계란찜. 돈가스. 소시지부침. 엄마의 생일 아니 기일에 등장하는 메뉴는 모두 조가 좋아하는 것들이다. 그것들을 엄마가 진실로 좋아했는지는 알 수 없다. 그럼에도 엄마가 좋아했던 음식이라고 우리 모두는 철석같이 믿고 있다.

조의 의자. 조가 좋아하는 음식. 조의 여자, 아리. 조의 아들 단비. 직접적으로 조를 언급하진 않았지만 엄마의 일상은 온통 조로 둘러싸여 있었다.

고인이 된 리아와 행방불명인 조를 위해 의자를 마련해 두었지만 리아는 당연한 것이겠지만 조 또한 오지 않을 것이다.

내 의중과는 상관없이 단비가 조의 의자를 차지하고 앉는다.

나는 다른 의자에 앉으라고 말했다.

"왜요?"

단비는 반항기 가득한 눈빛으로 나를 쳐다보았다.

"이 의자는 주인이 따로 있어. 네가 앉으면 안 돼."

"지금은 아무도 없잖아요."

"암튼, 거긴 앉지 마."

란의 단호함에 괜히 서러운 단비는 울상이 됐다.

"거긴 네 아빠 자리란 말이야."

"나한테 아빠가 어딨어요?"

단비의 항의가 무거운 침묵을 내 어깨에 올려 놓는다. 한참 분주하던 아리의 손이 주춤거렸고 그녀의 망연한 눈동자가 단비를 향했다.

"꼭 눈에 보여야만 있는 건 아냐. 생각할 순 있잖아. 네 아빠가 그 의자에 앉아있다고."

"여긴 할머니가 앉아계신 거고요?"

영민한 단비는 빈 의자 두 개가 갖는 의미를 알고 있었다. 게다가 상상력도 남달라서 내 입이 떡 벌어지게 만든다.

"단비 아빠는 우주의 부동산을 관리하는 사람이에요. 다른 행성에 살고 있어서 나를 만나러 오려면 수만 년은 기다려야 할 걸요. 난 그렇게 오래 살지 못해요. 아빠도 올 수 없을 거예요. 우주 부동산은 할 일이 너무 많아요."

"단비가 가면 되겠네. 네가 생각하는 것처럼 아빠가 살고 있는 행성이 그렇게 멀지 않을 수도 있어."

내 말에 단비는 쌩하니 나가버렸다.

아빠에 관한 것이라면 단비에게도 민감한 사항이었다. 하지만 조의 부재가 가져오는 단비의 상상력이 나는 부러웠다.

내 육신의 세포마다 뿌리내린 큐를 분리해낼 수만 있다면. 부질없는 바람임에 내 영혼이 또다시 나락으로 빠져든다.

—

엄마가 살아계실 때는 하나이던 식탁의 빈 의자가 지금은 두 개가 되었다. 엄마는 당신의 생일에 가족의 수만큼 의자를 준비했다. 양부 문재식, 조카 단비와 단비 엄마 아리, 그리고 보라색 히아신스 화분을 들고 나타나는 기현 씨의 것까지.

가족 모임이 있는 날이면 엄마는 우리 사이에 빈 의자 하나를 더 놓아두었다. 조를 위한 자리라는 것을 가족들은 다 알았지만 다들 내색하지 않았다.

홀로 서겠다고 호언장담을 하며 집을 나간 이후, 한 번도 찾아오지 않은 조다. 그가 돌아올 것이라는 믿음을 엄마는 눈을 감기 전까지도 저버리지 못했다.

엄마의 그 믿음을 내가 이어가고 있는 것은 아닐까.

나는 조의 의자를 우리 가족들 사이에 둔다. 왠지 그래야만 될 것 같다. 가족 모임에 엄마의 자리가 빠질 순 없었다. 그녀의 기일에 찾아온 영혼이 가족과 함께할 자리를 마련해 두어야 했다. 조와 엄마가 우리 곁에 있음을 기억하기 위한 빈 의자 두 개는 우리 가족 모임의 상징이 됐다.

살인미수로 징역을 살고 나온 조가 나와 함께 집에 머문 건 고작 서너 달. 양부의 살뜰한 보살핌에도 불구하고, 가족이 있는 집을 누구보다 갈구했음에도 말이다.

조는 나와 달랐다. 애정과 관심을 쏟아주는 부모가 있는 집을 못 견뎌했다. 남의 옷을 훔쳐 입은 것 마냥 경계했고 가족과 어울리지 못했다. 엄마. 아빠. 누나. 그토록 그리워했음에도 그에게는 전혀 익숙해지지 않는 사람들이었다.

조가 집을 버리고 떠나던 날, 그의 방에는 메모 한 장 딸랑이었다. 훌륭한 아들이 되어서 돌아오겠다는. 메모를 확인한 엄마는 그 자리에서 무너졌다.

경찰인 양부가 조를 찾겠다고 나섰지만, 엄마는 만류했다. 조를 찾아내는 건 당신 자신의 몫이라고. 그래야만 한다고 거듭 강조했다.

조가 집을 나가기 직전, 둘 사이에 무슨 일이 있었는지 나는 모른다. 알고 싶지도 않았다. 하지만 그 일 때문에 엄마의 자책은 깊고도 길었다. 죽음의 순간에 조의 이름을 마지막 숨처럼 토해냈다.

조가 있을 만한 곳이면 엄마는 휠체어를 타고도 득달같이 쫓아갔다. 백방으로 수소문하고 찾아다녔으나 조는 어디에도 없는 증발된 사람이었다.

생각도 못했던 아리가 우리 앞에 나타난 건 그 무렵이었다. 조를 찾지 못한 몇 년이 무심히 휙 지나가버린 그때. 리아의 애달픔이 자괴감으로 굳어졌던 그때.

아리는 엄마의 생명을 구했다. 조에 대한 지푸라기조차 잡지 못했던 엄마는 아리의 등장으로 생기를 되찾았다.

조의 아기가 아닐 수 있다는 내 말에 엄마는 역정을 냈고 나와는 말도 섞으려 하지 않았다. 아리의 뱃속에서 자라는 아기는 조의 분신이다. 엄마는 아리가 아기를 낳을 때까지 우리 집에 머물도록 했고, 친정엄마처럼 알뜰살뜰하게 아리를 돌봤다. 엄마에게는 조를 대신할 누군가가 필요했는지도 모르겠다.

엄마는 당신 아들 조를 잊었다. 그 와중에 태어난 단비가 리아의 사랑을 독차지한 것은 당연한 일이었다.

단비는 곧 조였고 조는 곧 단비였다.

엄마가 조를 한시도 잊지 않고 있었음을 증명하는 건 빈 의자를 통해서였다. 공간이 비좁으니 빈 의자는 치우자고 해도 엄마는 단호했다. 해가 거듭될수록 단비와 빈 의자를 오가는 엄마의 시선에서 나는 조를 느낄 수 있었다.

조로 인한 엄마의 마음 구멍은 상당했다. 당신의 공허함을 단비로 채우지 못했다. 엄마가 무덤까지 가져간 것이 있다면 그것은 조에 대한 집착이었다. 조는 엄마가 놓아둔 의자에 항상 있었다.

그리고 끝난 줄 알았던 인연의 그림자가 조의 의자처럼 내 앞에 나타났다. 기현 씨와 마주하게 된 것이다. 그의 등장은 내가 극복해낸 것들을 단박에 와르르 무너뜨리고야 말았다. 기현 씨를 다시 만나게 될 수도 있는 일이라고 나는 왜 생각하지 못했을까?

아버지가 정신병원에 입원해 있는 동안, 지난날의 트라우마를 내가 극복해가는 동안, 엄마와 아리가 조를 기다리던 그 몇 년 동안 나는 기현 씨를 내게는 없던 사람으로 치부하려 노력했다.

한때 결혼을 약속했던 사이였지만, 그냥 궁금해서라는 안부 따위를 주고받는 일은 맹세코 하지 않았다.

그와 나의 인연은 다했다. 반드시 그래야만 했다. 정말이지 기현 씨와 우연히 재회하는 일 따위는 없어야 했다. 어느 바닷가에서 우연히 만났던 그날의 어색함을 또다시 재생시키고 싶은 마음이 내게는 없었다.

그가 이웃이 되어 나타났을 때, 지난날의 트라우마가 생생하게 되살아났다. 나 자신을 악마에게 팔아버린 순간의 내가 우리 두 사람의 뇌리에 각인되어 있다는 사실을 깨달았다. 아닌 척 했지만 그도, 나도 눈빛까지 숨길 수는 없었다. 사람으로 둔갑한 여우가 인간의 간을 얻기 위해 한밤중 몰래 나가 무덤을 파헤치는 장면을 남편에게 들켜버렸을 때의 심정이랄까. 누구에게도 보여줘서는 안 되는 내 안의 괴물을 그가 보고 만 것이다.

"죽어서도 다시 만나는 일은 없어야 했어."

절망은 생명력 강한 꽃처럼 절로 피어났다.

"자꾸만 네가 떠올라. 그것이 죽음으로 가는 길일지라도 외면할 수가 없었어."

잘 지냈냐, 어떻게 지냈냐는 안부 따위는 서로에게 생략되었다. 그제도, 어제도, 그리고 방금 전까지 대화를 나누고 있던 사람처럼 기현 씨와의 시간이 흘렀다.

힘겹게 건너온 시간들이 무의미해졌다. 그토록 치열하게

노력했건만, 나는 큐와 나 그리고 기현 씨가 함께 있던 그 시간으로 돌아가 있었다. 붉은 선혈이 낭자하던 그때로. 살인범 큐와 연관된 것이라면 털끝도 뿌리째 도려내야 했다.

그 자가 살던 이 땅과 하늘을 나는 끝없이 저주했다. 그와 관련된 것이라면 그것이 내 생명일지라도 버려야 했다. 그렇게 하지 못한 건 내 죄가 더 커서였는지 모른다.

나는 눈멀고 귀멀고 마음멀었다.

상처에 뿌려지는 소금만큼이나 기현 씨는 내게 치명적이었다. 그는 무심히 바라보는 것뿐인 데도 나는 번번이 고개를 가로저어야 했다. 큐를 난사하던 순간이 내 머리카락을 잡고 버둥거렸다. 내 안의 괴물이 자꾸만 수면 위로 떠올랐다.

누군가에게 살인의 무기를 휘두른다는 것은 나를 피폐하게 만들고, 내 영혼을 썩게 하는 것임을 그때 알았다. 내 영혼은 혼비백산 달아나고 악마의 야비한 웃음이 나를 반겼다.

"네 영혼이 악마와 싸우는 중이라면, 내가 같이 싸워 줄게."

"싸워서 지켜내야 할 영혼 따위 내겐 없어."

공허가 내 안에 스몄다. 기현 씨가 곁에 있는 한, 내 기억을 지울 수가 없다. 그의 눈동자에 악몽의 그날이 수시로 재현됐다. 제아무리 다정한 눈길로 바라본다 해도 사랑의 눈길은 아니었다. 그의 존재는 나 자신을 끔찍하게 만들뿐이다.

"그날!"

기현 씨는 몸 안에 불을 가둔 사람처럼 부들거렸다. 금방이라도 그의 육신이 횃불처럼 타오를 것만 같았다. 그는 고음에 패한 저음으로 그날을 들먹거렸다.

　"그날······. 악마한테 영혼을 내준 사람, 너뿐만이 아냐. 그 길로 안녕할 수 있었더라면 좋았을 테지. 내가 왜 여기까지 다시 왔는지 생각해 봤어? 널 괴롭혀 주려고? 아니. 살고 싶어서. 도망치면 칠수록 내 멱살을 잡고 놔주질 않아. 그날의 너는 확실히 내가 알던 란이 아니었어. 악령이었어. 그리고 그건 네가 아니었어."

　"그 여자랑 살지. 잘 살지. 내 앞에 왜 나타난 거야?"

　악다구니가 절로 터졌다. 분기 어린 내 마음이 방언처럼 쏟아졌다. 그렇다고 그를 추궁할 수도 구석으로 몰아넣을 수도 없었다.

　한바탕의 태풍이 지나가고 폐허가 된 그곳에서 그와 나는 서로를 속이고 아무렇지도 않은 척 이웃으로 남았다. 살고 싶어서 찾아왔다는 사람을 어떻게 해볼 도리가 내겐 없었다. 기현 씨는 나보다 엄마와 더 많은 시간을 보냈다. 기현 씨와 나 사이에서 엄마는 완충지 역할을 했다.

　병원과 학교를 오가며 공부에만 매달렸다. 교수가 되고 싶다는 생각 같은 건 없었다. 기현 씨가 살기 위해 나를 찾았던 것처럼 나 또한 살기 위해 책에 파묻었다.

옆집 남자 기현 씨거나, 엄마와 친한 기현 씨거나 그는 한 가족처럼 물들어갔다. 그럼에도 그와 나를 결혼이란 새장 안에 넣지 못해 안달하는 엄마는 그와 나 사이를 더 어색하게 만들었다.

과거로부터 벗어날 수 있는 날이 과연 내게 올까, 싶다. 큐가 땅 속으로 사라지던 날에도, 엄마가 우리 곁을 떠나던 날에도 나는 그들 가까이에 있었다.

그들의 죽음에서 도망치고 싶은 나는 그 모든 것, 내 존재까지도 부인하고 싶다.

타인의 집

나는 제단 위에 리아의 초상을 올려놓았다. 리아는 웃고 있다. 옆집 남자를 반겨주던 그 함박웃음이다. 조를 만나기 전에는 늙고 싶지 않다는 말을 리아는 입버릇처럼 했다.

그녀는 소원을 이뤘다.

란이 촛불을 켜는 동안 다른 가족들이 리아의 초상 앞으로 모여들었다. 제례를 드릴 시간이다. 제단 앞에 선 란은 성가를 선창 했고 우리는 따라 불렀다.

무엇이 '되는 게' 아니라 '무엇이 되어지는' 것이 인생이라고. 내 뜻에 의해 인생사가 이뤄지는 게 아니라는 것을 리아를 통해 깨닫게 되었을 때 나는 적잖이 곤욕스러웠다.

인생사 마음먹기 달렸다는 것은 착각을 일으키기 쉬웠다.

벗어나고자 해도 벗어날 수 없을 때, 자신을 속이고 순응하게 만드는 말에 지나지 않는다는 것을 나는 늦게야 알았다.

가끔, 신이 내게 심은 뜻을 헤아려보지만 징글징글하도록 긴 시간 속에 나와 란을 방치해 놓은 그 뜻은 도무지 알 수가 없다. 내 앞의 란은 싸늘하고, 안 보이면 두렵다.

내 인생은 이렇게 되어버렸다.

다른 사람들은 내 삶을 위안하기 위해 신앙을 권했겠지만 리아는 아니다. 나 스스로 마음의 평화를 구할 수 있도록 조언했다. 란과 나의 미래는 신만이 아는 일이고, 그 뜻을 언젠가는 나도 알게 될 것이라고 했다. 리아는 흐르는 세월에 나 자신을 맡겨 보라고 조언했다.

돌이켜보면, 나는 리아로부터 많은 위안과 평온을 얻었다. 그녀의 신앙에 거부감은 없었다. 리아의 신에 속하지 않는 우리가 드리는 이 제사 미사가 불경하다는 생각도 하지 않는다. 우리의 제사 미사는 생전의 리아에게 바치는 우리의 헌사일 뿐이다.

리아는 천주교 신자였다. 그녀가 영세를 받고 신앙생활을 시작하게 된 것은 스무 살 무렵이었다. 아기를 버렸다는 죄책감 때문이었는지 그녀는 정상적인 생활을 할 수 없었다. 그때에 그녀는 신을 만났다. 조가 징역살이를 하게 되자 잊고 지냈던 자신의 신을 그녀는 다시 찾았다.

당신의 삶이 주님의 뜻에 합당한 것이 되도록 은총과 지혜를 달라고 기도했다.

리아는 왜 란을 신에게 인도하지 않았는지 의문이다. 누구보다 신의 사랑이 필요한 사람은 란이었는데. 그 때문인지 란은 리아의 신을 받들지 않는다. 그녀가 믿는 건 오직 숨을 쉬고 있다는 것뿐. 다른 것들은 끊임없이 의심되어야 하는 것들이었다. 숨 쉬는 것 말고는 그녀가 의지할 것이 없다는 사실이 나를 비참하게 만든다.

—

"너희는 들어라. 내가 자녀의 본분에 대해서 말하리니 이를 실천하면 구원을 받으리라. 아비를 공경하는 것은 자기 죄를 벗는 것이며, 어미를 공경하는 것은 보화를 쌓아 올리는 것이다. 아비의 축복은 그 자녀의 집안을 홍하게 하고 어미의 원망은 그 집안을 뒤엎을 것이다. 네 아비를 가벼이 여기거나 자기 자랑을 하지 말라. 네 아비의 불명예가 어찌 너의 명예가 되겠는가? 아비의 명예는 자식의 영광이며, 어미의 불명예는 자식의 치욕이다."

낭독은 란의 몫이었다. 우리가 헌작을 하고 분향과 배례를 하는 동안 란은 멍하니 리아의 초상을 바라보았다. 얼이 빠져 나간 얼굴로.

리아를 위한 기도는 단비에게로 넘어갔다. 예전처럼 할머니의 의자에 와서 자신을 안아 달라는 녀석의 기도가 내 가슴을 짠하게 울린다.

제례가 중반을 넘어서고 있을 때였다. 경건한 우리의 헌사를 가르고 그가 나타났다. 그와 대면한 적은 없지만, 현관 앞에 서 있는 그가 조라는 것을 나는 단박에 알아챘다. 나와 란의 시선이 무의식적으로 아리를 일별한 것도 그 순간이었다.

"조가 왔습니다. 이 집 아들, 조가 돌아왔어요."

리아의 영혼을 부르듯 조가 말했다.

집안으로 들어온 조의 목소리는 나뿐만 아니라 모두의 가슴을 먹먹하게 만들었다. 리아가 있었다면 폭풍 같은 눈물을 흘렸을 것이었다. 서먹한 광경을 보고만 있는 우리에게 "안녕하세요"라고, 조의 뒤에서 또 다른 목소리가 고개를 내밀었다. 싸구려 화장품 냄새를 풍기는 여자와 흰색 원피스에 빨간 구두를 신은 꼬마가 조의 등 뒤에서 나왔다. 그들은 조의 팔과 다리를 바투 잡고 한 덩어리처럼 엉겨 붙어있었다.

"제 아내와 딸입니다."

가족을 소개한 조는 아리에게 다가갔다. 그리고는 "누나?" 하고 불렀다. 십수 년만의 만남이라 몰라볼 수 있었다. 착각할 수도 있었지만 란은 조의 쌍둥이 누나다. 어쩌면 아리를 일별했던 나와 란의 행동 때문에 조가 아리를 란으로 착각했을지 몰랐다.

조가 아리를 '누나'라고 불렀을 때, 우리는 또 한편으로 놀랄 수밖에 없었다. 단비와 나를 몰라보는 건 그렇다고 해도 한때나마 사랑했던 여자를 알아보지 못한다는 건 낭패였다. 무심한 세월이 아무리 흘렀더라도 란과 아리를 혼동할 순 없을 듯했다.

조의 등장만으로도 우리는 충분히 충격을 받았다. 누구도 조의 잘못을 시정해주려 나서지 않았다. 힘을 쓸 수 없는 사람들처럼 우리는 그저 멍한 채였다.

아리는 문재식 형사의 먼 일가친척이라고, 스스로가 에둘러 말했다.

순간, 멈칫한 조가 미안하다고 사과했다. 그리곤 란을 향해 물었다.

"내가 이렇게 왔는데, 엄마는 왜 안 보이는 거죠?"

조는 문이란 문은 모조리 열어젖혔다. 성우처럼 다양한 음색으로 '엄마'를 불러대면서. 전기충격이 가시지 않은 우리는 조가 집 안 곳곳을 훑는 동안 동상처럼 서 있었다.

"왜 이제야 온 거야?"

란은 부산스럽게 집 안을 헤집는 조 앞에 서서 말했다.

조는 정말이지 아무것도 몰랐다. 리아의 죽음도 자신의 아들 단비가 태어난 것도 짐작조차 하지 못했다. 단비는 아리의 등 뒤에 숨어서 조를 힐끔거렸다.

"엄마가 얼마나 널 기다렸는데……. 너를 보지 않고서는 돌아가시지도 않을 줄 알았어. 그랬는데……."

란의 목소리가 가느다랗게 떨려 나왔다.

조가 벽에 걸린 리아의 초상을 발견한 건 그때였다.

"돌아온다고, 꼭 돌아올 거라고 말씀드렸잖아요. 엄마."

조는 철퍼덕 무릎을 꿇듯이 주저앉고 말았다. 믿기 어려운 조의 시선이 리아의 초상 앞에 머물렀다.

고급 양복은 조의 봄에 익숙하지 않은 옷처럼 겉놀았다. 세탁소에서 빌려 입고 왔을 법한 냄새가 코끝을 스쳤다. 가족이 그리운 조가 특별한 이유도 없이 연락을 두절한 채로 살았다는 것은 그의 인생이 그만큼 척박해서였을 것이다. 함께 온 조의 가족마저 인스턴트 음식처럼 느껴지는 건 나만의 과민 반응이기를 간절히 원했다.

조는 제단 앞에 엎드려 한동안 일어설 줄을 몰랐다. 그렇다고 리아의 죽음에 소리 내어 통곡하지도 못했다. 설움을 꾹꾹 눌러 삼켰다. 그마저도 사래가 들렸는지 조는 컥컥 댔다.

"멀쩡하게 살아있으면서, 엄마의 애간장만 태운 거예요. 조는."

란은 리아를 대신해 조를 안았다. 조와 란. 그들은 리아 기일의 주인공이었다. 양부 문재식도, 아리와 단비도, 조와 동행한 가족도 한 발 뒤로 물러서 있었고 나는 두 걸음쯤 물러서 있었다. 이 집의 이방인이란 사실을 나는 깨닫는다.

란이 조를 안아주던 그 짧은 시간이 내게는 길고 긴 역사의 한 장처럼 흘러갔다. 처연함의 긴장이 함께였다. 버거운 역사의 순간에서 도망치고 싶은 그때에 조의 느닷없고 허탈한 웃음소리가 터져 나왔다.

"이런 유치한 음식들을 엄마가 좋아했던 거야?"

조가 제단에 놓인 음식들을 보고는 말했다.

애들이나 좋아하는 음식을 리아가 좋아했을 리 없다면서 조는 젯상의 음식을 꾸역꾸역 먹었다. 그것은 음식이 아니었다. 리아에 대한 조의 굶주린 애정이었다. 텅 빈 가슴에 리아의 사랑을 담듯 몸속에 음식을 채워 넣었다. 조의 볼은 음식으로 미어졌고, 눈시울은 빨갛게 물들었다.

"미안해요…, 엄마한테도, 아버지한테도, 누나한테도."

우격다짐으로 음식을 입안에 밀어 넣은 조의 말은 또렷하지 않았다. 그럼에도 그의 손은 젯상의 음식으로 옮겨가기를 멈추지 않았다.

"집을 왜 나간 거야? 우리한테 서운한 거라도 있었던 거야?"

란의 물음에 허겁지겁하던 조의 동작이 멈췄다.

"엄마는 어떻게 하다가 돌아가신 거야? 나 때문이야?"

조가 헛헛한 눈길로 물었다.

란은 대답할 수 없다는 듯 뒤돌아섰다. 아무 말도 할 수 없는 우리는 서로의 눈치만 보았다. 그날의 일을 아는 란은 어금니를 꽉 물었고, 양부 재식은 양아들 조를 덤덤히 건너다보고 있었다. 조가 나타난 그 순간부터 한마디도 하지 않던 양부 재식이 말문을 열었다.

"살아온 네 얘기나 듣자. 네 엄마도 듣고 싶어 할 거다."

"죄송해요. 아버지."

조는 양부의 얼굴을 똑바로 쳐다보지도 못했다. 좋은 아버지가 되어주려던 양부의 노력을 물거품으로 만들어버린 조의 지난날은 입 밖으로 쉽게 빠져나오지 못했다. 그렇다고 누구 하나 조의 얘기를 재촉하는 사람도 없었다.

조의 아내와 딸은 꿔다 놓은 보릿자루처럼 거실 한 구석에 서 있었다. 그들이 조의 아내와 딸이 아니라는 것을 알았지만 나는 침묵했다.

"엄마를 만나러 오는 길이 이토록 멀고 힘들 줄 알았다면 처음부터 집을 나가는 게 아니었어. 엄마의 아들이 되고 싶어서 내가 얼마나 노력했는데. 날 보고 웃는 엄마가 얼마나 보고 싶었는데."

조는 리아의 초상을 물끄러미 건너다보며 말했다.

"내 얘기, 듣게 되면 엄마뿐 아니라 여기 있는 사람들 모두 놀랄 거야."

침통함을 억누르는 조는 차분했다. 그리고는 자신의 지난날 얘기를 꺼내놓기 시작했다.

조의 얘기에 뒤통수를 호되게 얻어맞은 건 우리다. 리아가 있었다면 억장이 무너져 내렸을 조의 얘기에 우리는 눈만 껌벅거렸다.

우리뿐 아니라 문만 열고 나가면 누구나 다 아는 얘기가 조의 것이었다니. 거짓말이라는 것을 뻔히 알면서도 누구 하나 관두라고 조의 말허리를 자르지도 못했다.

껌과 볼펜을 팔던 남자. 모델 뺨치는 외모와 탁월한 능력으로 자본주의 시대의 새로운 영웅 신화를 만들어낸 귀공의 이야기. 리아의 젯상에 올릴 음식을 만들며 우리가 내내 흥미삼아 주고받던 얘기는 조의 지난날로 둔갑해 있었다.

맹랑한 소문이 실제일 리 없었고, 그 주인공이 조일 수는 더욱 없었다. 그럼에도 조는 천연덕스럽게 자신과 그 남자를 동일인물로 우리 앞에 내놓고 있었다.

자고 나니 유명해졌다는 일화처럼 조는 자신의 궤적을 늘어놓으며 흥분했다. 진실로 자신의 이야기인 양 들떴다. 조가 환희에 차면 찰수록 우리는 그와 눈을 마주치지 않으려 고개를 푹 숙이거나 다른 곳을 쳐다봤다. 미처 피하지 못해 마주치게 되면 어색하고 측은한 웃음만 지었다.

"반응들이 영 시원찮군요. 하긴 당사자인 나도 실감 나지 않는데 다른 사람들이야 오죽하겠어요. 당신이 뭐라고 말 좀 해줘. 내 말을 통 안 믿는 모양이네."

조는 함께 온 아내에게 동조를 구했고, 모두 다 진짜라고 여자가 맞장구를 쳤다.

"대단한 걸. 네가 그런 일을 해냈다니. 네가 어떻게 살았는지 그만하면 충분히 알 것 같아."

란은 울컥했다. 하지만 웃으면서 말했다.

"내 얘기가 끝나려면 아직 멀었는데."

조는 아쉬운 듯 말했다.

"어떻게 살았는지 알았으니까 그만하면 됐다고."

우리는 그의 말을 믿는 척이라도 해줘야 했다. 조가 무안해하지 않도록.

"기적이 나 같은 사람한테도 일어날 수 있다는 게 놀랍지 않단 거야? 그 덕에 이렇게 예쁜 아내도 얻고 사랑스러운 딸도 얻었는데?"

조는 우리에게 자랑하듯 아내란 여자와 어린 딸의 얼굴에 뽀뽀를 해댔다.

아리는 단비를 끌어당겨 안았다. 조의 눈길이 그들 모자를 힐끔했지만 아리가 누군지 조는 여전히 모르는 눈치다. 곁에서 지켜보고 있자니 허탈하고 씁쓸한 웃음만 터져 나왔다.

조는 한 명씩 우리를 주시하며 눈길을 옮겨갔다. 조는 리아의 마지막을 궁금해 했고 양부와 마주치자 조의 표정이 왠지 심상치 않아 보였다.

"노심초사한 날들이었다. 네 이름만 나와도 리아의 귀는 쫑긋하게 섰다. 집요하게 널 찾아다녔는데 행방은 오리무중이었지. 마지막 순간에도 리아는 널 찾았다. 무심한 놈 같으니라고."

양부 재식은 원망 섞인 말들을 조 앞에 쏟아놓았다.

"뭐라 드릴 말씀이 없어요."

조의 머리가 거실 바닥으로 향했다.

"리아는 거울을 보고 있었다. 기분이 좋아 보였지. 네가 집을 나간 이후로 좀처럼 웃는 걸 보지 못했는데, 그날만은 벚꽃 같은 웃음을 흐드러지게 피우더구나. 내 옛 동료들도 찾지 못한 조를 리아가 찾아냈다는 것을 나는 알았다. 리아는 널 만날 생각에 마냥 설 던 거야. 그날⋯⋯."

"조가 어디에 있는지, 아버지는 알고 있었던 건가요? 그러면서 침묵하고 계셨던 거예요?"

란이 불쑥 끼어들었다.

"네 엄마는 환자였어. 울다가 웃다가 종잡을 수 없는 사람이었어. 때로는 몹시 화난 사람처럼 고함을 질러댔지. 조를 찾았다는 것도, 란 때문에 조가 집에 오지 못한다고 여긴 것도 네 엄마의 병이 만들어낸 착각일 뿐이었어."

재식이 말했다.

그 순간, 란의 얼굴빛이 검게 변했다. 조가 돌아올 수 없었던 이유가 자신에게 있었다는 사실에 충격을 받은 모양이다. 재식은 리아의 착각이라고 했지만, 란은 진실로 받아들였다.

나중에서야 알게 된 일이지만 리아가 떠나던 날에 란은 리아와 말다툼을 벌였다. 조에 대한 리아의 그리움은 짙어서 병이 됐고, 그 일로 란을 원망했다.

누나인 란을 상대로 조는 리아 앞에서 경쟁을 했다. 하지만 란은 조의 경쟁상대가 될 수 없었다. 란은 리아는 물론 양부의 사랑을 독차지했다. 그렇다고 란이 조를 등한시한 것도 아니었다. 가족의 일원이 되고자 했지만 소심한 조는 주눅부터 들었다. 눈치 보는 일로 하루하루를 보냈고 끝내는 자신을 폄하하기에 이르렀다. 조는 내일이라는 기약 없는 약속과 함께 집을 나가고 말았다.

리아는 사라져 버린 조에 대한 그리움을 견디다 못해 란을 탓하기 시작했다. 조가 없는 집에서 란은 살얼음판을 거닐어야 했다. 견디다 못한 란은 자신도 집을 나가면 되지 않겠냐며 폭탄 같은 말들을 주워 삼켰다. 그러고는 리아가 보는 앞에서 휑하니 나가버렸다.

조에 이어 란까지 집을 나가버리자 리아는 가슴을 움켜쥐고 그 자리에 풀썩 쓰러졌다. 재식이 발견했을 때, 리아는 숨이 넘어가고 있었다.

"조를 떠나게 만든 것도, 란에게 상처를 입힌 것도 자신이라고 자책하더구나. 그게 리아의 마지막 말이었어."

리아의 죽음을 지켜본 이는 재식뿐이다.

중차대한 임무를 완수한 전사처럼 홀가분해 보이는 재식과 달리 란은 들키고 싶지 않은 것을 또 들킨 사람처럼 파리했다. 영혼이 고단한 란이 그녀의 방으로 숨어드는 것을 지켜본 다음에야 나는 조를 손님방으로 안내했다.

조 또한 하얗게 질린 얼굴을 하고 있었다. 쉬기를 권하고 방문을 나서려는데 조가 나를 불러 세웠다.

"누구신지 여쭤본다면 실례가 될까요?"

내게 말을 건네는 것조차 조는 조심스러워했다. 리아가 나를 아들처럼 여겼다고 말하려다 란의 친구라고 돌려 말했다. 리아에 관한 어떤 말도 지금의 조에게는 또 다른 상처가 될 것만 같았다.

"우리 엄마를 만난 적도 있겠군요."

그렇다고 말해줘야 했지만 나는 쓸쓸한 미소를 지었다.

"엄마와 함께 살았던 그 몇 개월이 내게는 달콤한 꿈이고 천국의 날들이었어요. 매일이 그렇지 않다는 것도 알았어야 했는데……. 부모가 자식 때문에 다투는 건 어느 집에나 있는 풍경인데……. 그땐 바보처럼 정말 아무것도 몰랐어요. 엄마와의 생활이 달콤할수록 엄마의 방에서 들려오는 아버지의 성난 목소리가 내게 달려들더군요. 두려웠어요. 나 때문에 두 분의 불화가 잦은 것만 같아서. 천국의 날들이 지옥의 날들로 바뀌기 시작한 거죠. 나와는 달리 누나는 적응을 잘했어요. 엄마, 아빠의 사랑을 한 몸에 받았죠. 나만 없으면 이 집에 평화가 찾아오겠구나. 떠날 수밖에 없었어요. 엄마가 나 때문에 괴로워하고 불행해지는 건 견딜 수 없었으니까."

조는 작은 얼굴을 감싸 쥐고 죄인처럼 자책했다.

리아의 불행은 아들을 볼 수 없다는 것이었는데, 조는 그 사실을 알지 못했다. 조는 쉬지 않고 계속해서 말을 이었다. 내게 하는 말인지 자신에게 하는 말인지 나는 알 수 없었다.

"살기 위해 발버둥을 쳤어요. 엄마를 만나기 전에도 그랬고, 가출한 다음에도 그랬죠. 그런데 우습죠. 한번 꼬인 제 인생은 풀릴 줄 모르고 자꾸 엉키기만 했어요. 몸만 어른이지, 아홉 살에서 성장이 멈춰버린 미숙아나 다름없었어요. 어떻게 하는 게 옳은 일인지 지금도 나는 모르겠어요. 생각하면 머리가 터질 것만 같아요."

조는 비탄에 잠겼다. 그 와중에도 "가족들이 내 말을 믿어줄까요?"라고 내게 되물었다. 조는 귀공의 영웅담을 자신의 얘기로 우리가 믿어주길 원하는 것인지, 정말이지 나로서도 궁금했다. 조가 그나마 버티는 건 그 때문이라는 생각에 나는 또 입을 다물었다. 대신 단비에 대해 말해 주고 싶었지만 그것 또한 당사자인 아리가 털어놓아야 할 이야기였다.

조와 단비. 그들은 천륜으로 맺어진 인연이고 어떤 방식으로든 알게 될 일이다. 리아와 란 모녀가 알 수 없는 운명에 이끌려 끝내는 통째로 서로를 알아버리고 말았던 것처럼. 회귀하는 연어처럼 핏줄로 이어진 그들의 본능이 서로를 끌어당길 테니까 말이다.

조의 등장은 우리 중 누구도 예상하지 못했던 일이다. 리아의 집을 방문하기로 한 것만도 조에게는 일생일대의 중차대한 결단이었을 것이 분명했다. 우리의 축제는 그런 조의 등장으로 더욱 화기애애해야 했다. 그렇지 못했다. 란은 그녀의 방에 갇혔고, 양부 재식은 창밖에 시선을 묶어두고 있었다. 아리는 주방에서 일없이 손을 놀렸고, 단비는 영문도 모른 채 가족들의 눈치만 살폈다.

리아를 위한 마침성가는 불려지지 않았다. 휴식 끝에 마음을 진정시킨 조가 이제 그만 가보겠다고 나서는 것으로 리아를 위한 우리의 헌사는 마무리되었다. 조에게 돌아갈 곳이 있기나 한지 내심 걱정이 됐지만 우리 중 누구도 입 밖으로 그것을 꺼내지 않았다.

"이제 내년 리아 기일에나 만나게 되는 건가요? 이왕이면 자주 보고 삽시다."

조는 내 말에 빙긋한 웃음을 머금었다. 다시 오겠다는 말은 하지 않았다. 조는 함께 온 사람들을 데리고 조용히 집을 나섰다.

하나밖에 없는 피붙이를 전쟁터의 총알받이로 내보내는 심정이 이럴까 싶다. 싸울 무기가 없는 조는 총알을 고스란히 맨몸으로 받아내게 될 것이다.

현관을 나선 조는 한 번도 뒤돌아보지 않았다. 종종걸음으로 멀어져 가는 조의 뒷모습은 애처로웠다.

조가 그렇게 집을 나서고, 아리는 단비와 함께 허둥지둥 그들의 집으로 돌아갔다.

리아를 위한 우리의 축제도 그렇게 끝이 났다.

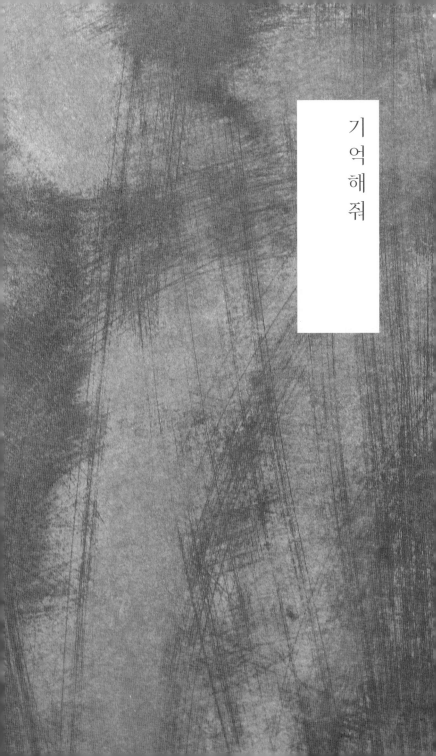

기
억
해
줘

오래전에 죽어버린 감정이었지. 그랬다고 믿었어. 아니 그래야만 했어. 그런데 조, 당신을 본 순간 지난날이 섬광의 파노라마가 되어 내 주변을 온통 도배하고 만 거야. 온 세상이 무채색으로 변하고 우주 공간에 나 혼자 있는 것만 같았어.

다른 식구들은 당신이 측은해서 차마 입을 열지 못했지만, 난 나 자신이 비참해서 아무 말도 할 수 없었어. 쥐구멍이 아니라 개미집이라도 들어가고 싶더군. 진짜 불쌍한 사람은 그 순간, 당신이 아니라 나였어.

당신이 기현 씨와 손님방에 있는 동안 난 당신의 아내와 함께였어. 자존심 상하고 서로 민망해서 길게 나눌 수도 없는 그런 얘기들이 듬성듬성 오갔어. 말끝마다 돈으로 환산

하는 그 여자는 알맹이 없는 말들만 주워 삼키더군. 가족들을 속일 양이면 좀 더 수준 있는 여자를 아내 역할로 골랐어야지. 나만 알아챈 게 아니야.

그래도 어설픈 내 협박에 금방 꼬리를 내리는 여자라서 마음에는 들더군. '조의 공원'이라는 말에 깜빡 속을 뻔했지. 그때 나도 모르게 웃음이 터져버린 거야.

신화가 된 남자가 조, 당신이라니. 당신은 여전히 꿈을 꾸는 사람인 거야. 그 때문에 당신을 사랑하게 됐지만.

조의 공원을 찾는 일은 어렵지 않더군. 여길 오면 당신을 만날 수 있을 거라고 알려줬어, 그 여자가.

맞네. 조의 공원. 직접 와 보니까 알겠어. 당신의 손길이 안 닿은 곳이 없는 당신의 공원이자 집이지. 산중에 있다는 걸 알았다면 구두는 신고 오지 않았을 텐데. 여기까지 오느라 구두가 다 망가져 버렸어. 당신한테 예쁘게 보이고 싶었나 봐. 그 와중에도 말이지.

내가 찾아올 거라고는 생각도 못했겠지? 내가 누군지 기억은 해?

겨울이면 찬바람 거칠고 여름이면 벌레와 모기떼가 극성인 이런 숲에서 다 찢어진 천막 하나 의지가지 하고 산 당신을 가여워해야 하는데, 왜 이렇게 화만 나는 걸까? 분노가 치미는 걸까?

당신은 내가 누군지도 기억 못하고 날 바라보는 그 눈초리에는 경계심만 가득해.

허공에 대고 나 홀로 한 시절을 쏟아놓아야 하다니 회한만 쌓이고, 내 앞날이 태산인 것만 같아. 헤쳐 나가자니 버겁기만 한 거야. 당신 앞에 이런 말 하는 나 자신이 얼마나 잔인한 사람인지 알면서도 내 감정을 억누를 수가 없어.

내가 사랑한 남자가 나를 기억도 못하는 조, 당신이었다니. 숲속에 숨어 사는 사람이라니. 내 눈물 따윈 말라버리는 게 당연한 거야. 정말로 내가 누군지 몰라?

내가 당신을 어떻게 할 사람처럼 쳐다보지 마. 제발!

인적 없는 산중에 찾아온 내가 무섭기도 하겠지. 내가 누군지, 우리가 어떻게 사랑했는지 몰라도 좋아. 하지만 내가 이제부터 하는 말은 죽을 때까지 기억해야 될 거야.

그날 당신도 봤을 거야. 내 치맛자락을 붙잡고 있던 아이. 조, 당신의 아들이지. 놀라지도 않는군. 당신의 아이가 당신도 모르게 태어나 자라고 있다는 건 상상조차 못했던 일일 텐데. 내가 조의 아들을 낳았어.

기분이 어때?

말문에 자물쇠라도 채운 거야? 당최 열릴 줄을 모르는군. 아니면 충격이라도 받은 거야? 기억에도 없는 웬 늙은 여자가 나타나 당신의 아이를 낳았다고 말해서? 입이 있다고 누구나 다 말을 할 수 있는 게 아닌데 내가 쓸데없는 질문을 했나 보군. 다 좋아. 하지만 그렇게 나무 뒤에 숨어 있지 말고 날 좀 봐. 내 눈을 보라고.

당신이 나타난 그날, 단비도 뭔가 이상하다고 느꼈나 봐. 단비. 당신 아들의 이름이지.

내게 자꾸만 묻는 거야. 당신이 누구냐고? 아무런 말도 해줄 수가 없었어. 그렇게 넘어간 일인 줄 알았지.

"아빠는 뭐하는 분이셨어요?"

"지금 어디에 계셔요?"

"하늘나라에 가셨나요?"

단비의 물음은 내 귀에 닿지 않고 내 지난 시간만이 날 덮치더군. 나무만 쳐다보지 말고 나를 보라니까. 단비한테 당신에 대해 뭐라고 말해 줘야 할지 모르겠어.

조가 말해 봐. 그대로 전해줄게, 응?

아주 먼 옛날 이야기인데 내겐 또렷하고 생생한 날들이네. 조는 천년 만년 세월이 흘러버린 것처럼 덤덤한 얘기 같을지 몰라. 우리 삶의 뜨거운 날들은 손가락 사이로 물처럼 다 빠져나가 버렸다는 게 실감이 안 나. 우리의 인연은 벌써 끝나버렸고, 기대할 게 없다는 게 이토록 아픈 건 줄 몰랐어. 통증이 멈추질 않아.

그래도 이게 끝은 아니야. 적어도 당신한테는 그렇지. 단비와 조의 인연은 이제부터 시작일 테니까. 조의 유전자를 물려받은 아이. 두렵지만 낳고 싶었어. 결국엔 내가 원한 일이었지. 조를 닮은 아이를 낳는 거. 조의 생을 들여다본 지금은 단비가 제 아빠를 닮지 않게 해 달라고, 간사한 내 마음이 요동치네.

살얼음판 같던 내 지난 생을 단비로 인해 나는 구원받은 듯해.

아들 앞에서 그때처럼 도망칠 순 없을 거야. 조가 제아무리 겁쟁이래도 피붙이란 사실은 조의 의지와 상관없이 조를 단비 곁에 붙잡아놓고 말 테니까.

단비는 말이지. 우리 단비는 아토피가 좀 있어. 날 궂으면 도지는 내 마음병처럼 손과 목에서 아토피가 들끓어. 비가 내리면 주변의 안 좋은 화학성분들이 죄 들고 일어나. 공중으로 날아가지 않고 남아서 단비의 그 여리고 고운 피부 속으로 스며드는 거야. 제 살기 위해 단비의 살을 파먹는 것만 같은 거지.

단비가 뱃속에 있을 때 주의를 기울였어야 했는데, 그러질 못했어. 독한 기운과 냄새들만 내가 맡고 다녔으니까. 아무런 말도 없이 도망쳐버린 조를 원망하고, 어수룩하게 속아버린 나 자신을 저주하면서 그렇게 보낸 시간들이었지. 사랑이 독이 된 날들이었던 거지.

리아는 내게 은인이었어. 평생을 갚아도 갚을 수 없는 은혜를 내게 베풀어주셨지. 다시 볼 수 없으니 그리움만 사무쳐.

리아는 단비가 태어나고 자라는 걸 지켜 봐줬어.

우리 단비는 태어나자마자 날 향해 미소를 지어주었어. 사람들은 다들 찡그린 거라고 했지만, 나는 아니라고 주장했지. 온 세상이 내 것인 양 황홀하고 행복한 순간이었으니까. 지금도 선명하게 떠올라.

별이 총총히 내려 내 가슴에 박히는 그런 웃음인 거야. 단비는 태어난 지 팔 개월 만에 혼자 걸었고 두 살이 되기도 전에 대소변을 다 가렸어. 할머니란 말을 저음으로 한 아주 영민한 아이야. 유치원에 들어간 단비는 가장처럼 듬직한 아들이 되어주었고, 한 번 본 것은 다 기억하는 아이지. 글을 깨우치는 것도 다른 아이들보다 매우 빨랐어.

언제였더라. 그날은 공방의 일이 늦게까지 끝나지 않았어. 단비가 걱정이 돼서 일은 손에 잡히지 않는데, 단비가 전화를 걸어 와서 내게 뭐라고 했는지 알아?

그 어린 녀석이 그러는 거야. 제 걱정은 말고, 내 일에나 전념하라고. 자기는 자기대로 할 일이 얼마나 많은지 모른다고.

유치원에 다니는 아이가 무슨 할 일이 그리 많겠어. 그런데 그날, 밤늦게 집에 갔는데 그때까지 단비가 혼자 동화책을 읽으면서 엄마인 나를 기다리고 있지 뭐야. 기특하고 대견했지. 그때 실감했지. 쪼그만 단비가 내게는 얼마나 믿음직스럽고 의지가 되는 아이인지 말이야.

단비는 교우관계가 좋아. 친구들 사이에서 인기도 많고, 선생님 칭찬도 자자해. 어떤 사람이 될지, 어떻게 성장해갈지 선생님뿐만 아니라 나도 정말 궁금해.

조가 나타나기 전까지 아빠에 대한 질문은 내 기억으로 딱 한 번 뿐이었어. 그때 나도 모르게 당황한 기색을 보였나봐. 그 뒤로는 아빠에 대한 그 어떤 것도 묻지 않더군. 내가 난감해한다는 걸 알아챈 거야.

참으로 생각이 깊고 자상한 아들이지. 그런 단비가 요즘엔 아빠에 대한 얘기를 보채. 아무도 말해 주지 않았지만 눈치 빠른 단비가 모를 리 없는 거지. 하지만 난, 조가 아빠라는 사실을 말해 주지 않을 생각이야.

단비에게 아빠의 존재를 알리고 싶다면 조가 직접 나서야 할 거야. 진실을 말해줄 용기가 지금의 조에게 있을지 의문이지만······.

조와 나의 인연은 오래전에 끝났지만, 조와 단비의 인연은 이제 시작인 거지.

단비가 조의 아들이라는 것을 말해 주는 건, 당신 어머니 리아 때문이야. 나와 단비를 살린 분이니까. 리아가 우리 모자를 거둔 건, 다 조 때문이었어. 단비를 당신처럼 여기고 눈에 넣어도 안 아픈 아이로 키워주셨지. 내겐 내 삶을 구원한 아들이고, 리아에겐 아들 조나 다름없는 손자였어.

내가 할 말은 이제 다 한 것 같아. 나와의 일은 다 잊었다고 해도, 기억에 없다고 해도 단비만큼은 당신의 뇌에 가슴에 새겨야 될 거야. 리아가 숨을 거두는 순간까지 아들 조를 그리워했던 것처럼.

당신이 죽어가는 그 순간에도 단비를 지우긴 힘들 거야.

그리고 이거. 단비 사진이야.

놀랐을 땐 놀라도 알았으니까 매일 눈에 밟히게 될 거야. 그래도 아들을 보겠다고 집으로 찾아올 배짱도 용기도 없는 당신일 테니까.

내겐 눈길 한 번을 안 주더니 그래도 아들이라니까 눈이 절로 돌아가네.

야속한 사람. 진짜 귀공이 되어 나타났으면 좋았을 텐데. 삶은 왜 이다지도 우리에게 잔인하기만 한지……. 조는 이제 혼자가 아니야. 목숨보다 귀한 조의 아들, 단비가 같은 하늘 아래 살고 있으니까. 당신도 힘내서 살 이유가 충분하지.

잊힌 난, 이제 그만 사라져 줄게.

내 마음이 왜 이렇게 허전하고 너덜너덜한지 모르겠다.

조, 당신은 혹시 알아?

뒤늦은 재회

모처럼 어머니를 만나러 가는데, 빈손으로 가면 안 되는데…… 뭘 들고 가야 할지 몰라 허둥대기만 했어요. 마음이 급했죠. 일분 일초라도 어머니를 빨리 보고 싶었으니까. 뒤설렌 마음에 그만 내 앞에 서 있는 버스에 무작정 올라탄 거예요. 어디로 가는 버스인지 확인도 안 하고 말이죠.

어머니 아들 참 바보 같죠?

평소의 저였다면 말뚝처럼 꿈적도 안 했을 테죠. 어머니가 계신 곳을 아는데 그냥 있을 수 없었어요. 말뚝은 뽑혔고 무겁기만 하던 몸은 날아갈 것처럼 가벼웠어요. 고무 풍선처럼 허공을 두둥실 떠다니는 거죠.

어머니에게 드릴 선물은 마련조차 하지 못했어요. 이곳에 가까이 오도록 깜깜이었어요. 마음은 들뜨고 발길만 부산했죠. 어머니가 계신 곳은 점점 가까워오는데, 저는 빈손인 겁니다. 황망하기 짝이 없었어요. 이대로 가면 안 된다. 얼마만에 어머니를 만나는 건데……

조바심이 나더군요. 빈손인 저를 반기실까? 선물 하나 없이 몸만 널렁널렁 온 저를 어머니가 과연 맞아주시기나 할까? 근심과 갈등이 제 발목을 붙잡고 늘어졌어요. 거의 다 왔는데. 다 와놓고는 다리가 꼼짝을 안 하는 겁니다.

바로, 그때였어요. 소쿠리에 담긴 복숭아를 이고 산자락을 막 돌아나오는 아주머니 한 분을 만난 거예요. 불현듯 그때 생각이 난 겁니다. 복숭아를 한 입 베어 물고 물컹한 웃음을 짓던 어머니에 대한 기억이 내 현실로 성큼 다가왔어요.

아, 그랬지. 옳다구나, 잘됐다!

미친놈처럼 혼자 환호성을 질러댔어요. 문제는 그다음이었죠. 어머니께 드릴 선물을 발견했는데, 제 가슴이 비 맞은 솜처럼 주저앉아 버리고 말았어요. 왜 그랬냐고요? 아주머니를 세워 놓고 제 주머니를 다 털었는데……. 복숭아 한 개 값도 안 되는 거예요. 천 원짜리 하나와 동전 몇 닢이 전부였거든요. 복숭아를 발견한 기쁨도 잠시, 날개가 부러진 새처럼 제 마음은 추락하고 말았어요.

어머니가 좋아하는 복숭아 한 개도 사드리지 못하는 아들이라니. 제 설움에 겨운 통곡도 못하고 가슴만 쥐어뜯고 있는데, 영문을 모르는 아주머니가 저를 물끄러미 건너다보는 겁니다.

측은한 눈길로 묻더군요. 갑자기 왜 그러냐고. 사색이 된 제가 이상했던 겁니다. 아주머니는 끈덕지게 사연을 물었지만, 차마 말할 수 없었어요. 이십여 년 만에 처음으로 어머니를 뵈러 가는 길인데 빈손이라서 그런다고 차마 입이 떨어지지 않았어요.

본의 아니게 아주머니의 길을 가로막은 채로 저는 속울음을 터뜨리고야 말았답니다. 낯선 손이 제 등으로 올라온 건 그때였어요. 그저 제 등에 아주머니의 손이 닿았을 뿐인데 나도 모르게 안으로만 흐르던 눈물이 밖으로 꺼이꺼이 터지고 말았어요.

세상에 그렇게 따뜻한 손이 있었다니! 그건 분명 제가 아는 어머니의 손길과 똑같았어요. 제 설움이 아주머니의 손길을 타고 온순한 아이로 변해 갔어요.

"울지 마, 아가야."

그 낯선 눈동자가 제게 그렇게 말했어요. 마흔 넘은 아가라니 가당치도 않지만, 아주머니는 복숭아 두 개의 제게 내주었어요. 크나큰 위로였어요.

세상은 그토록 따뜻한데, 거센 비바람이 몰아치는 그곳에서 저 혼자만 달달 떨고 있었던 거예요. 끝내는 이렇게 올 거였으면서. 하지만 저를 기다리던 어머니는 어디에도 없는 거죠. 참으로 무심한 세월인 거예요. 제 꼴을 보자니 비 오는 날에 개울가에서 우는 청개구리가 따로 없네요. 천둥이 치고 번개가 제 몸을 관통하는 깨달음은 왜 이렇게 게으르고 더디 찾아오는지. 원망은 할 수 없는 겁니다.

아주머니가 주신 복숭아를 품에 안고 제 설움은 태산이 되더군요. 어머니와의 관계조차 서툴러 도망쳐버린 턱없이 모자란 아들이 이제와 우는 사연을 길 가던 아주머니는 알 리 없고, 저 역시 털어놓기 힘든 얘기죠.

그동안 전 무엇을 위해 살아왔던 걸까요? 제 인생이 황폐일로를 달리고 가뭄의 논처럼 마음이 쩍쩍 갈라지도록 저는 무엇을 한 걸까요? 구석으로 내몰릴 때마다 뒷걸음질을 치고, 위기를 모면하기 위해 거짓말은 그나마 제가 가진 힘이었어요. 사람들 앞에서 절 지탱시키는 유일한 무기였어요. 제 힘으로 해결할 수 있는 일이 하나도 없었던 것처럼 패배의식에만 물들어 자포자기하며 살아온 날들에 제가 무슨 할 말이 있겠어요.

삶을 살아온 게 아니라 하루하루를 연명하며 버틴 거예요. 남들은 제 손으로 목숨도 끊는다지만 그것조차 할 수 없는 저인 거예요.

어머니의 뱃속에 들어앉은 그날에서 한걸음도 나아가지 못한 채로 여태 목숨만 부지하며 그렇게 살아온 거예요. 제 지나온 날들에 단 하루도 태양이 뜨지 않았다고 고백한다면, 어머니는 뭐라고 하실까요? 못난 놈, 못난 짓만 한다고 야단을 치셨을까요? 내 아들 측은하다 품에 안아 주셨을까요?

저란 놈, 눈물조차 아까운데 눈가는 짓물러가네요. 하늘을 올려다본 게 언제인지 기억조차 나지 않아요. 제 지난날들은 말이죠. 우중충하거나 장대비가 쏟아지거나 폭풍과 눈보라가 휘몰아치거나 했어요. 한 치 앞도 내다보지 못해 매번 꺾이고, 한발 나아가면 두세 발씩 물러서게 되는 한심한 놈이죠. 제게만 왜 이토록 가혹한 거냐고 소리 한 번 질러보지 못했어요.

어떻게 그럴 수 있겠어요. 모든 건 다 제 탓인 걸요. 뭔가에 용기를 가져본 적도 없고, 뭘 하겠다 결심 같은 걸 해본 적도 없어요. 날 미워하지 않을까, 싫어하지 않을까 늘 눈치 보기에 바쁘고, 껄끄러운 기미라도 보이면 숨기 바쁜 겁니다. 노력 같은 것은 할 줄도 모르고, 약하디 약한 마음으로 나를 숨기며 살았어요. 사람들을 피해서 살았어요.

용기도 없고 배짱도 없어서 길바닥에 눕거나 벽에 기대거나 하는 그림자 같은 그런 미미한 존재. 빛이 닿을라치면 정면으로 마주하지 못해 뭔가의 뒤로 숨어버리는 그게 저란 놈이죠. 빛 뒤에 숨은 그림자로 있는 게 저를 보호하는 거라고 여겼어요. 빛 뒤에 숨어서 위기를 모면하기 위한 거짓말은 눈덩이처럼 커져 갔어요. 그 거짓말에 제가 죽게 될 수도 있다는 걸 까마득히 몰랐던 겁니다.

어머니, 저 같은 놈은 말이죠. 살아가는 일로 죽음을 떠올리기도 해요. 태어난 것에 감사해야 하는데, 생명을 얻게 된 순간부터 살아가는 일이 피 흘리는 전쟁터만큼이나 두렵고 무서운 겁니다. 사람들과 어울려 사는 세상이 고통스러운 겁니다. 어울리려 해도 날 때부터 관계에 대한 면역력을 갖지 못한 때문일까요?

어떻게 상상이나 했겠어요. 다들 잘만 버티고 사는데…… 위안은 그래도 가족이 줄 수 있는 건데. 제게는 가족조차 부담스러운 것이어서 위로를 얻기는커녕 멀어지고 만 거예요. 이런 저를 이해하시기 어렵겠죠? 저 자신도 그래요. 마음은 어머니를 향해 치달으면서 다리는 도망치고 있으니 저란 놈은 모순 덩어리인 겁니다.

이제야 사람들과 어울릴 자신이 생겼는데, 가족을 만날 용기가 생겼는데…… 이제야 제대로 살아보려는데, 의사가 제게 뭐랬는지 아세요? 허약한 육신에 그래도 병원은 모르고 살았는데 말이죠.

믿기 어려운 일은 제게도 일어났어요. 제가 병실에 누워 누군가의 돌봄을 받는 그런 호사를 누리게 될 줄 어떻게 알았겠어요. 하지만 제 의지는 아니었어요.

걸을 수 있다고 생각했는데, 몸이 제멋대로 길 위에 누워버렸어요. 제 몸인데 제 몸이 아니었어요. 길을 요 삼고 하늘을 이불 삼아 누웠을 뿐인데, 사람들이 웅성거리며 제게로 몰려들었어요.

사람들이 몰려온다. 여길 어서 벗어나야 하는데. 아무도 없는 곳으로 피해야 하는데. 몸이 말을 안 듣는 거예요. 그리곤 아예 의식을 잃어버렸어요.

정신을 차리고 보니 병원이었어요. 제 생에 그런 불편한 호사는 또 처음이었어요. 간호사들의 눈치를 살피다가 병실을 빠져나오는데 담당의사라는 분과 딱 마주치고 말았어요. 허리를 말고 의사의 눈을 피해 숨을 곳만 찾는데, 의사가 저를 가로막았어요. 다짜고짜 수술을 해야 한다고 하지 뭐예요. 더 웃기는 건요. 글쎄 저더러 보호자에게 연락을 하라지 뭐예요. 숨을 의지까지 잃은 건 그 순간이었어요.

보호자? 그런 게 내게 있었던가. 그러고 보면 그 의사, 꽤나 웃겨요. 제가 가족이 없다고 몇 번이나 그렇게 말했는데, 믿지를 않아요. 제가 거짓말만 하던 놈이라는 걸, 의사가 눈치 채서 그랬던 걸까요?

제 몸 곳곳에 돌덩이가 들어앉아서 수술을 받지 않으면 죽을지도 모른다고 의사가 그러더군요. 제 삶의 마지막이 다가왔다는 걸 알 수 있었어요. 수술을 받는다고 해도 죽음을 피할 순 없어요. 제가 유일하게 피하지 못한 게 있다면 저를 데리러 온 저승사자인 거예요.

순간, 머릿속이 하얗게 칠해지고 그 안에 들어앉은 건 성모님을 닮은 어머니였어요. 그리움이 제게 와락 달려들었어요. 의사 앞에 무릎 꿇게 만들었어요.

의사한테 살려달라고 말했냐고요? 아뇨. 수술은 남의 일이고, 제게 남은 시간은 얼마 없는 겁니다. 어머니에 대한 사무치는 그리움을 절망 속에서 본 거예요.

어머니, 궁금한 게 하나 있는데요? 저 같은 놈의 씨를 낳을 생각을 한 아리는 저를 정말로 사랑했던 걸까요? 아리는 자신을 기억하지 못하는 저를 털끝만큼이라도 믿어주었던 걸까요? 남에게 뭔가를 줘 본 적이 없는데, 내가 가진 게 없다고만 여겼는데…….

제 인생에도 분명히 태양이 떠 있었던 겁니다. 미련하게도 그걸 모르는 저만 숨어서 살았던 걸까요? 어리석어서 태양의 반대편으로 숨어들기만 했던 걸까요? 모르겠어요.

게처럼 옆으로만 걷고, 남들은 다 아는 것도 늘 두세 박자씩 늦는 저란 놈은 그런 녀석인 겁니다. 어머닌 제게 괜찮다고 격려하고, 멋있다고 칭찬해 주셨는데 제게도 훈훈했던 그런 날들이 있었는데…….

지나고 나니 이제야 어렴풋이나마 삶이 뭔지 보이는 겁니다. 무엇이 그토록 견디기 힘들어 도망치기만 했냐고요? 글쎄요. 돌아보면 아무것도 아닌 일들뿐이네요. 어머니 살아생전에 눈 마주치고 속삭이는 대화를 나눴으면 됐는데. 좋아하는 복숭아를 가끔씩 사드리면 됐을 텐데. 그것만으로도 어머니는 충분히 행복해하셨을 텐데.

그저 눈치 보기에 급급한 저는 어머니의 사랑조차 눈치가 보였는지 모릅니다. 새아버지와 누나 사이에서 어머니의 사랑을 받고 있는 제 자신이 너무도 낯선 겁니다. 어머니에게 저는 그저 조금 더 아픈 손가락일 뿐이었는데…….

제 깨달음은 게을러서 중요한 순간을 놓치고 난 다음에나 겨우 얻어지는 거였나 봅니다. 이제 와 어머니 묘소에 제가 드릴 수 있는 것이라고는 복숭아 두 개가 전부랍니다. 살아서 드실 수 있었다면 더 좋았을 텐데.

어머니가 계신 이곳은 참으로 평화로운 곳인 것 같아요. 제 마음에 드는 곳입니다. 눈치를 볼 일도 도망을 칠 일도 없는 천국 같은 곳이네요. 눈을 감으면 복숭아를 베어 무는 어머니의 모습이 보입니다. 범죄자의 씨를 아들이라 불러주고 따뜻하게 안아주던 그 품이 느껴집니다.

이곳에서라면 더는 그림자 안에 숨지 않아도 될 것 같아요. 지금껏 느껴보지 못한 벅찬 평온이 저를 인도하는 것만 같아요.

복숭아 맛은 어떤가요? 좀 더 일찍 찾아와 어머니의 음성을 들을 수 있었다면 좋았으련만. 후회는 제아무리 빨라도 늦은 거라죠. 이제야 어머니 곁으로 돌아온 저를 내치진 않으실 거죠? 여기가 아니면 제가 있을 곳이 없는 거죠.

의사가 그러더군요. 보호자를 데려와 수술을 받든가, 가족의 곁으로 돌아가 좋은 시간을 보내든가, 라구요. 그 순간, 제 말문은 그냥 닫혀 버렸어요.

우중충한 얘기는 이제 그만할래요. 어머니, 단비 한 번 보실래요? 제가 사진을 한 장 갖고 왔는데…….

가슴팍에다 따뜻하게 잘 뒀는데 어디로 갔지?

아, 여기 있네요. 보세요. 아리가 그러는데 이 아이가 제 아들이래요. 눈에 넣어도 안 아플 아들이 제게도 있었다니, 믿기지 않아요. 사진을 들여다보고 있자면 눈에 밟혀 실물을 봤으면 싶은 겁니다. 한 번 안아도 보고 싶은데 가당치도 않은 소원인 거죠. 그래도 사진을 보고 있자면 이렇게 행복한데…….내 아들이란 게 이런 건 줄 정녕 몰랐어요.

제 자신이 진짜 죄인인 거예요. 그래도 어머니 곁에서 단비 얘기를 할 수 있어서 얼마나 좋은지 몰라요. 내가 네 아빠라고 감히 나설 용기는 없어요. 이렇게 사진을 보는 것만으로 충분히 족한 걸요.

행복한 피로감이 밀려와요. 어머니를 만나기 위해 먼 길을 돌고 돌아온 길인 거예요.

어머니가 계신 곳이 내게는 천국이라는 걸, 이 미련한 아들은 비로소 깨달은 겁니다. 몸은 지쳐서 고단한데, 마음은 안락하기 그지없어요. 자고 일어나서 긴 얘기 다시 들려드릴게요. 어머니가 심심하지 않도록. 이제는 마르고 닳도록 어머니 치맛자락만 붙들고 졸졸 따라 다니는 아들이 될 겁니다.

세상 어디도 어머니가 있는 이곳만큼 좋은 곳이 없네요.

열
아
홉,
단
비

잠자는 날 깨워 막무가내로 차에 태워놓고는 이렇다 저렇다 한 말씀이 없으시네요. 왜 이러는지, 어디를 가는 건지 최소한 설명은 해줘야 하는데……. 떠나기 전에 정리할 것도 있고, 챙겨야 할 것들도 있고 제가 할 일이 좀 많아야죠.

어머니, 말씀 좀 해보세요! 어머니 아들이 지금 어머니한테 유괴당하고 있는 기분이라고요. 그리고 보니 옷차림새가 평소와는 전혀 다르시네요. 얼굴에 분 바르는 건 싫어하는 분인데……. 화장에 귀걸이, 목걸이까지 멋을 한껏 부리셨네요. 설마, 아들과 데이트를 하려고 어울리지도 않는 모양을 내신 건 아니실 테죠? 아들 납치에 필요한 치장은 더욱 아니실 테고. 흙빛 얼굴로 침묵만 하고 계시니 불길한 생각이 뇌리를 떠나지 않아요.

하고 싶은 말씀이 있으면 운전은 잠시 멈추고 한번 해보세요. 저 때문에 화라도 나신 건가요? 갑자기 이러시는 어머니의 행동, 제가 납득할 수 있게 말해 달란 말이에요. 어머니가 왜 이러시는지 의중을 알 순 없지만 저도 제 권리를 행사할 수는 있는 겁니다.

세워주세요, 차!

당장 세우지 않으면 달리는 차에서 뛰어내리는 아들을 보게 될지도 모릅니다. 못할 것 같은가요? 한번 한다면 하는 놈입니다. 어머니 말씀처럼 고집부리기 시작하면 아무도 못 말릴 똥고집만 센 놈이잖아요, 제가.

답답해 미칠 것 같아요. 제발, 뭐라고 말씀 좀 해보란 말입니다.

막상 저를 차에 태우고 나니 감당이 안 되시나요? 뭘 어떻게 어디서부터 말해야 할지 고민하고 계신 건가요? 좋아요. 얌전히 있을게요. 어머니와의 작별이 낼모레인데 못 들어줄 말이 뭐가 있겠어요. 아침부터 유난 떤 걸 보면 작정하셨단 건데, 뱃속이 허전하도록 꺼내봐 보세요.

여전히 말씀이 없으시네요. 운을 떼기가 그토록 힘드신가요? 그렇게 힘든 거라면 하지 마세요. 어머니가 왜 이러시는지 전혀 짐작 못할 바도 아니에요. 그래서 불안해요. 집으로 돌아가고 싶어요.

한동안 어머니와 저, 각별한 사이였죠. 언제부터인가 균열이 생기기 시작했다는 거 모르진 않을 겁니다. 균열은 점점 뒤틀리고 어머니와 저의 관계가 산산조각 날까 봐서 서로 피하면서 살아온 지난날이었어요.

아무래도 오늘이 그 균열의 끝을 봐야 하는 날은 아닌가. 산산이 부서지고 말 그런 일이 벌어지고 있는 건 아닌가. 걱정과 두려움이 앞서요. 끝을 제대로 봐야 새로운 시작도 할 수 있는 거라고 말씀하셨나요? 하지만 어쩌죠? 어머니가 말씀하시는 그 끝이라는 걸 저는 조금도 보고 싶지 않은데.

어머니의 입술이 움직이는 걸 보니 이제야 말문을 여시려나 봅니다. 말씀해 주세요. 지금, 어디를 향해 가는 건지.

어디요? 어디라고요? 산소라고 하셨어요? 아버지 산소? 으하하하. 하하하. 하도 어이가 없으니 맥없이 터져 나오는 웃음이죠.

어머니가 농담을 그토록 험악하게 잘 하시는 줄은 몰랐습니다. 제게 아버지가 어디 있다고 그런 터무니없는 말씀을 하세요. 오늘따라 진짜 이상해요. 혹시 어머니의 몸속에 외계인이 들어가 점령하고 있는 건 아닌지 의구심이 드는 겁니다.

멀쩡하다고요? 족보에도 없는 아버지를 그런데도 제게 들먹이셨단 말이로군요.

제게는 태어나 한 번도 입 밖으로 내어본 적 없는 이름이자 존재라는 걸 잘 아시면서. 정신 차리라고 물수건으로 어린애 다루듯 세수를 시키더니, 납치하듯 억지로 차에 태우더니, 없는 아버지를 만나게 하겠다는 그런 가당치도 않은 셈을 하고 계셨던 거로군요.

미리 알았다면 절대로 어머니 차에 타는 일은 없었을 테죠. 유괴든 납치든 그 뭐든 말이죠. 제가 귓등으로도 듣고 싶어 하지 않는 아버지에 관한 것이니 어머니의 행동이 이제야 이해가 가네요.

긴한 일이 있는 듯, 중대한 일이 있는 듯 절 속여 가며 차에 태운 걸 보면 어머니도 내심 두려웠던 겁니다. 제가 어떻게 반응할지 모르니.

정말이지 허탈한 웃음만 폭죽처럼 빵빵 터지는 일을 벌이신 겁니다.

어릴 적 아니 제가 세상에 처음 나오던 날부터 다른 친구들은 옷처럼 입고, 끊임없이 입에 달고 다니던 '아버지'란 존재가 제게는 없었다는 거, 어머니는 누구보다 잘 알고 계시잖아요.

그러지 말라고요? 뭘 그러지 말라는 건데요? 세월이 흘렀다고 말씀하시는 건가요? 세월이 제아무리 흘러도 변할 수 없는 게 있어요. 아들의 이름을 불러주기는커녕 눈앞에 뻔히 두고도 시치미 뚝하던 그런 사람이 아버지라고, 곁눈으로 저를 도둑질하던 사람이 제 아버지라고 감격이라도 하란 건가요? 인정하고 받아들이라고요?

이거야 정말, 황송해서 몸을 어디다 둬야 할지 모르겠네요. 고맙다고 큰절이라고도 올려야겠네요. 열아홉 내 짧은 인생에 저를 배척한 아버지가 있었다는 걸 받아들이라고 강요하는 건 너무도 잔인한 처사예요.

제 마음까지 어머니 마음대로 휘두르지 마세요. 제발. 아버지에 대한 존재를 몰랐더라면 좋았을 것을. 그랬다면 막연한 공상과 상상만으로도 충분히 아버지를 그리워하며 열아홉 생을 살았을 수도 있었을 겁니다. 내 아버지가 아니라고 부정하고 벗어나려고 애쓰는 그런 짓은 안 해도 됐을 테니 말입니다.

고작 무덤에 누워있는 남자를 만나겠다고 어머니는 그토록 곱게 화장하고 새 옷을 꺼내 입은 건가요? 숨겨둔 애인을 만나러 가는 그런 여자들처럼 말이죠. 기가 차고 코가 다 막힐 일이네요.

입버릇처럼 어머니가 그러셨어요. 어릴 때의 기억은 평생을 따라다니는 거라고. 그때는 정말 몰랐어요. 어린 저를 보며 토해내던 말들. 그것이 무슨 뜻인지, 무슨 의미인지 그때는 정말 몰랐어요.

하지만 어머니는 알고 계셨어요. 그 일이 평생 족쇄가 되어 저를 따라다닐 거라는 걸 말이죠.

제게 말 한마디 안 했던 건, 설명을 해주지 않았던 건 그래서였어요. 제가 기억하는 걸 원치 않아서였던 겁니다. 단순한 상처가 아니라 원망과 증오로 남게 될 거라는 걸 아셨던 겁니다. 그 남자가 소문 속의 주인공을 가장하고 우리 가족 앞에 나타났을 때, 그날의 일이 지금도 어제 일처럼 생생하게 기억이 나는 걸요.

그날은 리아 할머니의 기일이었죠. 남자를 바라보던 어머니의 칠흑 같은 얼굴빛. 눈가에 어리는 황당함을, 슬픔을 감추기 위해 고개를 외로 꼬던 어머니를 기억합니다.

어머니는 고사리 같은 작은 내 손을 꽉 쥐었어요. 어찌나 꼭 쥐었던지 손가락 끝에 쥐가 날 정도였어요. 그래도 좋았어요. 어머니가 절 지켜주고 있는 것만 같아서.

그 남자의 방문은 별로였어요. 기분이 영 안 좋았어요. 우리 집에서 어서 나가라고 소리치고 싶은데, 어머니의 눈물은 그런 제 말을 삼키게 만들었죠. 어린 생각에도 뭔가 심상치 않은 일이 벌어지고 있다는 것을 느꼈어요. 찜찜한 기분이 두려움으로 변한 건 그 때문이었어요.

우리집을 멋대로 휘젓고 다니던 그 남자. 공방으로 돌아온 어머니는 어린 저를 부여안고 한참 동안이나 속울음을 토해 내셨어요. 그런 어머니가 가여워서, 제 숨이 막혀 가는 데도 놓아달라는 말은 차마 할 수가 없었어요.

어머니의 한이 깊은 동굴 속에 들어앉아 있다가 나온 겁니 다. 어머니의 삶이 저로 인해 가득 채워졌는데, 그렇다고 여 겼는데……. 그 남자의 등장 하나로 어머니는 당신의 지난 생을 몽땅 도둑맞은 사람처럼 한순간에 털리고 만 겁니다.

저를 껴안고 있는 어머니는 빈껍데기였어요. 초토화된 어 머니의 마음을 어찌 달래드려야 할지 그때는 어려서 방법을 몰랐어요. 그저 빨리 내일이 왔으면 좋겠다고만 생각했어 요. 그래야 그날의 검은 그림자가 사라져 버릴 테니까.

어제일 같은 그때의 일을 떠올리자면, 어머니를 홀로 남겨 두고 떠나야 하는 제 마음이 천근만근인 겁니다. 유학을 포 기할까 그러면 마음이 편해질까? 하지만 여기 이대로 남아 서 내 꿈을 이루고 살 자신은 더욱 없는 겁니다.

어쩌다가 이렇게 못난 놈이 되었는지, 저도 잘 모르겠습니 다. 어머니를 슬프게 하고 싶은 생각은 없었는데 입만 열면 제 상처를 후벼 파지 못해 안달인 겁니다. 제가 비참해하면 할수록 어머니가 절 건드리지 않을 테니까. 몹쓸 자식이죠. 정작 입 밖으로 꺼내야 할 마음은 안에서 곪아 터지도록 놔 두고 어머니의 심장을 콕콕 찌르는 말만 골라서 하는 거죠.

지금이라도 제 속에 있는 말을 다 꺼내 보란 건가요? 꺼내 놓고 나면 상처받을 사람, 또 어머니뿐일 겁니다. 그래도 상관없단 건가요? 하기는 어머니와 속내를 틀 기회가 지금이 아니면 언제 또 있겠어요.

그 남자의 산소에 가고 싶은 마음이 제겐 솔직히 없어요. 불쌍하게 여겨 달라고요? 천만에요. 측은하게 여길 만큼의 기억조차 내게 남겨 놓지 않은 사람인 걸요. 돌아보면 어처구니없고 한심한 일들 뿐인 걸요.

제 인생을 쥐락펴락하게 된 그날이 뇌리에 각인된 지 얼마 되지도 않았는데, 누군가의 영안실에 제가 있었어요. 그것도 상주노릇을 하면서. 그날에 제가 입은 상복이 무엇을 의미하는지 전 까맣게 모르고 있었어요. 아무리 어리다고 해도 내 아버지가 돌아가셨다는 것쯤은 알아야 했는데…….
철부지 아들처럼 어머니가 곁에 있으니, 그 주변을 맴돌며 놀았던 겁니다.

우리 가족 말고 다른 조문객은 한 명도 없는 참으로 쓸쓸한 영안실이었어요. 상주가 어떤 사람인지, 무엇을 하는 사람인지, 그날의 일을 누구도 내게 설명해 주지 않았어요. 이상하기만 했던 그날의 일을 알게 된 건 기억이 희미할 만큼 시간이 흐른 뒤였어요.

제 안에도 없던 제 아버지가 돌아가신 거라고. 친구 녀석이 그러더군요. 심장이 쿵하고 떨어지는 소리를 내더군요. 저는 허수아비였어요. 그 남자가 우리 앞에 나타났을 때, 가족 중 누구 한 사람만이라도 제게 진실을 말해주었다면 어땠을까요?

"저 사람이 네 아버지다. 네 아빠야."라고. 그랬다면 아버지를 알아볼 기회가 됐을지도 모르는데. 아버지와 아들이 서로를 확인하고 신뢰를 쌓을 기회가 됐을지도 모르는데……. 할아버지도 고모도 하물며 어머니조차도 제게 말씀해 주지 않았어요. 가족 모두가 침묵함으로써 제게서 아버지를 앗아가 버렸어요. 그래 놓고선 이제 와서 뻔뻔스럽게 제게도 아버지가 있다고 강요하는 거죠.

왜 그러셨어요? 제 앞에 아버지가 계셨는데, 왜 낯선 사람으로, 지나가는 사람으로 여기게 했는지 이제는 대답해 주실 수 있나요? 아니, 됐습니다. 자기 자식을 몰라본 사람은 어머니가 아니라 그 사람인 걸요. 인생이란 게 그럴 수도 있는 거라고 수도 없이 들어온 걸요. 어머니의 잘못만은 아닙니다.

시간은 흘렀고, 그 남자도 이 세상 사람은 아닌 걸요. 진실을 알 기회를 잃어버린 순간, 아버지란 사람은 제 안에 살지 않는 존재가 된 겁니다. 구하는 것조차 제게는 사치스러운 일이라고 여기며 여태껏 살아 왔는 걸요.

내 안의 결핍을 채우는 확실한 방법. 그 결핍을 잘라내는 것뿐인 걸요. 다른 가족들을 원망할 마음 따위 제게는 없어요. 제게 아버지가 없었던 것처럼 어머니한테도 남편이란 존재는 없었으니까. 같은 처지였어요, 어머니와 저는.

아예 없는 사람 치부하며 지금껏 용케도 잘 버텨 온 거죠. 그런데 이제 와서 누굴 만나러 간다고요? 세상에나. 그런 청천벽력 같은 말이 또 어디 있어요. 자기 자식을 데면데면 외면한 사람인데. 이 나라 국민이 다 아는 영웅이 자기 자신이라고, 그런 말도 안 되는 허세와 거짓말을 늘어놓다가 사라진 사람인데. 차, 세워주세요!

미안하다는 말도, 잘못했다는 말도 그만하세요. 어머니가 대체 왜 그러시는 건데요? 뭐가 그렇게 미안하고 또 뭘 그렇게 잘못했다는 건데요? 신물 난다고요. 아버지한테 버림받은 건 제가 아니라 어머니예요. 제겐 아버지가 애초부터 없었어요. 그러니까 그 남자가 제 아버지라고 강요하지도, 들먹이지도 말란 말씀입니다. 제발이지.

내 안의 화가 자꾸만 밖으로 뻗쳐 나오려고 해요. 그토록 무심해지려고 애썼는데, 지우려 애썼는데……. 아버지란 족쇄로부터 한 발자국도 벗어나지 못한 것 같아 두렵다고요. 이토록 완강하게 거부하는 건 아버지란 존재가 제 가슴에 뼈아프게 박혀 있기 때문일지도 모르겠어요. 이것밖에 안 되는 제 자신이 싫어요. 증오스럽다고요. 단 한 번, 그것도 힐끔인데. 그날의 기억은 너무나도 선명해서 미치겠다고요. 이런 제 마음도 모르시면서 어머니는 끝내 저를 들쑤셔 놓고야 마는군요.

있지도 않은 아버지 때문에 제 감정의 밑바닥을 뒤집어놓은 소감이 어떠신가요? 만족스러우신가요? 어떻게 할까요? 제가 어떡하면 되겠습니까, 어머니?

진즉에 알고 있었어요. 어머니가 해마다 그 남자의 산소를 찾아갔다는 사실을. 저를 데려가고 싶어 제 눈치를 살폈다는 것도 알아요. 인정머리 없는 자식이라 함께 가자는 말은 씨알머리도 안 먹힐 그런 얘기였어요. 제가 먼저 항상 선수를 쳐버린 겁니다.

언젠가는 제 마음이 바뀔 거라고 생각했나요? 그런 날은 좀처럼 오지 않고 어머니의 마음만 절박해진 겁니다. 떠나면 언제 다시 돌아올지 알 수 없게 되어버렸으니까요.

그 사람 앞에 저를 보여주고 싶은 거겠죠? 어머니의 한을 풀고 싶은 거겠죠?

나를 위해서라고 하실지 모르지만 그건 순전히 어머니 자신을 위해서라는 걸 아셔야 합니다. 그 사람과의 추억을 간직한 사람, 어머니잖아요. 그 사람의 산소에 가지 않으려고 제가 어떤 짓을 했는지 아세요?

시험을 핑계 대고, 친구를 핑계 대고, 도서관을 핑계 대고 아예 집에 들어가지 않았어요. 행여 어머니가 말을 꺼낼까 싶어 제가 먼저 매몰차게 둘러댔어요. 그렇게 이리 피하고 저리 피하면서 제가 마냥 편하고 통쾌하기만 했을까요?

무덤에 누워있는 그 남자, 나와는 무관하다고 숱하게 반복했어요. 어떻게든 엮이고 싶지 않았고, 무덤과 마주하는 건 죽기보다 싫었어요. 그런데 참으로 아이러니한 일이에요. 저와 상관없는 남자라고 떼어내려고 하면 할수록 끈덕지게 달라붙더군요. 그 사람의 유령이 제 안에 들어와 사사건건 시비 걸고 간섭했어요. 굳이 그 사람의 무덤까지 가지 않아도 그는 제 지난 시간을 잡아먹고 그것도 모자라 끊임없이 괴롭혔어요. 맞서 싸워야만 했어요.

몰랐을 때는 아무런 문제도 없었는데……. 그 남자가 제 아버지였다는 것을 알고 나니까 모든 게 다 문제가 되어버렸어요. 제 친구들 대부분이 편모거나 편부여서 양친이 다 있어야 된다는 생각은 해본 적 없어요. 다들 이 빠진 가족인데 잘만 살았으니까요. 저도 그 친구들과 다를 게 없었어요.

그 남자의 존재를 인식하게 된 그 순간부터 말로는 헤아리기 어려운 상실감이 제 안에 블랙홀처럼 자리했어요. 가져본 적도 없는 것에 대한 상실감이라니. 그야말로 웃기는 얘기죠. 더 기가 막힌 건 뭔지 아세요?

상실감의 끝에서 저를 기다리고 있었던 건 허전함이나 그리움이 아니라 분노와 복수심이었어요. 나를 외면한 그 남자처럼 나도 철저하게 외면해 주겠다고 다짐했어요. 그런데 왜, 어머니가 그런 제 마음을 멋대로 휘저어 놓으시는 거냐고요?

가엽다는 그런 눈길로 저를 보지 마세요. 못된 놈이라고 욕하세요. 천하에 막돼먹은 불효 막심한 놈이라고 야단치세요. 어머니는 끝내 저를 그 남자의 산소 앞에 세울 작정이겠지만 전 절대로 가지 않을 겁니다.

그때는 어려서, 아무것도 몰라서 허수아비 상주노릇을 했겠지만 지금은 아니에요. 어머니한테는 그 남자가 어머니 아들의 아버지로 남아 있을지 모르겠지만 난 아닙니다. 그건 어디까지나 어머니만의 일이에요. 저를 억지로 갖다 붙이려 들지 말아요. 제 마음이 더 삐뚤어지기만 할 겁니다.

내 분노가, 내 미움이 무슨 짓을 할지 모른다고요. 제발 부탁드려요. 그래도 가셔야겠다면 저를 여기 내려두고 혼자 다녀오세요. 그 사람을 아버지로 받아들일 심장이 제게 없다는 걸 알아달란 말입니다. 앞으로도 그를 제 아버지로 여기는 그런 날은 오지 않아요.

어머니의 공방에 종종 놀러 오시는 버스 운전을 하시는 그분이 제겐 아버지예요.

뭐라고 하셨어요, 지금? 어머니의 목소리가 귀에 잘 닿지 않아요. 유언? 유언이라고 말씀하셨어요? 저 때문에 생을 놓겠다, 뭐 그런 말씀은 아니시겠죠?

그럴지도 모른다고요? 기가 차네요. 아들을 유괴한 것도 모자라 협박까지 하는 어머니라니. 감정을 앞세워 막장까지 가 보자는 말씀인가요? 그런 일은 없어야 해요.

죽은 사람을 놓고 어머니와 제가 이토록 싸워야 하는 까닭이 대체 어디에 있나요? 할머니 때문인가요? 어머니와 저를 살려줘서? 이도 저도 아니면 그 남자가 할머니의 가슴에 박힌 아들이어서 그런 건가요? 어머니의 눈가에 맺히는 소리 없는 눈물이 제 가슴을 후벼 파네요.

제가 졌어요. 그렇다고 좋아하긴 아직 일러요. 어머니의 뜻은 이뤘을지 모르지만 제 속은 어머니가 모르는 일인 겁니다. 저와는 무관한 사람의 무덤 앞에 서주는 것만으로 어머니의 남은 인생이 편하다면 못할 것도 없는 겁니다. 이제 떠나면 언제 다시 이 땅을 밟게 될지 모르니까. 알겠습니다.

그 사람의 무덤 앞에서 제가 할 말이 뭐가 있을까 싶지만 할머니를 봐서, 어머니를 봐서, 유언이나 다름없다 하시니 소원대로 해드릴게요. 어머니 평생의 한은 이것으로 풀린 겁니다. 어머니와 저의 합의가 원만하게 이뤄진 거라고 여겨도 될까요?

뭐, 뭐라고요? 아직 마음의 준비가 안됐는데……. 벌써 도착한 거예요? 어머니의 소원이요? 오랜 저항감이 단박에 사라질 리 없잖아요. 머리는 분명 알았다고 하는데, 마음과 몸은 머리처럼 움직여주지 않아요.

어머니, 먼저 가세요. 여기까지 와서 약속까지 했는데 더는 도망치지 않을 겁니다. 그저 조금만, 제게 조금만 시간을 주세요. 어디로 튈지 모르는 제 마음을 달래고 난 다음에요.

리아 할머니의 묘가, 그 사람의 묘가 보여요. 할머니의 묘와 나란히 있는 저 묘가 그 사람의 것이군요. 절 그토록 예뻐했는데, 할머니의 묘마저 제게서 멀리 떼어놓은 인간이 내 아버지라니. 제가 보고 싶은 사람이 있다면, 그건 할머니뿐이라는 걸 알아주세요. 그리워도, 오고 싶어도 오지 못한 심정을 할머니는 헤아려 주실까요? 왜 이제야 온 거냐고 역정 내실까요?

할머니는 제 수호천사였는데, 어쩌자고 나와는 상극인 저 사람을 곁에 두신 걸까요? 그 사람을 더 좋아해서 그런 것일 테죠. 할머니의 아들이니까.

여기까지 왔는데, 그 사람의 묘를 마주하는 게 왜 이토록 어려운 건지 모르겠어요. 어머니가 당신의 유언이라 협박하시니 들어주자 하면서도 머리로는 골백번도 해줄 수 있을 것 같은데.

그러기로 했는데…….

미련한 마음은 속 좁게도 주삿바늘 끝도 들여놓지 않으려고 하는 겁니다. 어쩌면 좋을까요? 인자하고 지혜로운 할머니! 묘안이 있다면 알려주세요.

어머니는 끝내 그 사람 앞에 절 데려다 놓았어요. 차마 함께할 수는 없는지 저만치 떨어져 엉뚱한 곳만 바라보고 있는 겁니다. 썩어 문드러진 속의 고약한 냄새를 바람에 실어 보내고 있는 겁니다.

어머니의 저 속이 저 때문이기만 한 걸까요? 아닙니다. 바로 당신 때문입니다. 오늘의 일은 모두 당신으로부터 비롯된 일이니까. 결국은 이렇게 당신과 제가 마주하게 되고야 마는군요.

아저씨? 당신? 아버지? 뭐라 불러드려야 할까요? 어떤 것도 당신을 칭하는 거라면 어색하고 입이 떨어지지 않는데…….

뭐부터 시작할까요? 그게 좋겠네요. 당신이 제 아버지가 아니라는 것부터 확인시켜 드려야겠네요. 매몰차다, 인정머리 없다 여겨도 상관없어요.

저를 아들이라 여길 생각은 감히 하지도 마세요. 당신은 결코 저, 문단비의 아버지가 될 수 없습니다. 그런데도 제가 왜 여기 있냐고요? 순전히 어른들의 일에 얽히고 설켜서 일어난 일일 뿐입니다.

내가 여기 있는 이유는 당신의 어머니와 제 어머니를 위해서라는 걸 말해둡니다. 당신과 당신의 인생을 측은하게 여기기엔 제가 아직 철이 안 들었어요. 철이 들고 싶은 생각도 없어요. 당신에 대한 거라면 무엇도 이해하고 싶지 않으니까.

시간을 거꾸로 되돌릴 수 있다면, 당신을 만난 그날로 돌아가 당신과 만난 그 순간조차 도려내고 싶습니다. 지금껏 키워온 당신에 대한 분노와 증오의 싹을 싹둑 잘라낼 수만 있다면 말이죠. 당신을 보지 않았다면, 아버지의 빈자리 그대로 간직할 수 있었을 텐데……. 얄밉게도 그 기회마저 앗아가 버린 당신은 나쁜 사람인 겁니다.

저를 힐끔 보던 당신의 그 눈빛이 지워지지가 않아요. 이토록 참혹한데……. 당신을 만난다면 지쳐서 나가떨어질 때까지 맨주먹으로 맞서 줄 생각이었는데……. 이렇듯 말 한마디 할 수 없는 당신이라니. 당신에 대한 복수 따위는 제 기억에서 완전히 지워버리는 건데, 그림자조차 지웠어야 했는데……. 나의 뇌를 재부팅시킬 수만 있다면 그러고 싶은데 손을 쓸 방법이 좀처럼 없는 겁니다.

당신 때문에 끓어오르는 분노를 애써 억누르는 제가 보이나요? 돌이킬 수 있는 날들은 흔적도 없고 애증만 태산처럼 쌓인 겁니다. 이제 와서 무슨 할 말이 있겠어요. 이대로 시간이 강물에 흘러가 버렸으면 싶은 거죠.

여기 이렇게 산자락에 누워 혹시라도 제가 오기를 기다렸나요? 눈곱만치라도 저를 그리워하긴 했나요? 부질없는 질문들을 쏟아놓다니 어리석은 겁니다. 무덤에 들어간 사람을 놓고서 시비도, 싸움도 걸 수 없는 유령을 두고 이게 뭐하는 짓인지…….

당신이 이겼습니다. 그동안의 제 방황이 안타깝기까지 하네요. 당신이란 유령은 끝까지 날 쫓아다녔는데……. 이렇듯 허전하기만 한 건 왜일까요? 무덤과 막상 마주하고 보니 당신에 대한 원망과 증오가 허무하게 스러지네요.

리아 할머니의 기일이 있고 난 며칠 뒤, 할아버지의 복권방을 찾아왔었다죠? 해가 질 무렵, 작은 비바람에도 떨어져 나갈 벚꽃 같은 가녀린 웃음을 대동한 당신은 미안함과 함께였다고 할아버지는 말씀하셨죠. 그리고 또, 살인미수로 할아버지의 손에 체포되어 경찰서로 향하던 스물둘의 당신과 할머니가 계신 곳을 알기 위해 찾아온 마흔둘의 당신은 달라진 게 하나도 없었다는 말씀도 하셨습니다.

할아버지한테는 여전히 눈치를 살피고, 의지가지 할 곳 없이 바람 따라 허공에 날리는 낙엽이 바로 당신의 모습이었던 겁니다.

할아버지는 입버릇처럼 말씀하셨죠.

"숨 쉬는 자신의 존재조차 불미스럽게 여기는 가여운 녀석이지. 척박한 삶을 조에게 줄 양이면 신은 사자의 심장을 그에게 줬어야 옳았어. 신은 어쩌자고 그런 녀석에게 하얀 심장을 줘야만 했는지 내 눈앞에 신이 있다면 한번 따져보고 싶은 심정이야."

그건 당신을 사랑한 할아버지의 마음이었어요. 언젠가 할아버지가 남긴 일기를 본 적 있습니다. 당신과 관련된 거라면 뭐든 치떨려 거부했는데, 호기심에 그만 나도 모르게 훔쳐보고야 만 겁니다.

—

리아의 기일에 나타난 조는 연극배우와 조금도 다를 게 없었다. 사자의 심장을 가면으로 쓴. 그런 조가 측은하고 또 한편으로 나는 화가 났다. 가짜 가족을 대동한 조로 인해 내 노여움은 극에 달했지만, 나는 아무 말도 아무 짓도 할 수 없었다.

살아생전의 리아가 그토록 오매불망 기다리던 그녀의 아들 조가 아니던가.

그 녀석과 동행한 여자의 정체를 파악하는 것은 식은 죽 먹기보다 쉬운 일이었다. 한때는 강력계 형사였고, 구린 사람을 본능으로 알아채는 능력이 내게 조금은 남아있었다.

조가 화제의 남자 이야기를 입에 올린 것은 정말이지 뜻밖이었다. 그것도 자신을 그 남자로 둔갑시켜서 말이다. 내 분기가 한순간에 초토화된 건 그때였다.

허탈함이 삽시간에 날 덮쳤다. 자신의 포장에 목매달고 조는 끝까지 우리를 속였다. 빤히 보이는 거짓말로. 내 심장은 갈가리 찢겨 나갔다. 조를 붙잡고 싶었다. 이제 어디도 가지 말고 나와 내 집에서 함께 살자고. 그러지 못했다. 조의 마지막 자존심을 지켜주고 싶어서였다.

가족 앞에서 거짓말을 할 수밖에 없었던 조. 하루하루 가시덤불 속을 헤매며 지옥문 앞에서 생사를 오락가락했을 것이다. 장한 아들이 되고 싶었겠지만, 몸이 빠져나간 옷처럼 그의 일신은 바닥으로 추락했다. 세워도 세워지지 않는 껍데기처럼.

리아가 보고 싶었다면, 조는 만사를 제쳐두고 달려왔어야 옳았다. 만신창이가 됐든, 살인미수를 또다시 저질렀든, 악마가 됐든 그런 것은 하나도 중요하지 않았다. 자식이 엄마를 찾아오는데 형편 따위는 상관없는 일이다.

하지만 내 눈치를 본 조는 그 기회를 영원히 잃어버렸다. 한때나마 사랑했던 아리와 자신의 아들조차 외면해야 할 만큼 조는 척박한 곳에 살았다.

우리 중 누구보다 예민한 조는 아리가 누군지 분명히 알았다. 먼 친척이라고 아리를 소개했을 때 조는 단비를 힐끔거렸다. 조의 몸이 아주 잠깐 심하게 중심을 잃었다. 그럼에도 진실을 털어놓지 못했다.

조는 원래 그런 녀석이다. 용기도 배짱도 없는. 거짓말조차 능숙하지 못해 들키고 마는. 가짜 가족을 대동한 자신의 함정에 빠져 쓸데없는 연기를 계속하는 바보.

갈 곳도 없는 조를 등 떠밀어 보냈다고, 리아의 유령은 화가 단단히 난 모양이다. 조가 다녀간 후로 리아의 유령이 나타나질 않는다. 외로워서 미칠 것 같다. 그리워서 죽을 것만 같다. 환영이나마 내겐 위안이자 행복이었는데 내 곁에서 완전히 떠나버렸다.

오, 리아!

리아의 환영이나마 보고 싶던 차였다. 공동묘지관리소에서 한번 다녀가야 할 것 같다는 전갈이 왔다. 그때 떠오른 건 조였다.

란의 차를 빌려 타고 리아의 묘가 있는 곳으로 갔다.

저녁 무렵에 도착한 묘지는 붉은 노을로 물들어 있었다. 리아의 무덤가에 조가 행복한 미소를 머금은 채로 잠들어있었다. 조의 코끝에 손가락을 대봤지만 숨 한 점이 없었다.

묘지관리소 직원이 내게 말했다. 리아의 무덤 곁에서 조가 먹지도 잠을 자지도 않은 채로 꼬박 일주일을 있었다고.

조가 가고 한 달이 지났다.

손바닥만 한 복권방에서 나는 손님을 맞이한다. 어제와 같은 오늘로. 눈 뜬 장님이 되어서. 멀쩡한 귀를 갖고도 소리를 듣지 못하는 귀머거리가 되어서. 아리는 통 연락이 없다. 란과는 곧잘 전화를 주고받았었는데 그조차도 없는 눈치다.

란도 아리도 어느 때보다 힘겨운 날들에 파묻혀 있을 것이다. 기현이 녀석도 볼 수 없기는 마찬가지다. 어떻게 지내는지 내가 먼저 옆집으로 건너가 볼까도 싶지만 쓸데없어 관둔다.

나는 이세 란이 집에 들어오는 시간을 모른다. 조가 떠나고 란이 내게 말하는 퇴근 시간은 형식적인 것이 되어버렸다. 란은 자신이 말한 그 시간에 귀가한 적이 없다. 그녀를 위해 내가 차린 따뜻한 밥상은 매일 저 홀로 식어간다.

란이 혹독하게 구는 이유를 나는 안다. 리아가 떠나던 날, 그녀와 란이 다투던 얘기들. 본의 아니게 내가 다 들어버렸다는 걸 알아버렸다. 그 때문일까? 그 이후로 란의 말수는 확연히 줄고, 당최 속을 보이지 않는 딸로 돌변했다.

조가 있는 곳을 알아낸 그날, 리아의 감정은 극에 달했다. 조의 불행을 감당하지 못했고, 끝내는 혼절했다. 깨어난 리아는 차마 입에 담지 못할 저주를 란에게 퍼부었다. 그것은 리아가 아니었다. 자식의 불행에 마음이 타버린 가여운 여인일 뿐이었다.

란은 리아가 조만 위한다고 여겼다. 눈앞에 없으니 푸념처럼 수시로 나가는 말이었을 뿐인데. 조와 란, 리아에겐 똑같이 꽃같은 존재였다. 아이러니하게도 리아의 곁에서 행복해야 할 란은 상처받고 스스로의 불행을 짊어져야 했다.

리아의 방을 뛰쳐나오던 란을 나는 숨어서 보았다. 란은 추스를 수 없는 비탄에 잠겨 있었다. 무슨 일이냐고 물어도 란은 어금니만 꽉 물었다. 란의 살들이 부들거렸고 란은 말했다. 집을 나가겠다고.

리아는 일대 혼란에 빠졌다. 조 때문에 란까지 잃게 된 리아의 자책은 도를 넘어섰다. 조의 심약한 심장은 리아로부터 물려받은 것은 아닐까, 하는 생각이 든다. 제정신이 아닌 리아의 악담과 저주에 란은 깊은 상처를 입었고, 란의 의절에 리아의 심장은 견디지 못했다.

그리고 리아의 심장이 그날에 영원히 멈춰 버렸다.

리아의 유령은 그녀를 땅에 묻고 돌아온 날부터 나타났다. 유령일망정 리아를 볼 수 있어서 나는 다행이었다. 하지만 조가 리아를 찾아간 그날부터 리아의 유령과 사는 내 일상은 애석하게도 막을 내리고 말았다.

리아의 유령이 나타나지 않는다.

아픈 손가락을 곁에 둘 수 있어서 리아는 지금 행복할까?

내게 오지 않는 걸 보면 조와 보내는 시간이 깨소금 맛인 것이다. 나 같은 건 이제 안중에도 없다. 그때마다 생색을 내고 싶어진다. 조를 리아 당신에게 보내준 사람이 나란 걸 꼭 알아달라고.

내가 할 일이 점점 없어진다. 낯선 사람들처럼 란도 단비도 내게서 멀어져만 간다. 미움과 증오가 들끓었더라도 리아와 살았던 그 시절이 내게는 호시절이었다.

오늘따라 혼자 있는 이 집이 더할 수 없게 적막하다. 리아가 없는 집이 한없이 따분하기만 하다.

나도 이제 떠날 때가 되었나 보다.

—

결핍으로 태어난 당신을 할머니에게 보낼 수밖에 없었다는 할아버지의 말씀, 그때는 그게 무슨 뜻인지 감을 잡지 못했는데 여기에 오니 알 것도 같네요. 당신의 죽음 앞에 내 설움과 증오는 부질없는 짓이라는 걸 이제야 알 것 같네요.

나뭇가지에 바람이 이네요. 제 지난날을 저 바람에 죄 실어 날려버리고 싶군요.

당신이 할머니의 무덤가에 집을 짓고 난 다음, 남아 있는 우리 가족이 어떻게 됐는지 궁금하시겠죠?

당신이 떠난 이듬해, 할아버지 문재식 씨가 돌아가셨어요. 등산은 평소 좋아하지도 않는 분이셨는데……. 그날은 무슨 심정의 변화가 생겼는지 산악동호회 사람들을 따라 산에 가셨어요.

할아버지의 심장에 이상 징후가 생긴 건, 등산을 마치고 내려오는 길에서였어요. 일행들이 119에 전화를 했고 할아버지는 구급차에 실려 병원 응급실로 옮겨졌어요. 하지만 이미 숨을 거둔 뒤였어요. 사인은 심장마비였어요.

저는 학교 수업 중이었고, 할아버지의 임종은 지키지 못했죠. 아침까지 멀쩡하시던 분이 그렇게 홀연히 사라지셨으니 저로선 실감 나지 않는 일이었어요. 돌아가셨다는 게 믿기지 않았어요. 할아버지 집에 들어서면 금방이라도 무뚝뚝하게 왔냐고 말해 줄 것만 같은데…….

할머니가 없으면 안절부절못하시던 할아버지가 할머니 안 계신 집에서 몇 년씩이나 더 사셨다는 게 신기한 일인지도 모르죠. 그분들은 한몸처럼 거의 매일 붙어다녔어요. 할머니가 살아계셨을 때는 말이죠. 그런데 왜 할머니 묘 옆을 당신이 차지한 건지. 할아버지는 당신의 자리를 왜 내주었는지 나로서는 이해하기 힘든 겁니다.

등산길에 비명횡사한 할아버지도 우리를 놀라게 했지만 우리는 더욱 놀라게 만든 건 기현이 삼촌이에요. 옆집 아저

씨라고 해야 맞겠지만 삼촌이란 말이 입에 붙어서 잘 떨어지지 않네요. 고모와 삼촌을 떼어놓고 생각할 수는 또 없는 일일 테죠. 기현 삼촌이 띠 동갑의 어린 여자와 결혼했다는 게 믿기시나요?

삼촌이 결혼한다고 했을 때, 우리는 농담하는 줄 알았어요. 만우절은 아니라서 농담만은 아니라는 걸 알았죠. 다들 넋이 나간 듯 한참이나 멍해 있었어요.

고모가 혼자 있는 한 노총각으로 함께 늙어갈 거라던 말은 순전히 거짓말이었던 겁니다. 삼촌과 결혼하는 일은 없을 거라던 고모였는데, 막상 일이 그렇게 되고 나니까 배신감이 들었나 봐요. 사람의 마음이 이율배반적이라서 고모의 마음과 머리도 따로 놀았겠죠. 지금의 저처럼.

늘 곁에 있던 사람을 잃은 허전함 때문이었을까요? 술은 입에도 안대는 고모였는데……. 삼촌이 신혼여행을 떠난 그날밤에 혼자서 술잔을 기울였어요. 지금의 저였다면 삼촌 흉이나 보고, 욕이나 잔뜩 해주면서 같이 마셔줬을 텐데……. 그때는 보고 있는 것만으로도 조바심이 났어요. 무슨 큰일이 벌어지는 건 아닌가 하고 말이죠.

고모도 어머니처럼 혼자구나. 물밀듯이 밀려드는 고독한 어둠이었죠. 잠결에 요의 때문에 나왔다가 봐서는 안 되는 걸 본 아이처럼 있는데 고모가 말을 걸어왔어요.

"나랑 한 잔 할래?"

고모는 그 어느 때보다 화사하게 웃고 있었는데……. 슬퍼 보였어요. 웃는 게, 웃는 게 아니었어요. 옆집에 살던 남자가 결혼을 한 것뿐인데……. 고모는 축하한다고 속이 다 후련한 듯 큰소리를 쳐놓고는 알맹이가 빠져나간 사람처럼 술로 밤을 채웠어요. 마음을 채우고 싶은 거였겠지만 구멍 난 항아리를 채우는 일이었겠죠.

그날 고모의 가슴에 뻥 뚫린 큰 구멍을 보고야 말았습니다.

"네가 좀 더 크면 고모를 이해할 수 있을 거야. 참, 징글징글한 인생이다. 그렇지?"

취한 고모는 저를 앉혀놓고 제가 알아듣지도 못할 얘기를 횡설수설 쏟아놓았어요. 고모를 위로해줄 방법을 모르는 저는 고모가 건넨 술을 물처럼 단숨에 마셔 버렸죠. 목덜미와 입안이 화끈거리더군요. 딱 한 잔이었는데 뜨거운 불기운이 내 몸 안에서 올라오는 게 느껴졌어요. 머리는 핑 도는 것만 같고 발바닥에 있던 기운이 머리 꼭대기에 올라앉았어요. 그 한 잔을 감당하지 못해 탁자 위로 고꾸라져 버렸답니다.

술이란 괴물을 난 그때 처음 만났어요. 제 안에 있던 것들을 몸 밖으로 밀어내고, 내 의식조차 한 입에 꿀꺽 삼켜버리더군요. 불처럼 올라오는 그런 악마의 술을 고모는 약인 양 줄기차게 마셔댔어요. 퍼부었다는 게 아마도 더 맞는 표현

일 걸요.

그날 이후, '나랑 한 잔 할래?' 그 말은 고모와 저만의 비밀 암호가 되었답니다. 고모는 내 고민의 상담자가 되어주었고 우리는 어느 때보다 부쩍 가까워졌죠. 모든 게 제자리를 찾아갈 거라고 여겼는데……. 또 다른 혼란은 그때 찾아왔어요. 필리핀의 어느 휴양지 섬으로 신혼여행을 떠난 삼촌이 행방불명이 됐다는 겁니다.

신부는 혼자 돌아왔고, 고모는 삼촌이 결혼한다고 선언했을 때보다 더 심각한 혼란에 빠져버리고 말았죠. 삼촌의 여권과 지갑은 호텔방에 그대로 있었고 물병 하나도 갖고 나간 흔적이 없었다는데…….

사람만 감쪽같이 사라진 겁니다. 그것도 인생에서 가장 달콤한 꿈을 꾸고 있어야 할 신혼여행에서 말입니다. 삼촌은 신혼여행지에서 끝내 돌아오지 않았어요. 삼촌을 봤다는 사람도 없고 연락 같은 것은 더더욱 없었어요.

신혼여행지로 떠나던 날이 우리에겐 기현 삼촌의 마지막 모습이었어요. 웃음꽃으로 물든 행복한 남자였는데, 실상은 가장 불행한 남자였던가 봅니다. 고모와의 친밀감을 쌓아가고 있던 와중이었는데, 삼촌의 행방불명은 고모의 마음을 더는 열어볼 수 없게 만들었어요.

당신도, 삼촌도 더 이상 우리 가족의 대화에 끼어들 수는 없었어요. 누구도 언급하길 원하지 않았으니까.

"이제 어디든 내 마음대로 떠날 거야."

고모가 뜬금없이 말하더군요. 고모를 붙잡고 있는 사람은 아무도 없는데, 뭐가 고모를 떠날 수 없게 붙잡고 있었는지 나로서는 알 수 없는 일이었어요.

어쨌든 고모는 독일에 있는 모 대학의 교환교수를 자청했어요. 한 잔 하고 싶으면 언제든지 찾아오라는 말만을 남긴 채였죠.

그때부터였을 겁니다, 아마도. 나도 언젠가는 이곳을 꼭 떠나고야 말 것이다. 그렇게 작정했어요. 기회를 틈틈이 엿보면서 지나온 제 시간들인 겁니다. 그 열망 덕분에 나도 이곳을, 이 땅을 드디어 떠날 수 있게 되었죠.

어쩌다 보니 떠나는 사람들 얘기뿐이로군요. 떠난 사람들은 돌아오지 않고, 나 역시 돌아오지 않을 생각입니다. 어머니는 이런 내 작심을 눈치 채고 계셨던가 봅니다. 부득불 저를 여기까지 데려온 걸 보면 심상치 않은 제 기운을 감지했던 거예요.

좋은 기억이 아무리 많아도 나쁜 기억 하나가 좋은 기억 모두를 잡아먹고 말죠. 이곳에서의 제 기억은 좋은 것보다 안 좋은 기억만 가득 차 있는 겁니다. 지워지지 않는, 지울 수도 없는 당신은 제게 나쁜 기억인 거죠. 좋은 기억이 정말

없냐고 나 자신한테 캐묻기도 해요.

어머니한테 사랑하는 사람이 생겼다는 거? 나만 있으면 된다고 했지만 이제 난 어머니 곁에 없을 거니까. 어머니의 그 남자, 제게는 아버지나 다름없어요. 어머니한테 남자가 생긴 게 왜 내게 좋은 일이냐고 묻는다면 그로 인해 내가 마음 놓고 떠날 수 있기 때문이죠.

섭섭하신가요? 어머니한테 다른 남자가 생겨서? 내가 그 남자를 아버지라고 여겨서? 하지만 당신에겐 그럴 자격도 없는 거 아실 겁니다.

어머니의 호시절은 다 지나갔다고 말하지만 당신은 이 세상 사람이 아니고 어머니의 진짜 인생은 이제부터 시작인 걸요.

그는 절대 힐끔거리는 눈길로 나를 대하지 않아요. 내가 누군가를 아버지라고 부르게 된다면 바로 그분인 겁니다. 어머니의 눈물은 좀처럼 보기 힘든데, 그날은 보고야 만 겁니다. 내가 아버지라고 부르고 싶은 그 분과 마주했을 때, 할머니의 기일에 당신을 만나고 와서 흐느끼던 것과는 전혀 다른 종류의 눈물을 어머니는 흘리셨습니다.

아버지라면 질겁하던 내가, 아버지라는 단어조차 꺼내지 못하게 했던 내가 그분을 아버지라고 부르고 싶은 겁니다. 힘겨웠던 어머니의 지난날을 그분은 위로해 주었고, 포근히

감싸 안아주었죠.

그토록 환한 웃음이 어머니의 것이었다니. 나로선 믿기 힘든 일이었어요. 어쨌든 사람을 따뜻하게 만들어주는 그런 분이죠. 당신 앞에서 이렇듯 어머니의 남자 얘기를 하자니 통쾌한 기분이 들기도 하네요. 그런데 왜 이다지도 내 마음은 씁쓸한 걸까요? 내 어떤 말에도 대꾸하지 못하는 당신이 미치도록 원망스러운 겁니다.

아버지라 부르고 싶은 그분을 어디서, 어떻게 만났는지 궁금하시죠? 그날은 버스를 잘못 탄 날이었어요. 딴생각에 빠져 있다가 버스가 오자 사람들에 휩쓸려 올라탄 겁니다. 그때 무슨 생각을 하고 있었는지 지금은 가물가물해요.

금방 알아차렸더라면 학교 가는 노선으로 갈아탈 수도 있었을 텐데. 전혀 다른 길로 가고 있다는 것을 뒤늦게 확인한 겁니다. 학교는 빨리 가도 지각이었어요.

생각이 많던 그날, 버스를 갈아타고 학교에 가는 수고를 하고 싶지 않았어요. 학교에 가 봤자 몸만 교실에 있을 테니까. 잘못 탄 버스로 인해 계획에도 없던 내 일탈이 이뤄졌어요. 승객은 하나둘 줄어들고 혼자 남게 되었을 때, 내가 탄 버스는 낯선 차고지에 들어와 있더군요.

차창으로 보이는 낯선 풍경들, 낯선 사람들이 그곳에 있었어요.

목적도 없이 들어선 낯선 곳, 기분이 묘했어요. 잘못 들어선 정류장인데, 그곳에도 내가 사는 곳처럼 사람들이 살고 있었어요. 내가 살고 있는 곳과는 전혀 다른 세상. 내릴 생각도 못하고 멍하니 있는데, 누군가 내 어깨를 툭툭 치더군요.

"깜박 졸다가 여기까지 온 거 같지는 않군. 학교 가기가 그렇게 싫던가?"

내게 말을 거는 그 사람을 어리둥절한 표정으로 쳐다봤어요.

"여긴 칠천 칠백 칠십칠 번 버스 종점이야. 지금이라도 학교에 갈 요량이면 저쪽에 있는 버스가 곧 나갈 테니까 타고 가도록 해."

그 사람은 내게 친절을 베풀어주셨지만 학교로 돌아갈 생각은 없었어요. 적어도 그날만큼은. 엉뚱한 곳에 도착했지만 아무것도 걱정되지 않았어요.

학교 걱정은 사라졌고 갈피를 못 잡던 제 생각에서도 벗어났어요. 낯선 곳에 왔다는 두려움보다 새로운 곳에 왔다는 설렘이 더 크더군요. 내 자신이 완전 딴 사람이 된 기분이었어요. 어디서 그런 용기가 났는지. 그날만큼은 모험을 하기로 결심했죠.

틀에 박힌 학교 공부가 아니라 살고 싶은 욕망을 부추길만한 좋은 곳을 추천해 달라고. 그분은 내 말에 빙그레 웃으시더군요. 그리곤 말씀하셨어요.

"오늘만큼은 다른 걸 해보는 것도 괜찮을 거야."

"다른 거라니 그게 뭐죠?"

생전 처음 보는 사람인데 내게 너무도 자상한 겁니다.

"낯선 곳에선 길을 잃기 쉽지. 하지만 말이야, 좋은 시험 점수를 받는 일보다 너 자신을 아는 일이 훨씬 더 중요한 일이지. 네 목적지는 길을 잃고 헤맬 때, 더 잘 보일 수 있는 거거든. 자기 자신을 친구 삼아 모험을 하는 건 꼭 필요한 일이지. 오늘의 일탈이 분명 엄청난 결과를 가져다 줄 거다. 넌 충분히 믿을만 한 녀석이야."

생판 남인 나를 믿는다고 말해 주다니. 이상한 사람임에 틀림없다고 생각했어요. 어쩌면 할머니를 대신해 땅에 내려온 제 수호천사인지도 모른다고 착각을 하기도 했죠.

하지만 중요한 건 그게 아니었어요. 그 사람의 말에 내 심장이 뜨거워졌어요. 내가 중요한 사람일 수 있겠다, 뭐 그런 생각이 든 겁니다.

리아 할머니가 떠난 후로 내게 그런 믿음을 준 사람은 없었는데……. 만약 그날, 정상적으로 버스를 타고 학교에 갔다면 그런 일은 벌어지지 않았을 테죠. 종일 낯선 동네를 탐험하며 돌아다녔어요. 유럽풍의 카페. 곡선으로 난 주택가 골목길. 이국적인 건물들과 사람들. 분명 외국은 아닌데 난 이미 이상한 나라의 엘리스였어요.

어긋난 그 하루가 나 자신과 내 미래를 생각하게 만들더군요. 전에는 상상조차 못했던 특별한 날이었어요, 그날은. 내 진짜 인생이 내가 알던 일상의 궤도를 벗어난 곳에 있다는 걸 깨달았어요.

그날 이후, 등굣길은 종종 나를 엉뚱한 길로 인도했고, 학교 밖을 나 혼자 걸어다녔어요. 어머니와 선생님, 양쪽엔 나를 잊도록 약간의 말만 준비하면 되는 거였어요.

학교 밖이 내겐 진짜 세상이었죠. 어머니의 뱃속을 빠져나온 순간부터 되돌아갈 수 없는 여행이 시작됐는데 깨닫지 못하고 있었던 겁니다.

앞으로만 가야 하는 여행, 그게 바로 제 인생이죠. 당신에게 무심해지길 원했고, 지난날은 돌아보지 않겠다고 수도 없이 다짐하고 또 다짐하던 날들이죠. 그리고 또 당신의 유령이 아니라 내 꿈으로 나를 채우기 시작했던 날들이었어요. 그런데도 당신과 연관된 일 앞에만 서면 화기에 덴 사람처럼 뜨악해지는 겁니다.

나를 위해 당신은 뭘 했나요? 뭘 할 수 있나요? 고작 힐끔거린 게 다였고, 지금은 이렇게 손발은 물론이거니와 영혼까지 묶여 무덤에 있는 사람인 겁니다.

당신이 나를 위해 할 수 있는 건 아무것도 없어요. 애석하게도.

내가 꿈꿀 수 있게 만들어준 사람. 그분이 내게는 아버지랍니다. 내가 더 넓은 세상으로 나아갈 수 있게 이끌어준 사람. 어머니에 대한 걱정을 끊을 수 있게 만들어준 사람 역시그분입니다.

이틀 후면 나는 고모가 교환교수로 있는 독일로 떠나요. 낯선 길이지만 가다 보면 언젠간 내 길이 열릴 거라고 믿어요.

낯선 땅에 도착해서 내가 가장 먼저 하고 싶은 일이 뭔지아세요? 한 잔 하자고. 이번엔 내가 먼저 고모에게 말할 겁니다.

내 짧은 인생의 지난날을 잘라낸 기념으로 말이죠. 여기까지는 오지 않을 작정이었는데……. 당신의 무덤과 마주치지않기 위해 죽기 살기로 도망쳐 다녔는데, 이렇게 와버리다니. 헛웃음만 나오네요. 그런데도 말은 또 왜 그렇게 주절주절 많은지.

힘 하나 쓸 수 없고, 말 한마디 할 수 없는 당신 앞에서 왠지 억울한 생각이 듭니다. 당신이란 허깨비에 맞서 나 혼자서만 치열한 전쟁을 치른 겁니다. 그렇다고 당신 때문에 내인생을 쓰레기통에 처박는 그런 짓은 하지 않을 거니까, 좋아 말아요.

내 원망과 비애가 봄날의 개울물처럼 흘러내려요. 당신을 향한 내 애증이 부질없는 거죠. 떠나면 다시는 돌아오지 않을 생각이지만 누군가의 도움을 받는다는 건 언젠가는 나도 그렇게 하겠다는 무언의 약속일 테죠. 그렇다고 당신한테 돌아오겠다는 건 아니니 오해하지 마세요.

어머니의 눈물이 마를 수 있게, 행복할 수 있게, 당신에 대한 내 모든 감정들을 티끌 하나 남기지 않고 이곳에 버려두고 떠날 겁니다.

당신이 이루지 못한, 당신이 간절히 이루고 싶었던 그것.

이제는 내가 이뤄야 할 그 무엇일 테죠.

무엇 하나 당신의 의지대로 움직여주지 않고 어긋나기만 하던 인생. 우리 앞에 거짓과 허풍이 아니면 설 수 없었던 당신. 차마, 가족 앞에서 무너질 수 없었던 당신의 마지막 자존심이었을 거라고 여깁니다.

당신의 허세는, 당신의 거짓말은 오랜만에 만나는 가족을 위한 위로였고 상처받은 당신 영혼의 갑옷이었을 테죠. 그런 방법으로 밖에는 자신을 지킬 방법이 도저히 없었을 테죠.

당신에게 치유될 수 없는 상처만을 안겨준 그 세상으로 이제 제가 떠나요. 망칠 틈도 주지 않고 당신을 불행의 구석으로만 몰아넣은 그 세상을 부수러 갑니다.

당신의 뜻이 아니었던 당신의 삶을 달래러 갑니다. 한순간도 아버지를 가져보지 못한 나를 위해서. 당신의 아들조차 정면으로 바라볼 수 없을 만큼 삶에 기만당한 당신을 위해서.

일평생 가련하게만 살다 간 당신. 지지리 복도 없는 조…….

세상에 나와 한 가지 복도 제대로 챙기지 못한 당신의 영혼이 위로받을 수 있게 내 아버지인 당신의 복을 찾아 드리고자 제가 이곳으로부터 아주 멀리 떠납니다.

당신의 영혼에 단비가 내릴 수 있게. 자식 복, 그 하나만큼은 당신이 가질 수 있게…….

내가 드릴 수 있는 말은 이게 답니다.

다시는 이곳에 오지 않을 겁니다.

리아 가족의 이야기는 추리물로 기획했으나 추리물로 완성하지 못했다. 그들의 기구한 삶과 뒤엉킨 감정들이 더 크게 다가왔기 때문이다.

범죄로 태어난 생명, 그리고 그 아이들을 돌볼 수 없었던 리아의 마음을 알고 싶었다. 순탄하지는 않았다. 어디로 흘러갈지 알 수 없는 그들의 인생이 그래도 행복의 길로 접어들 수 있기를 기대했고 또 응원했다.

그것이 작가인 내 뜻대로 되는 것은 또 아니었다.

생명이 어디에서 왔든 태어난 생명은 살아야 했고 앞으로 나아가는 일은 쉽지 않았다. 리아로부터 시작된 불행을 리아가 끝내는 희망으로 만들었다고 믿고 싶다.

기다림의 끝에서 나를 마중 나와 줄 그 어떤 것도 만나지 못할 지도 모른다는 두려움이 나도 모르게 자라고 있었다.

그럼에도 나의 숨이 그 안에 있었고, 지금 이 순간에도 희망
은 우리 모두의 찬바람을 막아주는 외투나 다름없다.

희망이 없다면 어떻게 견디고 웃을 수 있을 것인가.

시간 안에 모든 것이 산다고 맹목적으로 믿어본다.

기다림 끝에 만난 희망의 당신과 가슴 밑바닥에 들러붙은
외로움과 슬픔과 고통의 것들을 말끔히 청소하고 싶었다고.

다시 얻기 힘든 소중한 시간임에도 털어놓지 못하는 알 수
없는 속내에 외로움의 전쟁은 계속될 수밖에 없다.

당신과의 대화는 힘들고, 한 걸음 뒤에서 지켜보는 마음은
조마조마하다. 당신이 희망의 길에 들어설 수 있기를 기다
려 본다. 그 기다림의 순간순간에 기적이 살고 있었다고 믿
어 본다.

눈 뜨는 아침이 기적이고, 누군가를 만나는 일이 기적이
고, 무탈한 하루가 기적이고, 평안히 잠드는 그것이 우리 모
두의 기적이라고 말이다.

2022년 어느 봄날에

양수련

리아 가족

초판 1쇄 인쇄일 2022년 3월 16일
초판 1쇄 발행일 2022년 3월 28일

지은이 양수련
펴낸이 양옥매
디자인 표지혜 송다희

펴낸곳 도서출판 책과나무
출판등록 제2012-000376
주소 서울특별시 마포구 방울내로 79 이노빌딩 302호
대표전화 02.372.1537   **팩스** 02.372.1538
이메일 booknamu2007@naver.com
홈페이지 www.booknamu.com
ISBN 979-11-6752-132-3 (03800)

양수련 연작소설
커피유령과 바리스타 탐정

커피가 좋은 19세기 유령 할과
탐정 바리스타 환의 티격 태격 카페 생활기!
욕망의 도가니가 된 카페와 사람들.
범죄가 일상인 현대 사회의 자화상을 엿보다!

양수련 장편소설
바리스타 탐정 마환_ 평생도의 비밀

장대하고 흥미진진한 서사로 돌아온
커피유령과 탐정 바리스타!
아버지의 애끓는 사랑이 빚어낸
현대판 신화가 된 '노비의 평생도'를
둘러싼 한국적 소재의 특별한 미스터리!